英漢比較與翻譯

（最新版）

English and Chinese Translation
—— *A Comparative Study*

(New Edition)

陳定安　編著

英漢比較與翻譯（最新版）

English and Chinese Translation – A Comparative Study (New Edition)

編　　著：陳定安
責任編輯：袁志超　　金堅
封面設計：李景民
出　　版：商務印書館 (香港) 有限公司
香港筲箕灣耀興道 3 號東匯廣場 8 樓
http://www.commercialpress.com.hk
版　　次：2018 年 6 月第 3 次印刷
© 商務印書館 (香港) 有限公司
ISBN 978 962 07 1169 5
版權所有　　不得翻印

一種事物的特點，要跟別的事物比較才顯出來。

—呂叔湘

You could know your own language
only if you compared it with other languages.

— Engels

只有將本族語同其他的語言進行比較，
才能真正懂得自己的語言。

—恩格斯

作者簡介

陳定安教授畢業於中山大學，其後在廈門大學研究院進修，曾任教於中山大學、廈門大學、深圳大學、香港中文大學校外課程部、澳門大學等院校，講授英美文學和翻譯課程，具三十年教學經驗。先後擔任過教研室主任、翻譯系主任、出版社中英文主編、翻譯協會秘書長及澳門大學首屆校長特別助理等職，曾應約在香港中文大學翻譯系講授翻譯導論。作者專注中英文比較與翻譯理論之研究，其譯著近四十本。主要有：《英漢比較與翻譯》、《翻譯精要》、《英漢句子結構比較與翻譯》、《英漢修辭與翻譯》、《英漢翻譯——理論·技巧·實例》、《科技翻譯入門》、《商業翻譯基礎》、《翻譯十講》、《毛姆短篇小説選》、《中國文化小叢書》(英文版)、《世界名著有聲劇本》、《幕府將軍》(合編)等。《英漢比較與翻譯》曾獲深圳優秀創造獎。

序言

近三十年來，比較語言學(Contrastive Linguistics)有着較大的發展。特別是從本國語言教學的需要出發，對英語、德語、法語、俄語、西班牙語等主要語言進行對比。現代語言教師國際協會1968年南斯拉夫會議早就指出，對比分析對教學很有價值。只有將本國語同其他的語言進行對比，才能真正懂得自己的語言。

我國語言學家歷來重視語言的對比研究。呂叔湘先生說過："只有比較，才能看出各種語文表現法的共同之點和特殊之點。"又説："拿外語跟漢語進行比較，可以啟發我們注意被我們忽略過去的現象。"漢語語法體系就是在漢外對比中建立，又在漢外對比中不斷完善。我國第一部漢語語法《馬氏文通》(1898年)就是在比較並模仿拉丁文法的基礎上產生的。黎國熙的《新著國語文法》(1924年)也是在比較英文文法的基礎上產生的。這種現象在語言學史上也是屢見不鮮的。傳統的英語語法即建立在拉丁語的基礎上。時至今日，英語語法仍留有拉丁語的痕迹。

筆者編寫這本書的目的，不是在於對英漢語言作全面系統的對比，更不是純理論地對一些語法上的枝節問題作繁瑣的描述。而是根據翻譯與教學的需要，特別是針對中國學生在英語學習中遇到的困難，或容易被忽視的地方，通過英漢語言某些主要特點與差異的比較，以提高他們運用英漢語言的自覺性，並為今後翻譯打下良好的基礎。為了深入淺出，易於理解與掌握，在編寫過程中，注重實例的比較與實際的應用。

英漢語言對比，是翻譯理論的核心。因為英漢互譯的理論、方法與技巧都是建立在英漢兩種語言異同對比的基礎上的。正因為有了"同"，才可以互譯，正因為有了"異"，才產生了不同的方法與技巧。

翻譯實踐證明凡是英漢相同之處，一般比較容易互譯，英漢不同之處卻往往是困難之所在。一但找出英漢不同之處及其表達方式之差異，問題便迎刃而解。不但加速了翻譯的速度，而且提高了譯文的語言質量，防止漢語的歐化。

在外語教學中，英漢對比的作用也是顯著的。如果教師對英漢語言對比有所研究，成竹在胸，便能預料到學生可能出現的語病，採取適當教學，防患於未然。即使學生做錯了，也能通過英漢適當比較，一語道破，收到事半功倍的效果。正如吕叔湘先生所説："教師應有英漢對比的知識。它有助於提高教學裏的預見性，"並"通過適當對比，對學生起一種警惕作用。"因此，英漢對比，特別是兩種語言不同之處的比較，不但有助於漢語本身的進一步研究，有助於提高翻譯的質量，而且有助於英語與漢語的教學。

對英漢比較，我國老一輩語言學家已作了開創的工作，但隨着語言的發展，隨着各國人民的交往和科技交流日益頻繁，要求我們進一步開拓分析對比的領域，深入不同語言的研究。本書僅就英漢兩種語言的差異，作了進一步的探討。

此外，在翻譯實踐中，我們深感最突出的兩個問題是詞的多義性的選擇和詞序的處理。本書想打破傳統翻譯教材的編寫法，抓住重點，突出難題，從兩種語言的不同角度，圍繞着這兩個問題進行多方面的比較與探索。

這本書的一些主要內容曾在幾所大學講授過，現整理出來獻給廣大讀者，希望對社會上英語自學者、中學英語教師、大學英語系學生和一般翻譯工作者有所助益。

本書初稿的部分篇章，曾先後經王宗炎教授、王岷源教授、傅惟慈教授審閱過，並提出了寶貴的意見，在此一併表示感謝。特別要感謝李賦寧教授，他鄭重地為本書寫了評語及推薦信。

最新版序言

《英漢比較與翻譯》自一九八五年出版以來，多次再版，得到讀者的歡迎。有的院校採用為翻譯教材和參考書。由於十年來語言科學又有了很大的發展，因此決定出版此最新版。

此次增訂，除注意保留原書精要、易懂和實用的特點外，內容作了較大幅度的擴大、加深和更新。有的章節已重新改寫，新增了《文化、思維與翻譯》一章。比起初版更加充實了。

坊間翻譯理論書已有不少。有些書讀了使人深受啟發，但有的書卻使人越讀越玄，如墮五里霧中，難以理解。其實翻譯理論從根本上說，就是兩個問題：一、是如何去深刻理解原文；二、是如何用譯文確切表達。凡是能做到這兩點，便可以譯出原文的神韻，甚至達到入化的境地。多讀書、勤練筆，是提高理解力和表達能力的關鍵。但為了少走彎路，加強運用英漢語言的能力，讀一些英漢語言比較的書是大有益處的。

但是翻譯決不能斤斤於字字對應，而是要"全文神理，融會於心"(嚴復)，然後"下筆抒詞，自善其備"。由於東西方人思維的差異，英漢語言結構的不同，所以翻譯時譯者要縱觀全文，與作者在心靈上取得默契，並以語段為主要單位下筆行文，這樣才有利於把詞蘊句意表達出來，才便於譯者遣詞造句，貫通上下文，使譯文更貼切於原文，更流暢如原文。

語言與思維、文化是不可分的。所以研究語言不研究思維、文化是不行的。早期語言比較多着重於兩種語言、語法結構上的比較，並取得了積極的成果。近些年來，語言學家除了進一步對不同語言進行對比研究外，同時也對其文化及其思維進行了對比研究。從語言對比研究到文化對比研究，表明對比研究已進入了一個新的階段。

在此最新版中，還收進近年寫的幾篇文章的內容：《文化、思維與翻譯》、《現代漢語的特點》、《現代英語的發展趨勢》等，相信讀者會感到興趣。

在增訂過程中，參考了中外有關翻譯論著與語法書，吸取一些有用的資料。呂叔湘教授的論著，季羨林教授的哲學思想，劉宓慶教授的《漢英語言研究》及語言學家申小龍的《"漢語動詞"散點論》對我都頗有啟發，在此謹表謝意。

由於篇幅所限，例句出處恕不一一註出，僅將主要參考書開列於後，供讀者進一步研究，並表示筆者對各作者的敬意。

最後要感謝出版社的支持，使最新版能順利出版。本版如尚有不足與疏漏之處，敬請專家與讀者批評指正。

陳定安

1997 年於澳門大學

目錄

第一章
英漢語言主要差異綜述

一　英漢語言歷史比較

全世界語言共分七大語系。英語屬於印歐語系。漢語屬於漢藏語系。英語的歷史起源於第五世紀中葉朱特人、撒克遜人及盎格魯人的入侵，到現在已有一千五百多年的歷史了。英語發展經歷了三個時期：古英語時期(449–1100)，中古英語時期(1100–1500)，現代英語時期(1500–現在)。英語是拼音文字。由於外來的侵略，英語是歐洲語言中變化最大，詞彙成分最複雜，詞彙量最豐富的一種語言。《牛津英語詞典》有古英語、現代英語的詞和成語共四十多萬條。一九七六年出版的《英國百科全書》，認為英語詞彙已超過五十萬個。也有少數學者估計，英語詞彙總量是一百萬個以上。

漢語歷史較英語歷史長得多，漢語已經有六千多年的歷史了。漢字經歷過許多變遷：甲骨文——金文——篆書——隸書——楷書；演變的總趨勢是由繁到簡，由單純表意向部分表音方向發展。但漢字的特點並沒有變，它仍然是表意文字。漢語是世界上最發達的語言之一。《康熙字典》收了四萬九千零三十個字的漢字。《漢語大字典》收五萬六千字。台灣一九七三年出版的《中文大辭典》收詞四十餘萬條。一九六〇年出版的《大漢和辭典》收詞五十五萬餘條。漢字的構詞能力強。曾有人作了粗略統計，漢語中單是表示手的動作的詞就有二百多個，單"一"字開頭的成語，就有五千四百七十二條。據稱原計劃出版的《中山大詞典》曾包括六十餘萬條。

現代漢語是在古代漢語、近代漢語的基礎上發展起來的。普通話是以北京音為標準音，以北方話為基礎方言，以典範的現代白話文著作為語法規範。現代漢語詞彙多是雙音詞。現代漢語詞彙所以豐富，詞義辨析細微，表意準確精當，色彩形象鮮明，是和漢字的構詞方式靈活多樣分不開的。如以"生"字為例：求生，謀生，發生，產生，生產，生絲，生鐵，生手，生平等。可以與其他字配成一百五十多個詞。又如"米"這個字，由"稻"、到"穀"，到"飯"區分得十分清楚。又如一個"達到極點"的意思，可以根據上下文分別用"激烈"、"猛烈"、"熱烈"、"劇烈"、"壯烈"等詞精確地表達出來。

正因為如此，漢語不僅能夠表達博大精深的思想，紛繁複雜的事物，而且就是對細緻的心理活動和萬物萬事之間的差異特色，也能表現得維妙維肖、入木三分。文學巨著《紅樓夢》、《西遊記》的精彩文字就是明證。

曾經有人斷言，在信息時代，漢字比拼音字更難進入電腦，因而認為方塊字是落後的。但首台聲控中文打字機的面世證明：漢字並不落後。中文聲控打字技術卻遠遠走在拼音字之前。因為漢字只有四百多個基本音節，加上聲調，也只有一千三百多種發音，更由於每個音都是聲韻調統一，這便給實現聲控提供了比較方便的條件。國外一些專家作過這樣的論斷：總有一天，全世界的人們都將必修漢語，並以漢語語音來控制電腦。

二　英漢語言本質比較

從語言形態學分類來看，俄語是綜合型語言，英語是從綜合型向分析型語言發展的語言，而漢語卻是分析型為主的語言。

所謂綜合型語言，是指這種語言主要通過詞本身的形態變化來表達語法意義（格、數、時等）。如俄語 КНИГа，表示書的意思。屬於單數，主格，陰性及名詞詞類。КНИГИ，則表示書的複數。

所謂分析型語言，是指這種語言中的語法關係主要不是通過詞本身的形態來表達，而是通過虛詞、詞序等手段來表示。如在漢語中，如果孤零零來看，"研究"，"困難"，"危險"這些詞，很難判斷是名詞，還是動詞，或是形容詞。但在下列片語中，我們就不難看出它的詞性："政治研究"（the study of politics）；"研究政治"（to study politics）；"克服困難"（to overcome difficulties）；"困難問題"（a difficult problem）；"脱離危險"（to get out of danger）；"非常危險"（exceedingly dangerous）。可見漢語詞性往往要通過它在句子中的詞序或位置加以判別。可以説語序在漢語裏是重要的語法手段。

試比較：

一噸煤用不了一個月。
一個月用不了一噸煤。

三天讀一本書。
一本書讀三天。

他昨天坐車到郊外。
我昨天到郊外坐車。

再比較下列句子：

一會兒再説。
再説一會兒。

屢戰屢敗。
屢敗屢戰。

但漢語也有一些詞尾變化。如詞尾“×子”可以指人：孩子、瞎子、胖子；也可以指物：箱子、刷子、椅子；還可以指時間：日子等。類似的還有：“×兒”、“×員”、“×們”、“×者”、“×家”、“×了”、“×着”、“×過”、等等。但漢語詞形變化比較少，所以説漢語以分析型為主的語言。

英語則是從綜合型向分析型語言發展的語言。如英語 book 表示書的單數；books 則表示書的複數。英語陳述句中現在時態單數第三人稱（third person singular）要加 s；或借助元音互換與輔音互換的方式表示複數，如 foot，（腳，單數），feet（腳，複數）；或借助錯根形式表示不同時態（tense），如 go–went–gone 等。再看下面幾個句子：

I am ***writing*** a letter.（綜合型）　　我正在寫信。

I ***wrote*** a letter yesterday.（綜合型）　　我昨天寫了信。

I ***have written*** a letter.（綜合型）　　我已寫了信。

I ***shall write*** a letter tomorrow.（分析型）　　我明天寫信。

同樣都是行為動詞"寫"字，漢語只用一個"寫"字，英語只有第 4 句用原形 "write"，其餘 1–3 句都用不同的詞形變化來表示"正在"、"寫了"，"已經寫了"。漢語"寫"本身沒有詞形變化或時間觀念，只能借助助詞、副詞或上下文來表示時間觀念。現代英語中，名詞已失去了若干"格"的形態變化；形容詞也失掉了與所修飾的名詞之間的性、格、時等方面的一致形式，因此，形容詞與名詞的搭配就不要求性、數、格方面一致了，如，goldfish（金魚），history teacher（歷史教員）；同時句子的詞序也逐漸地固定下來，與漢語的句子的詞序也基本相似：主、謂、賓，如 We drink water（我們喝水）。所以我們稱現代英語是正不斷由綜合型語言向分析型語言發展的語言。

但在現代漢語句子的實際運用中，主、謂、賓型的句子只佔少數。大量的句子，卻是多動句，如：

馬阿姨站在井邊上看到了直咂嘴。

或多段句，如：

他把頭一伸，見裏面只有童少山一個人蹩進去，關上門。

三　英漢句子結構比較

(一) 英漢句子結構最主要區別在於英語重形合(hypotaxis)；漢語重意合(parataxis)

所謂"形合"就是主要靠語言本身語法手段。所謂"意合"主要靠句子內部邏輯聯繫。因此，英語結構緊湊嚴密；漢語結構簡練明快。英語句子好比一棵參天大樹，一串葡萄，一串珍珠；一樹荔枝。而漢語好比一根竹子，一盤珠子，一江波濤。

著名漢語學家王力教授説過："西洋語法是硬的，沒有彈性；中國語法是軟的，富有彈性。……所以中國語法以達意為主。""英國人寫文章往往化零為整，而中國人寫文章往往化整為零。"

具體來説，在英語句子中，主幹結構突出，即主謂機制突出，名詞，尤其是抽象名詞(abstract noun)用得多，介詞(preposition)也用得多，英語表達複雜思想時，往往開門見山，然後借助英語特有詞彙關係代詞(relative pronoun)，進行空間搭架，把各個子句(clause)有機地結合起來，構成一串葡萄似的句子。主幹可能很短，上面卻結着纍纍果實。

請看下面句子：

> The isolation of the rural world, because of distance and the lack of transport facilities, is compounded by the paucity of the information media.

這是一句比較典型的英語句子。看起來似乎很長，實際上是個簡單句，只有一個主語(subject)，一個謂語(predicate)。全句共有九個名詞(包括抽象名詞和具體名詞)，用五個介詞連接起來，而動詞只有一個。

句中主語是：The isolation of the rural world，謂語是 is compounded。句子首先指出，農村社會處於一種與外界社會隔絕的狀態，然後用介詞短語說出原因：離開城市遠，缺乏交通工具，通訊工具不足。譯成漢語：

> 由於距離遠，又缺乏交通工具，使農村社會與外界隔絕，而這種隔絕，又由於通訊工具不足而變得更加嚴重。

上述譯文裏，抽象名詞有的譯成動詞，有的譯成形容詞。全句用了四個逗號，一個句號。這樣就可以一層層、一點點地把事情交代清楚，整句語氣從容不迫。這是符合漢語敍事方法的。

如果按照譯文的結構來組織一句英語句子，那就譯成下面樣子：

> Because there is a great distance and there are not enough transport facilities, the rural world is isolated. This isolation has become more serious because there are not enough information media.

這樣英語句子，其結構顯得過於鬆散了，變成漢式英語，而不是典型地道的英語句子了。

著名翻譯家思果在他《翻譯新究》一書中，也舉過類似句子，說明在英語中，連接詞的功能是極為重要的。他舉例如下：

> It is a curious fact, of which I can think of no satisfactory explanation, that enthusiasm for country life and love of natural scenery are strongest and most widely diffused precisely in those European countries which have the worst climate and where the search for the picturesque involves the greatest discomfort.
>
> Aldous Huxley: *The Country*

思果先生為了説明在英語句子中連接詞的重要性，特將此句子形象地繪圖如下；在圖中，作者把連繫動詞 verb to be 也看作具有連繫句子的功能。

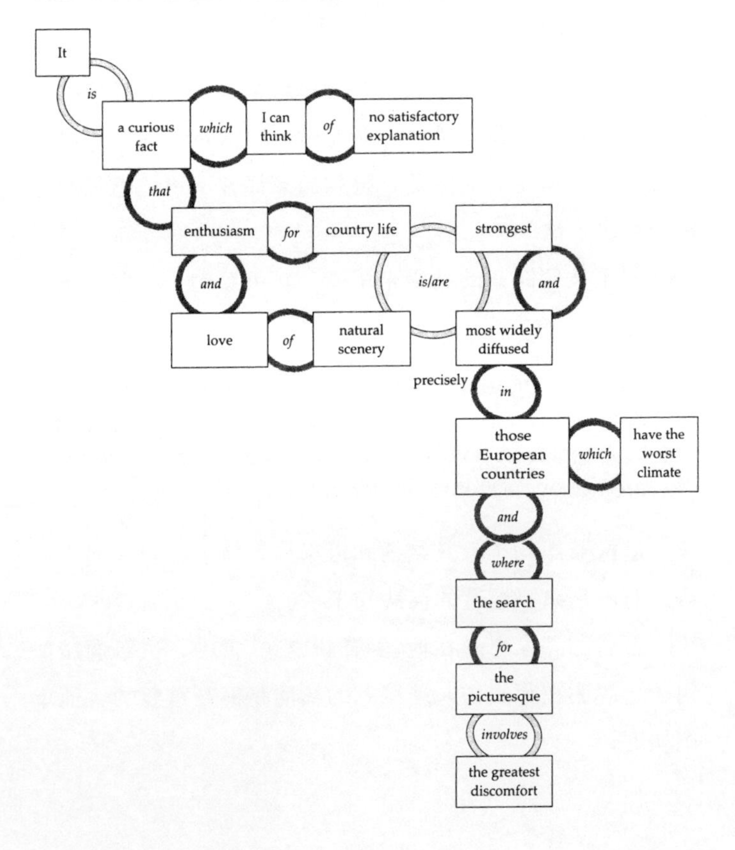

難怪有人把英語句子比作一串珍珠。而漢語卻像一盤大小各異的珍珠，散落玉盤，閃閃發光，燦爛奪目。

（二）英語句子中，名詞與介詞佔優勢

英語句子中，主要採用主謂機制。由於英語句子中的謂語動詞受動詞形態變化的約束，句子中只能有一個謂語動詞，它是英語句子的軸心與核心，然後要借用名詞來表達。而名詞與名詞之間的聯繫卻要借介詞來串通，所以英語中名詞與介詞佔優勢。要理解與掌握英語，只要抓住謂語動詞就抓住了英語句子的靈魂。在翻譯時，對介詞要特別注意。因為英語句子的擴展，準確意義的表達，往往是通過介詞來實現的。如：

Carlisle Street runs westward, ***across*** a great black bridge, ***down*** a hill and ***up*** again, ***by*** little shops and meatmarkets, ***past*** single-storied homes, ***until*** suddenly it stops ***against*** a wide green lawn.

卡萊爾大街往西伸展，越過一座黑色大橋，爬下山崗又爬上去，經過許多小舖和肉市，又經過一些平房，然後突然朝着一大片綠色草地中止了。

此句屬於主謂結構，句中只有一個謂語動詞"runs"，但通過七個不同的介詞，把六個名詞串起來使句子擴展開來。如果把句中介詞去掉，這個句子就不成句，就像一列各車廂脫了鈎的火車。又如：

Inadequate training ***for*** farmers ***and*** the low productivity ***of*** many farms place the majority ***of*** country dwellers ***in*** a disadvantageous position ***in*** their own countries.

農民缺乏訓練，許多農場生產率很低，這就使得大多數農民處於貧窮的困境。

此句只有一個動詞謂語，但卻有八個名詞，六個介詞或連詞。譯成中文時，卻用了四個謂語動詞。

（三）漢語句子中，動詞佔優勢

漢語動詞沒有甚麼形態變化，使用方便，且重於動態描寫，所以漢語動詞用得多。漢語在表達一些較複雜的思想時往往借助動詞，按時間順序，邏輯順序，逐步交代，層層鋪開，給人以舒緩明快的感覺。句子結構像一根竹子一樣，一節一節地接下去。有人把漢語句子描寫成為有如海上萬頃波濤，前後起伏，層層推進。請看《紅樓夢》中的一段：

晴雯先接出來，笑道：好啊，叫我研了墨，早起高興，只寫了三個字，扔下筆就走了，哄我等了這一天，快來給我寫完了這些墨才算呢！

一連十多個動詞，幾佔全段的一半！不但不混亂，反而使人讀了感到，有如水在石上輕快地流淌着。

試比較譯文：

Qing-wen greeted him with a smile, exclaiming, "A fine one you are! On the spur of the moment you bade me grind ink for you this morning. But you threw down your brush and went away after having written merely three characters. You've kept me waiting for you the whole day. You are to use up this ink now. Be quick!"

漢語中有一類複合句，稱為流水句。它的特點是分句之間，似斷還連，全句主要靠意合。正如呂叔湘先生說："漢語的句子有時里里拉拉，不那麼嚴密，可以考慮分成'句段'來分析。"呂先生還說，漢語有這麼一類句子，"一個小句接一個小句，很多地方可斷可連"，他把這類句子名為流水句。

流水句的例子可以說俯拾皆是。例如：

走，不早了，只有二十五分鐘，叫他們把車子開來，走吧。《雷雨》

他走進客廳，喝了一口水，看了一會電視，又走回房間溫習。

他拿起雜誌，看了一眼，搖了搖頭，把它放回桌子上。

上述這些流水句，表面看像"形散"，但從全句來看卻"神聚"，句子意義十分清楚。

有人以《老乞大》一文作了統計，全書共有 643 句，其中流水句 448 句，佔全書複合句 75.89%。

為甚麼漢語中流水句這麼多？

語言學家申小龍認為：漢語的思維不是採用焦點透視的方法，而是採用散點透視(見章末註)，形成獨特的流水句的格局。他說：在現代漢語的實際運用中 SVO(主、動、賓)句型只佔百分之九。試比較：

Lulled by the gentle motion and soothed by the rippling music of the waves the babies soon fell asleep.

船兒輕輕搖蕩，波聲潺潺悅耳，孩子們不久就睡了。

上述句子，焦點在"the babies fell asleep"，而譯成漢語卻採用散點透視，從"輕輕搖蕩"到"潺潺悅耳"，再到"孩子睡着了。"又如：

He could not help, too, rolling his large eyes round him as he ate, and chuckling with the possibility that he might one day be lord of all this scene of almost unimaginable luxury and splendour.

他一邊吃，一邊瞪着大眼睛環顧四周，不禁暗自發笑；眼前這一派富麗奢華，説不定某一天會統統落進我的手掌心。

英語句子中，主要焦點是"He could not help"，而漢譯時，要把整個句子折開，按邏輯順序重新予以安排。

（四）英漢句子重心比較

在複合句子中，英語的主句為主要部分，一般放在句首，即重心在前。而漢語則一般按照邏輯和時間順序，將主要部分放在句尾，形成後中心。例如：

Nothing has happened since we parted.

自我們別後沒發生甚麼事情。

I went out for a walk after I had my dinner.

晚飯後我出去散步。

He has to stay at home because he is ill.

他病了只得呆在家裏。

He cannot be operated upon as he is very weak.

他身體很弱不能動手術。

Tragedies can be written in literature since there is tragedy in life.

生活中既有悲劇，文學作品就可以寫悲劇。

又如：

His chief contribution was making me realize how much more than knowledge I had been getting from him.

他使我認識到，我從他那裏學到的，遠遠不只是知識，這是他最大的貢獻。

在英語中先出現 His chief contribution，然後出現具體的分析，也就是先提出主要的結論，再加以闡述。而漢語則不然，先進行闡述，後進行歸納。

The people of a small country can certainly defeat aggression by a big country, if only they dare to rise in struggle, dare to take up arms and grasp in their own hands the destiny of their own country.

小國人民只要敢於起來鬥爭，敢於拿起武器並掌握自己國家的命運，就一定能打敗大國的侵略。

這個例子中，一個狀語從句雖長，但卻只是説明條件，因此不是主要的，所以放在主句之後。而譯成漢語時，則強調邏輯順序，先出現條件，再出現結果，重點在後，即把主句放在句後。

從上述例句可以説明，漢語如果有敍事部份，有表態部份，往往先把事物或情況講清楚，最後來一個簡短的表態或評論。英語則相反，先表態，然後才説發生了甚麼事

情。再舉一個典型句子加以説明:

It was ***a keen disappointment*** when I had to postpone the visit which I intended to pay to China in January.

我原來打算在今年一月訪問中國，後來不得不推遲，這使我非常失望。

原文沒有逗號，一環接一環扣得很緊。如果把原文分為三部分，第一部分表示失望，第二部分説明失望的原因是延期訪問，第三部分説明這次訪問在原來是定在一月份的。這句説明，英語先談主觀情況，再説跟主觀情況直接有關的客觀情況，最後再談其他有關情況。這反映了一種思路，使用英語時，就要按照這個思路來組織句子。漢語則相反，它要求從頭説起，逐點交代，而不允許顛三倒四。

為甚麼英漢表達思路迴然不同。主要是漢語重意合，重悟性，英語重形合，重分析。同時，漢語動詞多，而英語句子中只能有一個限定動詞(finite verb)，所以它不得不抓住主要意思，用動詞謂語表達出來，其他意思只好由非限定動詞(non-finite verb)[即不定式(infinitive)、分詞(participle)、動名詞(gerund)]和抽象名詞、介詞以及定語從句(attributive clause)等來加以表達了。如:

他帶學生到工廠去參觀。

He took his students ***to*** the factory ***for a visit***.

給我充份時間，我也能做好。

Given enough time, I can do it too.

他拿了本字典，開始準備功課。
Taking a dictionary, he began ***to prepare*** his lessons.

他們扛着鋤頭下地了。
They left for the field, ***shouldering*** hoes.

孩子們跑着來迎接我們。
The children came ***running to greet*** us.

謝謝你給我們這麼多幫忙。
Thank you for ***giving*** us so much help.

一個人不向別人學習，是不能指望有多少成就的。
A man ***who doesn't try to learn*** from others can't hope ***to achieve*** much.

（五）英語句子中，There + be 結構與虛詞 it 的結構用得比較廣泛。

在英語句中，表示甚麼地點或存在甚麼事物時，常用"There + bc + 名詞 + 地點(時間)狀語"結構。這種結構中的引導詞"there"，本身沒有意義，常弱讀，它相當於漢語的"有"。這種結構中的謂語有時不用動詞 be，而用 seem to be, happen to be, likely to be, bound to be 等詞組，或用 live, come, enter, run, stand, occur, lie 等動詞表示。如：

There was an English evening party in the hall last night.
昨晚大廳舉行英語晚會。

There is a picture on the wall.
牆上掛着一張畫。

There runs a river at a distance.

在遠處有一條河流過。

Once ***there lived*** an old fisherman in a village by the sea.

從前海邊一個村子裏住着個老漁民。

There happened to be none in the room.

碰巧屋裏沒有人。

英語中有些句子中的 it 是虛詞，本身沒有意義的。如:

It is difficult to translate the original adequately.

準確地翻譯原文是不容易的。

He feels ***it*** his duty to help others.

他覺得幫助別人是他的責任。

It was in the club that we met her.

我們是在俱樂部遇到她的。

It is the wind shaking the window.

是風颳得窗戶作響。

(Footsteps are heard) Oh, ***it*** is Li Ming coming back.

啊！是李明回來了。

四　英漢詞序比較

英漢詞序有相同之處，但也有不同之處，其不同之處主要表現在:

(一) 英語句中單詞一般放在被修飾詞的前面，短語和從句一般放在被修飾詞的後面。漢語定語不管單詞或詞組一般都放在被修飾語的前面。如:

It is a ***red*** flag.
The man ***you saw*** yesterday is his father.

夜鶯唱出了美妙的歌曲。

穿灰大衣的那個人是我的哥哥。

（二）英漢兩種語言的狀語位置差別很大。英語狀語可前可後。漢語狀語一般放在被修飾的動詞或形容詞前面。例如：

He ***always*** keeps his promise.
They walked ***along arm in arm***.

外面忽然傳來喧鬧聲。

這篇文章非常深刻、動人。

至於多定語和多狀語在句子中的詞序之排列，將在本書後面詳述。下面僅舉一個例子說明，漢英互譯時，需要按照英漢句子結構特點和語言風格之差異來調整。如：

魯迅是在文化戰綫上，代表全民族的大多數，向着敵人衝鋒陷陣的、最正確、最勇敢、最忠實、最熱忱的空前的民族英雄。

Representing the great majority of the nation on the cultural front, Lu Xun breached and stormed the enemy citadel; he was the bravest and most correct, the firmest, the most loyal and the most ardent national hero, a hero without parallel in our history.

中文句子只是一句，但在英語譯文中，卻化作兩個句子來譯。同時把定語"空前的"英語譯文放在"英雄"之後。

五　英漢語態比較

由於英文文章常用被動語態，因此英美語言學家都強調寫作時多用主動語態。他們認為主動語比較生動有力。儘管如此，在英文文章中被動語態還是用得較多。漢語中被動語態用得少*，這跟漢族人的思維有關。漢語中，有不少具有被動的概念可以用主動形式來表達。關於英漢語態比較，在本書後面將有專題闡述。這裏僅舉數例加以說明。試比較：

截止日期延長三天。

The deadline was extended for three days.

信寄了嗎？

Has the letter been mailed?

附上新的通知及回信信封。

A renewal notice and return envelope are enclosed for your convenience.

應該理解，犯錯誤是人之常情。

It should be understood that to err is human.

這輛車很好駕駛。

This car handles easily.

---

*註：據統計，在《水滸》中，一回中只發現"被"字二、三處；而在《紅樓夢》中，則二、三十回中，才見一處。"五四"運動前，"被"往往與對動作承受者有不利影響的動詞連用，如"被迫害"，"被腐蝕"，"被磨損"等連用，但由於外來語的影響，在漢語中"被"字的使用才趨向增加。

在日常生活中，我們常常可以聽到這樣說法：

飯吃過了。

水燒開了。

房間打掃乾淨了。

衣服洗好了。

書買了。

票賣完了。

稿子才寫了一半。

"吃飯"、"燒水"、"打掃"、"洗衣"、"買書"、"賣票"、"寫稿"都是人做的。這說明漢語可以用主動語態表示被動意義。英語也有類似情況，不妨舉些例子看看：

The books sell well.	這些書很暢銷。
These shirts wash well.	這些襯衫耐洗。
This composition reads well.	這篇文章讀起來很順口。
Water heats readily.	水容易燒開。
The door won't lock.	這門鎖不上。
Velvet feels smooth.	天鵝絨摸上去很光滑。
She does not photograph well.	她不上鏡(頭)。
Damp clothes iron easily.	潮濕衣服易熨平。

此外，英語的現在進行體和過去進行體常用主動語態表示被動意義。例如：

The gate is opening.	閘門正在開啟。
The cakes are baking.	餅正在烤製。
The cow was milking.	那頭母牛正在擠奶。
Oranges are selling cheaply.	桔子賣得很便宜。
Drums and gongs were beating.	正在敲鑼打鼓。

有的語法家稱上述句子為簡化被動態或自然被動態。這種被動態的特點是：(1)不用表示被動的詞語；(2)不帶施動者；(3)受動者多為物，間或也可以是人或動物；(4)主動形式而具被動意義。

簡化被動態的格式為：受動者 + 動詞。但比起漢語，在英語中這類用主動語態表示被動意義的句子，還是少得多了。

六　英漢詞類系統比較

英漢詞類大致相同。但英語沒有量詞，如：個、本、根、隻、套等；也沒有語氣詞，如，嗎、呢、哩、吧、了、的等，漢語則沒有冠詞(article)，如，a、an、the等詞，英語有關係代詞和關係副詞，(relative pronoun and adverb)，如，who、which、when、where、why 等。漢語則沒有。英語還有一些詞尚未正式列入詞類系統。如，引導詞 there is 和虛詞 it 等。

英語詞類對照表：

英語		漢語	
詞類名稱	作用	詞類名稱	作用
Nouns	表示人或事物名稱	名詞	表示人或事物名稱
Verbs	表示動作或狀態	動詞	表示動作、行為、發展變化
Adjectives	表示人或事物的性質與特徵	形容詞	表示人事物的性質狀態
Adverbs	用來修飾動詞、形容詞、表示動作狀態的特徵或程度	副詞	用來修飾限制動詞、形容詞、表示程度、時間、頻率
Pronoun	代替名詞、數詞	代詞	代替一切實詞或表指代作用
Prepositions	用在名、代詞後面組成介詞短語，說明它與別的詞之間的關係	介詞	用在名、代詞之後，組成介詞結構，表示處所、時間、方向、方式等
Conjunctions	連接詞、短語或句子	連詞	連接詞、詞組或句子
Interjections	表示說話的感情或語氣	感嘆詞	表示感嘆或呼喚應答的詞
Articles	用在名詞前面，幫助說明名詞的含義	冠詞	（漢語無冠詞）
		語氣詞	表示各種語氣
		量詞	表示事物和動作的單位。

七　英漢詞類轉化比較

英語裏詞性轉換現象極為常見，一詞兼用幾類的現象比較普遍，而且還在繼續發展。例如名詞可作動詞、形容詞和副詞；名詞和形容詞都可以轉換成動詞；形容詞、副詞和動詞也都可活用為名詞。

莎士比亞就寫過很生動的句子：You can ***happy*** your friend, ***malice*** or ***foot*** your enemy, or fall an axe on his neck。(你可以使你的朋友快樂，也可痛恨或用腳踢你的仇敵，甚至把斧頭架在他的脖子上。)其中 foot 用得特別具形象、生動、有力。英語名詞轉化為動詞的特別多。如：

Who ***chaired*** the meeting?

It can ***seat*** a thousand people.

We should ***shoulder*** these responsibilities.

I hope we can ***room*** together.

They ***breakfasted*** at the guesthouse.

在英語中幾乎所有指身體各部分的名詞都能變成同音異義的動詞。如：

名詞	動詞
eye 眼睛	to eye 看
nose 鼻子	to nose 聞，察出
lip 嘴唇	to lip 接吻
beard 鬍子	to beard (公然)面對/反抗
brain 腦子	to brain 砍破腦袋
jaw 顎	to jaw 談話/嘮叨
arm 臂	to arm 裝備
elbow 肘	to elbow (用肘推。to elbow one's way through a crowd，用肘推開人羣擠過去。)
hand 手	to hand 遞、交付
thumb 大拇指	to thumb 用大拇指撲弄
skin 皮膚	to skin 剝皮

stomach 肚子	to stomach 忍受；消化
limb 四肢	to limb（肢解……四肢）
knee 膝	to knee 用膝蓋走動或撞擊
foot 腳	to foot it 步行
mouth 嘴	to mouth fine words 說漂亮話

有些動物的名稱也可以轉化為動詞。如：

名詞	動詞
worm 蟲	to worm into one's confidence 騙取別人的信任
dog 狗	to dog a person's footsteps 跟着別人走
fish 魚	to fish out 套出話來；掏出
fox 狐狸	to fox 欺騙（或 outfox 以智取勝）
ape 猿	to ape 摹仿
mouse 老鼠	to mouse 暗中追踪（即表示偷偷摸摸地）
wolf 狼	to wolf 狼吞虎嚥

常用由名詞轉動詞的還有：

father 父親	to father 做父親
mother 母親	to mother 撫養
floor 地板	to floor 鋪地板
summer 夏天	to summer 過夏天
bottle 瓶子	to bottle 裝瓶
corner 角落	to corner 使走投無路

在英語中，名詞當動詞使用，往往既經濟，又生動，亦可起修辭作用。

形容詞也可能轉化成動詞，但遠不及名詞轉化成動詞那樣常見。如：

形容詞	動詞
round 圓的	to round 使成圓形
sour 酸的	to sour 使成酸味
wet 潮濕的	to wet 使之潮濕
dry 乾的	to dry 變乾
narrow 狹窄的	to narrow 使之……狹窄
bare 赤裸的	to bare 暴露
brave 勇敢的	to brave（冒着……，敢於……）

八　英漢詞義比較

（一）詞的多義性

英語句子結構重形合，重主謂關係。而漢語句子結構卻重意合，重意念。但就英漢詞義比較來説，英語卻比較靈活，詞的涵義範圍比較廣，詞義對上下文的依賴性較大，而漢語詞義比較嚴謹，凝滯，詞的含義範圍比較窄，詞的意義比起英文詞義對上下文的依賴性比較少。

英語詞義靈活，突出地表現為一詞多義。例如："story"這個詞，漢語的詞義是"故事"，但在英語中，在不同的上下文中卻有不同的詞義，例如：

Oh, what a ***story***!

哦，好個謊話。

To make a long ***story*** short.

長話短說

It is another ***story*** now.

但這是另外一個問題。

He ***storied*** about his academic career and his professional career.

他編造了他的學歷和經歷。

Once the ***story*** got abroad, I would never hear the last of it.

要是這個奇聞一旦傳了出去，就會議論個沒完沒了。

I don't buy your ***story***.

我不信你的話。

Stories circulated first in Moscow.

流言起初是在莫斯科傳播的。

I have tried all I could do to silence such a ***story***.

我已經想盡辦法去壓下這個謠傳了。

Her ***story*** is one of the saddest.

她的遭遇算是最慘的了。

John's tale sounded to me exactly like a fish ***story***.

我認為約翰的故事荒唐無比。

The ***story*** about him became smaller and faded from the public eye by and by.

報導對他的渲染已減少，不久他就不再受公眾注意了。

I don't want you to get a wrong idea of me from all these ***stories*** you hear.

你聽那麼多閒話，我不希望你從中得出一個對我的錯誤看法。

You put me on the spot. I have to cook up a ***story*** this time.

你把我拖下水，這回我要找藉口了。

A young man came to the police office with a ***story***.

一個年輕人來到警察局報案。

It was reported that the general was dead, but officials refused to confirm the ***story***.

據說將軍已死，但官方拒絕證實這消息。

又以"kill"為例：

He ***killed*** the man.

他殺死了那個人。

He ***killed*** the dog.

他宰了那條狗。

They ***killed*** the proposal.

他們斷然拒絕建議。

Please ***kill*** the engine.

請把發動機熄滅。

He is dressed to ***kill***.

他穿得很時髦，十分吸引人。

You are ***killing*** me.

你說的話笑死我了。　　或：你的動作笑死我了。

She ***kills*** her child with kindness.

她寵壞了小孩。

He took a snack to ***kill*** his hunger.

他吃零食充飢。

He ***killed*** time every day at the park.

他每天上公園消磨時間。

He ***killed*** the motion when it came from the committee.

他否決了委員會提出來的動議。

He ***killed*** himself with overwork.

他因工作過勞而死。

He ***killed*** the spirit of the group.

他抹殺了團體的精神。

The news ***killed*** their hope.

這消息使他們的希望破滅。

These flowers ***kill*** easily.

這些花很容易枯死。

He ***killed*** three bottles of whisky in a week.

他一週內喝了三瓶威士忌。

還如:

kill one's appetite 使某人倒胃

kill time 打發時間

kill the peace 扼殺和平

kill the mood 破壞氣氛

kill a marriage 解除婚約

英語一向被認為是一種適應性、可塑性較強的語言。Eric Partridge 説，英語中有一句話:“詞本無義，義隨人意。(Words do not have meanings; people have meanings for words.)"

而就整體而言，漢語一詞多義現象遠不及英語。同時，在用詞上漢語講求精確、嚴謹、規範。故嚴復有"一名之立，旬月踟躕"之慨。

漢語詞義之所以嚴謹和具體，是跟漢語"因形見義"很有關係，即"形"對"義"的制約很大，同時由於詞義結合很緊密。如，嚴肅、嚴格、嚴厲、糾紛等是不能分開的。再次，漢語由於雙音詞的增加，詞義的寬度也大大縮小了，如，"人"和"民"結合，就成了單義詞。漢語三音詞以上的詞則更少有多義詞了。

現代漢語一詞多義多集中在單音詞。在現代漢語普通話三千個常用詞中，單音詞只有 736 個。

英語也有複合詞，其詞義也比較單一、固定，對語境的獨立性也很大。它們在英語詞彙中只佔 27%，比漢語合成詞的比例少得多。

總之，英語句子結構嚴密，而一詞多義，詞義靈活、抽象。漢語結構則較鬆散，詞義比較單一、固定、具體。兩者各有千秋。因此說，英漢語言的表達能力都很強，只是它們的表達方式有所差異而已。

（二）抽象與具體

英語表達比較抽象。漢語表達比較具體。而導致英語表達抽象化的重要原因，是因為在英語句子中，大量使用抽象名詞。這類名詞涵義抽象籠統，往往給人以一種"虛"、"暗"、"曲"、"隱"的感覺。而漢語用語傾向於具體，常常以實的形式表達虛的概念，以具體的形象表達抽象的內容，並給人以一種"實"、"明"、"直"、"顯"的感覺。

英語抽象名詞多，主要由於英語有豐富的虛化手段。其中最重要的虛化手段是有虛化功能的詞綴，特別是後詞綴。如:

-ness	fruitfulness	greatness	illness
-ion	realization	discussion	decision
-ship	friendship	scholarship	statesmanship
-hood	childhood	motherhood	likelihood
-dom	freedom	kingdom	officialdom
-th	truth	warmth	length
-al	refusal	approval	arrival
-ment	movement	argument	judgment
-ing	building	feeling	painting

以上後綴大多是表示抽象的性質、狀態、程度、特徵、行動過程、身份、技能等詞彙，譯成漢語通常要加上範疇詞"化"、"性"、"論"、"品"、"度"等。如:

abstraction	necessity	relativity
抽象化	必要性	相對論
commodity	intensity	infiltration
商品	強度	滲透作用
corrosive	jealousy	arrogance
腐蝕劑	嫉妒心理	傲慢態度

英語介詞多，在英語裏十分活躍，可以用來表達虛泛的意義。介詞還可以構成各式各樣的短語，其意義有時虛泛得令人難以捉摸。例如:

He is ***at*** it again.

他又幹上了。

He is not ***in*** it.

他並未參預其事。

We talked on ***over*** fresh tea.

我們一面喝新泡的茶，一面談話。

If your mother sees your torn trousers, you'll be ***in for*** it.

你媽要是看到你的褲子撕破了，你準得挨罵。

漢語表達傾向於具體和形象，其原因是多方面的，但漢語缺乏像英語那樣的詞綴虛化手段，是其中原因之一。

王力教授指出："我們所謂名詞，和英語所謂 Noun，範圍廣狹稍為不同。我們的名詞，就普通說，除了哲學上的名詞之外，只能指稱具體的東西，而且可以說五官所能感觸的。"他還說："英語從形容詞構成的名詞，如，kindness，wisdom，humility，youth，從動詞形成的抽象名詞，如 invitation，movement，choice，arrival，assistance，discovery 等，中國字典裏可以說是沒有一個詞和它們相當的。"

但是漢語動詞佔優勢，而且漢語還有豐富的帶有鮮明形象性的量詞。如用"一綫希望"，表示希望之微；用"一孔之見"表示見識之淺。用"一寸相思一寸灰"表示感情之深。用"一江離恨一江愁"來形容離別之苦。用"一串笑聲"表示內心的歡樂。即使日常生活中，一絲關懷，一句問候，甚至一聲對不起，皆能使你感到溫暖滿心頭。

漢語除了用加範疇詞來表達英語抽象名詞外，還採取

以下手段來表達英語的抽象詞義:

1. 用動詞取代抽象詞義

He was always an unwelcome ***intruder***.
他經常冒冒失失地闖進人家的家裏。

Their ***refusal*** to attend the conference embarrassed the chairman.
他們拒絕參加會議，這使主席很為難。

He can see ***beyond*** the simple happenings to their farthest implications.
他能透過簡單的事件看到其最深遠的含義。

They went on ***across*** the desert and ***into*** China.
他們越過沙漠，然後到達中國。

2. 用形象性詞使抽象意義具體化

Our appeal remained a ***dead letter***.
我們的呼籲猶如石沉大海。

It is a ***near miss***.
這真是九死一生。

She talked to him with ***brutal frankness***.
她對他講的話，雖然逆耳，卻是忠言。

He wondered whether his ***outspokenness*** might be a ***liability*** to his friend.
他懷疑自己那麼心直口快，會否使他朋友揹上思想包袱。

(*編寫這一節時參考了連淑能先生的有關文章。)

3. 用增加詞彙手段使抽象意義明白

a ***rewarding*** book	一本值得一讀的書
passing joy	曇花一現的歡樂
loving glances	含情脈脈的顧盼
a ***demanding*** job	一件要求很高的工作
morning ***briefings***	上午新聞發布會
a ***hitchhiking*** trip	一路搭順風車的旅行
vanity surgery	注重美容而進行的外科手術
fault-***finding***	吹毛求疵的做法
ideas ***behind*** the times	不合時代潮流的思想
to read ***between*** the lines	從字裏行間去領會其意
something ***beyond*** a joke	不是開玩笑的事
to my liking	符合我的喜愛

（三）英漢構詞法比較

1. 英語詞的構成

（1）派生

在單詞前面或後面加上詞綴叫派生。加在單詞前的叫前綴，加在單詞後的叫後綴。

a. 前綴都表示一定的意義。

前綴	含義	例詞及詞義			
dis-	表示否定	appear	出現	disappear	消失
		agree	贊成	disagree	不贊成
un-		happy	高興	unhappy	不高興
		fair	公平	unfair	不公平

in-		formal	正式	informal	非正式
		active	活躍	inactive	不活躍
im-		polite	禮貌	impolite	不禮貌
		moral	道德	immoral	不道德
re-	再、重	write	寫	rewrite	重寫、改寫
		form	形成	reform	改革
mis-	錯誤	spell	拼寫	misspell	拼錯
		understand	明白	misunderstand	誤解
en-	使成為	rich	富裕	enrich	使富裕
		able	能	enable	使能
self-	自動的	locking	上鎖	self-locking	自動上鎖
	自我的	defence	保衛	self-defence	自衛

b. 後綴一般改變詞義，而不是改變基本意義。

後綴	用法	例詞及詞義			
-er -or	加在動詞後表示從事某種職業或動作的人。	read	讀	reader	讀者
		act	表演	actor	演員
		visit	訪問	visitor	訪客
-tion	用來構成抽象名詞	object	反對	objection	反對
		operate	操作	operation	操作
-ment		treat	治療	treatment	治療
		argue	爭論	argument	爭論
-ness		ill	生病的	illness	病

-ship		hard	艱苦	hardship	艱苦
		friend	朋友	friendship	友誼
-al	用於構成形容詞	music	音樂	musical	音樂的
-an		Italy	意大利	Italian	意大利的
-ern		west	西方	western	西方的
-ful		use	用	useful	有用的
-able		move	移動	moveable	可動的
-ish		fool	傻瓜	foolish	愚蠢的
-ly		month	月	monthly	每月的
-ive		act	表演	active	活躍的
-y		wind	風	windy	有風的
-less	反義形容詞	help	幫助	helpless	無助的
-en	構成動詞	deep	深	deepen	加深
-fy		simple	簡單	simplify	簡化
-ize		modern	現代的	modernize	使現代化
-ly	用於構成副詞	wide	寬廣	widely	廣泛地
		simple	簡單	simply	簡單地

（2）合成

由兩個或兩個以上的詞合成一個新詞叫合成。合成詞有的中間用連字符號，有的直接寫。

a. 合成名詞

例：dust + bin → dustbin 垃圾箱

sun + light → sunlight 陽光

b. 合成形容詞

例：world + wide → worldwide 全世界的
man + made → man-made 人造的
good + looking → good-looking 好看的
white + haired → white-haired 白髮的

c. 合成動詞

例：safe + guard → safeguard 保衛
white + wash → whitewash 粉刷

（3）轉化（略。可參閱前面英漢詞類轉化）

由一種詞類轉化成另一種詞類叫轉化。轉化後的詞義與原來的詞義往往有密切的關係。

例：calm（*adj.*）平靜的　calm（*n.*）使平靜
good（*adj.*）好的　good（*n.*）益處
water（*n.*）水　water（*v.*）澆水

（4）其他一些次要構詞法

a. 改變讀音

use /juːz/ *v.* 用　use /juːs/ *n.* 用處
contest /kən'test/ *v.* 比賽　contest /'kɒntest/ *n.* 比賽
permit /pə'mɪt/ *v.* 許可　permit /'pəːmɪt/ *n.* 許可證

close /kləʊz/ *v.* 關　close /kləʊs/ *adj.* 近的
record /rɪ'kɔːd/ *v.* 記錄　record /'rekɔːd/ *n.* 唱片
refuse /rɪ'fjuːz/ *v.* 拒絕　refuse /'refjuːs/ *n.* 垃圾
perfect /pə'fekt/ *v.* 使完善　perfect /'pəːfekt/ *adj.* 完善的

b. 改變詞尾

advice (*n.*)勸告　advise (*v.*)勸告

belief (*n.*)信任　believe (*v.*)相信

relief (*n.*)救濟　relieve (*v.*)救濟

c. 改變字母

blood (*n.*)血　bleed (*v.*)流血

food (*n.*)食物　feed (*v.*)餵，養

gold (*n.*)黃金　gild (*v.*)鍍金

speech (*n.*)演辭　speak (*v.*)講話

tale (*n.*)故事　tell (*v.*)告訴

d. 縮略語(參看下節)

2. 漢語詞的構成

漢語構詞法主要有以下幾種形式:

(1) 派生

a. 加前綴

例: 老師　老王　小張　阿爸

b. 加後綴

例: 記者　讀者　作家　我們　同學們

(2) 合成

例: 書 + 架 → 書架　書 + 包 → 書包

操 + 場 → 操場　寢 + 室 → 寢室

(3) 轉化

例: 工作(動詞)→ 工作(名詞)

朗讀(動詞)→ 朗讀(名詞)

(4) 重疊

例: 天天　年年　家家　家家戶戶

吹吹拍拍

3. 英漢構詞法差異比較

(1) 英語主要構詞法有派生、轉化和合成三種，漢語主要有派生、轉化、合成、重疊四種。

(2) 英語派生可用於名詞、動詞、形容詞等詞；漢語派生只用於名詞。

例：work → worker

simple → simplify

care → careful

careful → carefully

老同學　阿媽

記者　書法家

(3) 重疊是漢語主要構詞法之一，英語則無重疊法。

例：熱熱鬧鬧　哆哆嗦嗦　高高興興　清清楚楚

九　英漢縮略語比較與翻譯

(一) 英語縮略詞

語言隨着社會的產生和發展而產生和發展。力求表達簡便和經濟，是當今英語發展的新趨勢。

Economy! Comfort! Efficiency! Everything! 這是當今社會人們的要求。縮略語就是在這形勢下應運而生的。在美國尤其如此，因此有人説：美國是縮略語迷的國家。

英語縮寫語通常採取下面幾種形式與方法：

1. 合併

Interpol (international + police)國際警察組織

heliport (helicopter + airport)直升機機場

2. 縮寫

laser (light amplification by stimulated emission of radiation)激光

radar (radio detecting and ranging)雷達

UFO (unidentified flying object)不明飛行物體

MP (member of parliament)國會議員

3. 截短

(1) 截去尾部

lab (laboratory)實驗室

tech (technique)技術

hi-tech (high technology)高科技

(2) 截去中間

maths (mathematics)數學

rept (簡寫)(report)報告

(3) 截去頭部

phone (telephone)電話

bus (omnibus)公共汽車

(4) 頭尾部各截去一部分

flu (influenza)流行感冒

fridge (refrigerator)冰箱

以上各種縮略詞，均可按一般英語詞彙處理。名詞可有複數。例如：labs，UFOs，而且可以構成新詞 skylab (太空實驗室)。

（二）漢語縮略詞

1. 形式

（1）並列式

資財（資金，財產）

研製（研究，製造）

（2）動賓式

集資（籌集資金）

投產（投入生產）

（3）偏正式

全會（全體會議）

地鐵（地下鐵路）

2. 句法作用。縮略語可作名詞、動詞和形容詞。

（1）名詞：中國女排

三條地鐵

（2）形容詞：亞太地區

高精尖產品

（3）謂語：輪訓工人

全殲敵人

縮略語大部分是採用抽取代表字的方式構成。

3. 合稱的構成，還有三種形式與方法

（1）用數字加以概括：

兩伊（伊朗、伊拉克）

四美（心靈美、語言美、行為美、環境美）

(2) 先抽取幾個詞的特指部分，再加上它們的共同部分：

指戰員(指揮員、戰鬥員)

農牧民(農民、牧民)

(3) 每個詞抽一個字：

亞非拉(亞洲、非洲、拉丁美洲)

深港台(深圳、香港、台灣)

(4) 漢語縮略語縮略的原則

a. 語義明確者可：

民盟(中國民主同盟)

b. 語義不明確者不可：

如把工業和交通系統縮略為"工交"不好；把公共交通縮略為"公交"更不好。

(三) 縮略詞的翻譯

1. 按半簡化詞翻譯

lasercon (laser converter)激光轉換器

telstar (television star)電視衛星

2. 按全簡化詞翻譯

mobot (mobile robot)活動機器人

infranics (infrared electronics)紅外綫電子學

3. 按音翻譯

Dopplar 多普勒系統(測定導彈彈道的多普勒系統)

optophone 奧波第風(供盲人閱讀用的辨光器)

4. 按原詞意翻譯

GSV (guided space vehicle)有制導的宇宙飛船

RATO (rocket-assisted take-off)火箭輔助起飛

在翻譯縮寫詞時，要注意下面幾點:

1. 根據上下文揣摩縮寫詞的含義。如果上下文講的是宇宙飛行員的航天生活設備，那麼看到 anti-G suit 這個詞時，你就可推測詞中的"G"字肯定是 gravitation 的縮寫。

2. 從已知的常見縮寫詞推導未知的縮寫話，如 BM (ballistic missile 彈道導彈)是眾所周知的。則遇到"anti-BML"時，就可以猜測"L"是"laser"的縮寫詞，此詞可譯為"反導彈激光武器"。

3. 必須掌握專業知識才能翻譯科技縮寫詞。如在論述 electronic brain (電腦)和 robot(機器人)的書中出現了 IT 這一縮寫詞，而電腦是可以代替人腦進行計算(calculation 或 computation)或翻譯(translation)的，那麼你就會猜 T 顯然是"translator"的縮寫詞，而"翻譯機"(translator)又是與 input (輸入)緊密相聯的，於是便可推定 IT 是 input translator (輸入翻譯機)的縮寫詞。

十　英漢民族思維比較

語言與思維是分不開的。下面就英漢民族思維作簡要的比較。

中國科學院院長周光召教授認為，"一種文化的特點更集中地反映在它的思想方式和對待一些人類面臨的問題看法態度之中。"著名翻譯家傅雷認為："東方人與西方人的思想方式有基本分歧：我人重綜合，重歸納、重暗示。西人則重分析、細微、曲折，挖掘唯恐不盡，描寫唯恐不周。"現簡要分述舉例如下：

（一）西方人重形式論證，崇尚個體思維，重分析。

西方人的哲學強調主客體對立，物我分明。如希臘人認為"人為萬物尺度"。

漢人的哲學強調，天人合一，主客體統一，主張"萬物與我為一"。

所以西方人重個體思維，表現在語言中，重形合，不求全面、周到，但求結構上的嚴謹。

（二）漢民族重悟性，重整體抽象，重綜合。

漢語重悟性，即不憑藉着嚴謹的形式進行分析，而是根據主觀的直覺，從邏輯及上下文中"悟"出關係來，因此語言簡約和模糊。意合是漢語重悟性的突出表現。即在語言中可以連連出現省略，而意義相連，脈絡清楚。形散而神聚的句子比比皆是。

中國文化歷來重意合的傳統，劉勰(465–532)所謂"意授於思，言授於意"(《文心雕龍：神思》)就是說意思受思維支配，語言受意念的支配。

中國思維重綜合，西方思維重形合，在語言表達上漢語重意合，英語重形合，正反映了英漢民族與文化思維特徵。

下面舉些例句加以比較：

我買了六支鋼筆，(這六支鋼筆)一共三十元，(我)拿回家一看，都是用過的了。

I bought six pens which cost me thirty yuan. When I took them back home, I found they were second-hand.

"不堅持，就會失敗。"這句話可以英譯成下面幾句。

One will fail unless one perseveres.

Keep on, or we'll fail.

If you don't hold on, you will fail.

"他來了，我走。"這句話可能作下面幾種理解：

如果他來，我就走。

If he comes. I will go.

既然他來，我可以走了。

Since he comes, I will go.

當他來時，我就走。

When he comes, I will go.

因為他來，所以我走。

As he has come, I must go now.

楊振寧教授説："中國的文化是向模糊、朦朧及總體的方向走，而西方文化是向準確而具體的方向走。"他又説："中文的表達方式不夠準確這一點，假如在寫法律是一個缺點的話，寫詩卻是一個優點。"

由於漢人講"天人合一"，主體意識很強，所以在語言中使用大量的無主語句和主語省略句，例如：

搞得我心亂如麻。

It made me upset.

熱得我滿身大汗。

The heat makes me sweat.

只見她一身珠光寶氣，綽約宜人。

She showed up in a graceful manner, gleaming with jewelry.

任憑風浪起，穩坐釣魚船。

You can sit tight in the fishing boat despite the rising wind and waves.

在現代漢語中，第一人稱單數主語省略很多，主要是説話者的自我意識很強，認為從上下文中，主語可以不言自明。又如：

黑漆漆的，不知是日是夜。

Pitch dark. I don't know whether it is day or night.

襲人道："一百年還記着呢！比不得你，拿着我的話當耳邊風，夜裏說了，早起就忘了。"《紅樓夢》

"***I***"ll remember if ***I*** live to be a hundred!" said Aroma. "***I***'m not like you, letting what ***I*** say go in at one ear and out at the other forgetting what's said at night by the next morning."

中國人有"人為宇宙主體"的觀點，因此漢語句子習慣以人為主語。西方人則強調客觀，因而英語句常以物或抽象觀念為主語。這也反映了英漢思維方式的差異。試比較：

His passion carried him astray.

他因感情衝動而誤入歧途。

Neither sorrow nor regret followed my passionate outburst.

我發一陣怒之後，並不難過，也不後悔。

Memories of that historic and happy occasion still linger.

人們對那次歷史性的盛會記憶猶新。

An idea suddenly struck him.

他突然想起一個主意。

The sight of the orphan always reminds me of his parents.

我看到這孤兒就會想起他的父母。

The most notable is the further willingness of people to speak their minds.

人們更願意暢所欲言，這是最值得注意的。

Her illness kept her in hospital four weeks.

她因病在醫院住了四個星期。

Simplicity of language demands, in the first place, that the texts should be colloquial rather than literary, that they should be written in short sentences, not in long and complicated clauses.

要使語言簡潔，首先，文章與其用書面體，不如用口語體；應當用短句，而不用長的複合句。

The case in which the patient is running high fever and suffering from continuous convulsion has got into grave danger indeed.
His case is really serious, as he is suffering from high fever and continuous convulsion.

病人發高燒，又抽搐不已，的確很危險。

註：不少漢語語法家認為，在某種意義上來說，西方語言的句子是一種"焦點"視的語言。這可以從句子的形態變化清楚地反映出來。一般來說，西方語言句子的謂語必然是由限定動詞來充當的。這個限定動詞又在人稱和數上與主語保持一致關係。句子中如果出現其他動詞，那一定採非限定形式以示它與其他動詞的區別。因此，抓住句子的限定動詞，就是抓住了句子的骨幹，整個句子格局也就綱舉目張了。也就是說，理解和把握西方語言的句子，只要抓住謂語動詞就抓住了全句的靈魂。

申小龍等語言學家卻認為漢語卻不是"焦點"視，而是"散點"視。因為在現代漢語句子的實際運用中，SVO（主動賓）型的句子只見9%，其他漢語句子是以"流水句"的形式出現。一個個句子按邏輯事理的發展加以鋪排。

申小龍認為"焦點論"和"散點論"的差別是他對西方語言句型和漢語句型差別的一個基本看法。前者是一種物理空間體，後者是一種心理時間流。

著名學者季羨林教授說：西方哲學思維是，只見樹木，不見森林；只從個別細節上窮極分析，而對這些細節之間的聯繫則缺乏宏觀的概括。他說："我個人覺得申小龍先生這些意見是很有見地的。"

第二章
英漢詞語主要差異比較

一　英漢名詞的差別

英漢名詞(noun)特點基本相同，都是用來表示人、地和事物的名稱。但英語傾向於運用常用名詞來表達某些在漢語中常以動詞表達的概念。因此就詞類而言，英語以名詞佔優勢，也就是說，英語傾向於多用名詞，也傾向於多用介詞。

> Scientific ***exploration***, the ***search*** for ***knowledge*** has given ***man*** the practical ***results*** of ***being*** able to shield himself from the ***calamities*** of ***nature*** and the ***calamities*** imposed by other ***man***.
>
> 科學的探索、知識的追求，使人類獲得了避免天災人禍的實力。

這個例句中用了十個名詞(包括動名詞)，但只有一個謂語動詞和一個動詞不定式。多用名詞和少用動詞這點正好和漢語相反。

由於英語動詞的使用受到限制(即一個英語句子中只能用一個，或數個並列的動詞作謂語)，因而必須更多地借助於名詞，所以英語名詞的表意功能很強，許多在漢語中通常用動詞去表達的意念，英語卻用名詞。

英國語言學家艾里克·帕特里奇(Eric Partridge)認為，將動詞轉化為名詞乃是英語極普遍、極有效的構詞方法。名詞與動詞之間的互相轉化，正是英語的獨特之處(見 *The World of Words* 頁 38)。在許多情況下，用名詞代動詞可以使行文和表意都更為簡潔，這符合現代英語總的發展趨勢。例如：

I gave the situation a big ***think*** for about two seconds.

The film is an absolute ***must-see***.

What's the ***need***, man?

Another ***departure*** from the recent White House ***practices*** is the ***absence*** of dancing.

If you step over to window 4, you'd have a shorter ***wait***.

We stopped at the pavilion for a short ***rest***.

The ***appearance*** of the book on the market caused a sensation.

英語不但廣泛以名詞代替動詞來表意，而且以名詞用作形容詞。如：

mood music 抒情音樂

moonlight stroll 月下漫遊

love match 恩愛夫妻

college bills 大學費用

government views 政府的觀點

generation gap 代溝

all-night discussion 通宵達旦的討論

據統計，在現代英語新詞語中，以名詞為最多。以 *6,000 Words: A Supplement to Webster's Third New International Dictionary* 所收集的六千個英語新詞為例，在"S"字部中，共有 465 詞條，其中名詞為 370 個，佔百分之七十九以上。

還值得注意的是當代英語中有一種所謂成語名詞(idiomatic noun)，為數越來越多，這類成語名詞原本是短語動詞(phrasal verb)。如：

flunk-out 考試不及格	set-up 組織，團體
sit-in 靜坐抗議	lead-in 開篇
walk-off 退席，退場	breakdown 故障
wipe-out 失敗	upkeep 維修

正如本節開首指出，英漢名詞的特點基本相同。但也有不同之處，這主要表現在：

(一) 英語十分重視名詞的分類。英語名詞可分為專有名詞(proper noun)和普通名詞(common noun)兩大類。普通名詞又分為個體名詞(individual noun)，集體名詞(collective noun)，物質名詞(material noun)和抽象名詞(abstract noun)。前兩類可以用數目來計算，稱為可數名詞(countable noun)，後兩類一般無法用數目來計算，所以稱為不可數名詞(uncountable noun)。

歸納起來，名詞的分類可列表如下：

名詞	專有名詞（第一個字母要大寫）			China, America, Beijing, London
	普通名詞	個體名詞	可數名詞	book, house, heart, day, hand
		集體名詞	可數名詞	army, class, people, committee, cattle, police
		物質名詞	不可數名詞	water, milk, steel, money,
		抽象名詞	不可數名詞	work, unity, liberation, advice

但有些名詞在不同場合，代表的意義不同，可以兼屬兩類，即可數和不可數名詞。如：

A ***glass*** is made of glass.

鏡子是用玻璃製成的。

（句子中鏡子是可數的，所以要加不定冠詞 a。）

There is no ***school*** tomorrow.

明天不用上課。

（句子中 school 是抽象的，所以不可數。）

試比較：

She bought ***chicken and turkey***.

她買了雞肉和火雞肉。

She keeps ***chickens and turkeys***.

她飼養一些小雞和火雞。

We discussed the matter ***over a bottle of wine***.

我們邊飲酒邊討論。

This is ***a light wine.***

這是一種淡酒。

Give me a slip of ***paper***.
給我一張紙條。
Have you read Dr. Wright's ***papers***?
你讀過萊特博士的論文嗎?

We do not do ***business*** with him.
我們不跟他做買賣。
He is the manager of three different ***businesses***.
他是三間不同商店的經理。

His ***hair*** is dark.
他的頭髮是黑的。
She has ***a few grey hairs***.
她有幾根白頭髮。

The ***fruit*** is not yet ripe.
果子還沒有成熟。
A pear and an apple are ***two fruits***.
梨和蘋果是兩種水果。

（二）有些英語名詞的性(gender)採用形態變化來表示，這些名詞在漢語卻用詞彙手段來表示。

陽性	陰性	陽性	陰性
hero 英雄	heroine 女英雄	poet 男詩人	poetess 女詩人
actor 演員	actress 女演員	lion 雄獅	lioness 母獅
author 男作家	authoress 女作家	mister 先生	mistress 夫人
host 男主人	hostess 女主人	prince 王子	princess 公主

（三）英語的名詞有數的範疇。漢語名詞本身沒有"數"的表示，數的概念通過其他方法來表示，如將名詞與數量詞組合等方法。如:

a pen 一枝筆

two flowers 兩朵花

three children 三個小孩

a set of furniture 一套傢具

漢語普通名詞中的人稱名詞可以加詞尾"們"，表示複數，如"兄弟們"、"朋友們"、"學生們"，但加"們"以後不能再加表示確指的數量詞，如"三位朋友們"。非確指的可以加，如"諸位先生們"(說"諸位先生"當然也可以)。其他名詞一般不能加"們"。

英語可數名詞的複數，一般在單數名詞後加"s"或"es"。

此外，一些不規則名詞還有特別的複數形式。如:

單數	複數
child	children
goose	geese
foot	feet
tooth	teeth

還有少數名詞的單複數是一樣的。如:

a sheep 一隻羊　　two sheep 兩隻羊

a deer 一隻鹿　　two deer 兩隻鹿

a fish 一條魚　　two fish 兩條魚

a Chinese 一個中國人　　two Chinese 兩個中國人

還有少數名詞只有複數形式。如:

scissors 剪刀　　oil-colours 油畫

pants 褲子　　trousers 褲子

savings 儲蓄　　belongings 所有物

fireworks 烟火　　contents 目錄

overalls 工作服	scales 天秤
arms 武器	surroundings 環境
compasses 圓規	remains 殘餘
nippers 鑷子、鉗	handcuffs 手銬
loins 腰	bowels 腸
blues 憂鬱	gums 齒齦
cards 橋牌	creeps 雞皮疙瘩

還有些名詞複數形式表示別的意思。如:

letters 文學	papers 文件
greens 青菜	looks 面貌
goods 貨物	spirits 烈酒

還有些不可數物質名詞加 s，表示不同種類的意思。如:

teas 各種茶	steels 各種鋼
fruits 各種水菓	grasses 各種草
foods 各種食物	metals 各種金屬

（四）在英譯漢時，要注意有些名詞的單、複數具有不同的含義。試比較:

{ air 空氣
{ airs 裝腔作勢

{ ash 灰
{ ashes 骨灰

{ custom 習慣
{ customs 習慣；關稅

{ effect 效果
{ effects 財物；動產

{ cloths 布料
{ clothes 衣服

{ colour 色
{ colours 軍旗；水彩

{ quarter 一刻鐘；四分之一
{ quarters 住處；營房

{ force 力量
{ forces 軍隊

damage 損害
damages 損害賠償金

manner 方法
manners 品行

regard 尊敬；注意
regards 問候；致意

advice 忠告
advices 通知；消息

再比較：

economy 節約
economies 節約措施，經濟制度

generalization 一般化
generalizations 見解；論斷

letter 字母；信
letters 文學；證書

minute 分鐘
minutes 會議記錄

spectacle 場面；光景
spectacles 眼鏡

time 時間
times 時代

work 工作
works 著作；工廠

part 部分，作用
parts 才能；零件；器官

promise 希望，諾言
promises 諾言

quarter 四分之一
quarters 住處

return 歸還；再現
returns 利潤；位計表

ruin 毀滅
ruins 廢墟，遺迹

reparation 賠償
reparations (戰敗國)賠款

experience 經驗
experiences 經歷

blue 藍色
the blues 憂鬱

ground 地；場地
grounds 理由；庭園

有些名詞的複式有一定的詞義色彩。一般說詞義演變都是屬於從抽象到具體的引伸。名詞引起詞義的變化在英語中十分重要，因為它不僅是個表達問題，而且是一個理解問題。一個字母之差，意義卻大不一樣。

此外，注意英語複數的特殊用法：

1. 為了強調的用法

He expressed his hearty ***thanks***.
他由衷的感謝。

We are on the ***sands*** of the Sahara.
我們現正在撒哈拉大沙漠上。

2. 相互關係的用法

Shall we change ***seats***?
要換位子嗎?

You must change ***cars*** in Shanghai.
你必須在上海換車。

She shook ***hands*** with me.
她跟我握手。

（五）英語中有些名詞有格(case)的變化。漢語的名詞沒有格的範疇，但可以用不同的手段表達格的意思。

英語名詞所有格(possessive case)的構成法有兩種：

1. 表示有生命的東西的名詞(人或動物)，在詞尾加"'s"，構成其所有格，讀音和該名詞的複數形式讀音一樣。

   Jim's sister 吉姆的姐妹
   children's games 孩子們的遊戲

   如果這類名詞是複數詞尾，則在構成所有格時只加"'"。

   a girls' school 女子學校
   a students' dormitory 學生宿舍
   ladies' shoes 女鞋

   有些表示時間、距離、國家、地名等的名詞，也可加"'s"構成所有格。

   today's paper 今日的報紙
   three days' journey 三天的行程
   the city's busiest section 該市最熱鬧的地區
   ten minutes' walk 徒步十分鐘

   把無生命的東西擬人化時，這樣用的名詞也可以加"'s"表示所有關係。

duty's call 責任的召喚
the ocean's roar 大海的咆哮
the wind's rustle 風瑟瑟的響聲
the earth's surface 地球表面

有某些習語(idioms)中，表示無生命的名詞有時也可加"'s"，表示所有格的形式。

to one's heart's content 心滿意足
by a hair's breadth 一髮之差
a stone's throw 一箭之遙
at one's wits' end 窮於應付；不知所措
a nine days' wonder 很快就被遺忘

2. 表示無生命的東西的名詞，一般在其前加"of"構成介詞短語(prepositional phrase)，說明所有關係。

the door of the teaching building 教學樓的大門

凡不能加"'s"的名詞，都可以與"of"結成短語，表示所有關係。即使是表示有生命東西名詞，也可用這種介賓短語，說明所有關係。

the life of the workers 工人們的生活
the barking of the dogs 狗的叫聲

3. 在某些情況下，上邊講的兩種情況可以結合起來構成"of + 名詞所有格"。這種表示雙重所有格的形式，有時在意義上和語氣上略有區別。

He is a good friend of my father's.
(側重說明父親的好朋友不止一個)

He is a good friend of my father.
(側重說明"他"是父親的好朋友)

These are two novels of Gorky's.
這是高爾基的兩本長篇小說。

It was no fault of the doctor's.
這不是醫師的過失。

She bought it at the grocer's (store).
她在雜貨店裏買的。

採用這種雙重所有格的形式，主要是因為所表示所屬物的名詞前面有不定冠詞(indefinite article)，不定代詞(any, no, some)，數詞(two)，指示代詞(this, these, that, those)等。有時帶感情色彩，表示讚嘆或厭惡之意，例如:

That performance of the teacher's was really wonderful.
教師演的那個節目的確很精彩。
Those sons of Henry's are all rascals.
亨利的那些兒子都是流氓。

有時為了避免重複，也用這種結構，省略所修飾的中心詞。

It was not John's brother, but Mary's.
那不是約翰的哥哥，而是瑪利的哥哥。

英語也不是一切名詞作定語(attribute)的都是所有格，如 stone bridge, steel construction 等物質組成的名詞。如前面所述，在現代英語中，用名詞作形容詞的越來越廣泛。

綜上所述，我們可以看到漢語注重邏輯關係，只有真正是領屬關係的才認為是所有格。如："老張的書"，"我姐姐的房間"，"中國的領土"等。英語則比較強調語言形式。從邏輯上說，"today's paper"裏的今天，不可能對報紙有所有權，所以在漢譯英必須注意到這點。

漢語裏沒有所有格的變化。漢語名詞修飾名詞時，有些需要在修飾詞與中心詞之間用結構助詞"的"加以連接。漢語結構助詞"的"相當於英語中的名詞所有格"'s"和介詞"of"，但漢語中有些名詞作定語性修飾語是不用"的"幫助的。如："我國首都"，"經濟政策"，"考試題目"，"今天報紙"等等。

二　英漢動詞的差別

表示人或事物的動作、行為、發展、變化的詞叫做動詞(verb)。英漢對動詞的概括意義是一樣的。動詞是最複雜的一個詞類，也是最活躍的一種詞類。英語的動詞又比漢語的動詞複雜。本節重點放在分析英漢動詞的主要差別。由於篇幅所限，也只能提綱挈領地說明一下。

（一）現代漢語以動詞佔優勢，也就是說，在現代漢語中，一個句子不限於只用一個動詞，可以連續使用幾個動詞，即所謂"動詞連用"。動詞連用是現代漢語句法顯著特徵之一。英語每個句子中只能使用一個定式動詞(finite verb)，唯一例外型式是並列句動詞謂語。所以漢語動詞翻成英語時，有時只需用一個動詞，其他動詞被轉換成英語的名詞、介詞、非謂語動詞或其他詞類。例如：

我忘了帶鑰匙。

I forgot my key.

我倒了一杯茶給他喝。

I offered him a cup of tea.

他拿着槍，繞着屋子巡走。

He walked around the house with a gun.

他跳起來，連忙跑到浴室的鏡子前，拿掉了毛巾，細看他面頰上的傷口。

He jumped up and hastened to the mirror in the bathroom, taking away the towel to examine the cut upon his cheek.

大量的動詞湧現在漢語句中，會不會引起動詞臃腫和混亂呢？答案是不會。因為漢語動詞沒有屈折的形態變化，形態十分穩定，使用時不受形態上的限制，比較方便。此外，每個動詞都代表着一個動作。在一個具體情況下，都有動作發生的所在時間，因此幾個動作的發生，必定有先有後，或同時。試看《藥》中的一段。

華大媽在枕頭底掏了半天，掏出一包洋錢，交給老栓，老栓接了抖抖的裝入衣袋，又在外面按了兩下，便點上燈籠，吹熄燈盞，走向屋裏去了。

（二）英語動詞有及物動詞（transitive verb）和不及物動詞（intransitive verb）之分。漢語動詞多數都是及物的，只有極少數是不及物的。因此，在翻譯時就會出現交錯的現象。為了防止混淆，必須注意下面幾點：

1. 有些動詞英語是及物的，漢語卻是不及物的。

to serve one's country 為國服務

to live a happy life 生活很幸福

to work oneself too hard 使自己工作過度辛苦

2. 有些動詞英語是不及物的，漢語卻是及物的。

They are waiting for the bus.
他們在等公共汽車。

He arrived at Beijing.
他到了北京。

They will call on you tomorrow.
他們明天探訪你。

3. 英語有些及物動詞變成不及物動詞時，意義要起變化。

及物	不及物
I know him. 我認識他。	I know of him. 我了解他的為人。
She heard the shots. 她聽見槍聲。	She has never heard about it. 她從未聽説此事。
They have approved the plan. 他們已經批准了這計劃。	They have not approved of the plan. 他們不贊成這計劃。

4. 英語及物動詞一般都要帶賓語，漢語在一定上下文中卻可以省略。

Do you like this book?
Yes, I like it very much.
你喜歡這本書嗎？我很喜歡。

Have you read the book?

Yes, I have read it.

你看過這本書嗎？我看過了。

因此學習一個英語動詞時，必須弄清它是及物動詞還是不及物動詞，如果既可作及物動詞又可作不及物動詞，還得弄清楚，在那些情況下是及物的，那些情況下是不及物的。

（三）英語動詞表"時"(tense)，主要通過語法手段，即字形的變化。如：go, going, went, gone 等。漢語卻用詞彙手段和句法手段來表示"時"的變化。如用"了"、"着"、"過"、"已經"、"就要"、"現在"、"將來"、"正在"、"過去"、"今天"、"明天"、"昨天"等詞：

She takes a walk after supper every day.

她每天晚飯後散步。

She suddenly fell ill yesterday.

她昨天突然病倒了。

It is going to rain.

要下雨了。

He will come to see you the day after tomorrow.

他後天要來看你。

I have lost my pen.

我把鋼筆丢了。

漢語有時不用特殊的時間詞，而用整個句子的敍述、論説、判斷等來表示時間。即用句法手段。如：

他膽子小，在大庭廣眾之前感到緊張。

He is timid, nervous before crowds.

(指主語特徵，所以譯成英語時用現在時態。)

(四) 英語謂語動詞的時態複雜，但漢語謂語的構成卻比英語複雜。英語謂語主要是動詞。如：

He works hard.

其次是連繫動詞 + 表語構成的謂語。如：

His daughter is a doctor.

但漢語除了用動詞作謂語外，還可以用形容詞、籍貫、天氣和日子的名詞來作謂語。如：

她很熱情。

讓他冷靜冷靜一下再說。

屋裏黑，外頭亮。

試比較下面的句子：

山高月小。

The mountain is high and the moon is small.

花紅柳綠。

Flowers are red and willows are green.

物價穩定，市場繁榮。

Prices are stable and the market is flourishing.

今天星期日。

It is Sunday today.

明天晴天。

It will be a fine day tomorrow.

（五）如上所述，漢語的特點之一，就是有些句子往往連用兩個或更多的動詞，中間不用任何關聯詞語。我們稱之為複雜的謂語結構。這種結構又可分為兩種類型：連動式和兼語式。

1. 漢語連動式的特點是：兩個或兩個以上的動詞，與同一主語發生主謂關係。

他穿上衣服出去了。（表示動作的連續）
他上街買書。（後面動詞表示前面動作的目的）
他們熱烈鼓掌歡迎外國來賓。（前一個動作表示後一個動作的方式）

英語沒有漢語這樣的連動式，但也可以用下面的方法翻譯。

（1）表示先後關係的連動式通常將幾個動詞都譯成謂語動詞，按原文的先後次序，用 and 加以連接，或用分詞結構來譯。如：

他打開抽屜拿出詞典來。
He opened the drawer and took out a dictionary.
Opening the drawer, he took out a dictionary.

這軍官放下杯子站了起來。
The officer put down his glass and stood up.
Putting down his glass, the officer stood up.

他到了車站發現火車已經開走了。
He arrived at the station and found that the train had left.
Arriving at the station, he found that the train had left.

(2) 表示“手段、目的”關係的連動式，在英譯時，通常把前一個動詞，即表示手段的詞譯作謂語，而後一個動詞(即表示目的的詞)則用不定式譯作目的狀語。如:

他到老師那兒請假。

He went to the teacher to ask for leave.

去年他回北京去看朋友。

Last year he went to Beijing to visit his friends.

他們跑過去歡迎眾代表。

They ran over to welcome the delegates.

在表示“手段、目的”關係的連動式中，第二個動詞有時也可以用含目的意義的介詞來譯。

他回家去取鑰匙。

He went home for the key.

“這年頭，誰敢下鄉去收租呢?”

“Who dares go down into the villages for rent these days?”

(3) 有些連動式，前一個動作表示後一個動作的方式、狀態，兩者形成主從關係。在英譯時，通常把後一個動作用限定動詞譯成謂語，前一個動作譯成分詞或介詞短語。如:

不久，他捧着那本書回來了。

Very soon, he came back, holding that book in hand.

遊行的人拿着鮮花和彩旗在街道上行進。

The paraders marched in the street, carrying flowers and banners in their hands.

她哼着曲子走進臥室去。

Humming a tune, she went into the bedroom.

我們應當起來捍衛和平。

We should come forward in defence of peace.

2. 漢語兼語式的特點：謂語有兩個動詞，前一動詞的賓語，又是後一動詞的主語，前後兩個動詞不共一個主語。如：

他叫我到這裏來。

在這句話裏，"我"是"叫"的賓語，又是"到這裏來"的主語。"我"一身兼兩職，這就叫做"兼語"，這種句子就稱為兼語式。

兼語式的基本譯法有以下幾種：

（1）把兼語式的第二動詞轉化為英語的賓語補足語。

醫生勸他好好休息。

The doctor advised him to take a good rest.

虛心使人進步，驕傲使人落後。

Modesty helps one to go forward, whereas conceit makes one lag behind.

我請他教我法語。

I asked him to teach me French.

註：當兼語式的第一動詞是"使、叫、讓、教、請、勸、派、催、逼、要求、命令、請求、迫使、引誘、號召、鼓勵、促進、動員、禁止、防止、阻撓……"等和表示生理上感覺的動詞時，譯成英語後，在很多情況下，其賓語補足語是由不定式來充當的。

有時英語的賓語補足語也可以由下面成份來充當：

A. 用介詞來充當

他迫使對方處於守勢。

He drove his opponent into a defensive position.

我發現他在伏案工作。

I found him at his desk.

他們組織工人加入了工會。

They have organized the workers into trade unions.

B. 由形容詞來充當

他證明自己值得信賴。

He proved himself worthy of confidence.

我們必須使教室保持整潔。

We must keep the classroom clean and tidy.

甚麼事使你這麼樣激動?

What made you so excited?

C. 由副詞來充當

讓他進來。

Let him in.

一位男士駕車送我們回家。

A gentleman drove us home.

D. 由分詞來充當

他忽然聽見有人輕輕扣窗子。

Suddenly he heard someone knocking lightly on the window.

對不起，讓你久等了。

I'm sorry to have kept you waiting.

E. 由名詞來充當

他們任命這位姑娘為公司的副董事。

They nominated the girl vice-director of the company.

他們推他為領袖。

They made him their leader.

F. 其他

我知道他很誠實。

I know him to be honest.

老師教育我成人。

The teacher has made me what I am today.

(2) 英語中有大量的含有“致使”、“促成”意義的動詞，有時為了句子簡練有力，往往利用這類動詞來翻譯。

這真叫我吃驚！

It surprised me!

這會使孩子們高興的。

That will please the children.

這暴行使全世界輿論感到震驚。

This atrocity shocked the world opinion.

(3) 也可按照上下文和英語習慣靈活翻譯。

指揮官表揚他有勇氣。

The commander praised him for his courage.

她責備孩子遲遲不回家。

She reproached her child for staying out late.

報上批評這位作家沒有真正地反映生活。

Newspapers criticised the author because he failed to present a true picture of life in his works.

小姐，我勸您少管閒事。

Young lady, you'd better mind your own business.

(六) 從上面幾節中所述，我們知道，漢語傾向於多用動詞，英語傾向於多用名詞和介詞。認識英漢不同詞類優勢或用詞傾向，這對於提高譯文質量很有益處。可以使譯文更加通順，確切。

1. 可將某些英語名詞轉化成漢語的動詞

He pays close ***attention*** to nuance and shading, and his rhetoric rarely varies.

他聚精會神於斟詞酌句，言談如出一轍。

I don't claim to be a ***soothsayer*** but I think the worst of the problem is behind us.

我不是在這裏算命，我認為我們這麼幹後果是很不妙的。

There was a mumbled ***conversation*** in the background. Then a man's voice came on the phone.

電話裏有人在嘰哩咕嚕地交談，過了一會兒，一個男人給了我回話。

2. 可將英語介詞譯成漢語動詞

He wears six patches ***on*** his pants, each one a different colour.

他褲子上打了六個補釘，一個補釘一個顏色。

Up the street they went, ***past*** stores, ***across*** a broad square, and then entered a huge building.

他們朝大街走去，經過許多商店，穿過一個大廣場，然後進了一座大廈。

On camera he could be anyone; off, he was a nobody.

他照在相片上真像個人物；其實呢，不過是個無名之輩。

三　英漢形容詞的差別

形容詞(adjective)的概括意義是表示事物的特徵。

英語形容詞是"指稱事物屬性或特徵的詞類"。它在句子中可以：

1. 用作定語(attributive)

   The sky was a garden of ***golden*** flowers, heavy with colour.

   天空就像一座五色繽紛的花園，花朵金光閃爍。

   Miss Mathews is an ***English*** teacher.

   馬休茲小姐是位英國籍老師。

2. 用作表語(predicative)

   The food tastes ***delicious***.

   這食品很可口。

   The trees stood out, ***dark*** and ***beautiful*** against the clear starry sky.

   襯着明淨的星空，這些黝黑的樹顯得很美。

3. 用作補語(complement)

   The warm weather has turned the fields ***green***.

   溫暖的天氣使田野一片葱綠。

   We must always keep our rooms ***clean*** and ***tidy***.

   我們必須經常保持房間整潔。

4. 用作狀語(adverbial)

   They came to the worksite, ***happy*** and ***gay***.

   他們高高興興地來到工地。

   Contrary to what I thought, the play was quite successful.

   和我預料相反，這個劇很成功。

英語中有些形容詞一般只作表語用。這點將在英語詞序這一章加以闡述，這裏不一一列舉。

英語形容詞分三個等級。即原級(positive degree)；比較級(comparative degree)；最高級(superlative degree)。下面以"old"一詞為例：

原級	比較級	最高級
old	older	oldest

英語某些雙音節和多音節形容詞在表示比較級和最高級時，在形容詞前面分別加副詞(adverb)more 和 most，或加副詞 less 和 least。例如：

原級	比較級	最高級
beautiful	more beautiful	the most beautiful
difficult	less difficult	the least difficult

英語某些形容詞各個比較等級具有不同的詞形，其變化不規則。例如：

原級	比較級	最高級
good	better	best
bad	worse	worst

漢語部分形容詞可以重疊。單音節形容詞重疊方式是 AA 式，重疊後面加"的"或兒化。例如：紅紅的、慢慢兒。雙音節以上形容詞重疊方式是 AABB 式，或 ABB 式或 ABAB 式。例如：明明白白、乾乾淨淨、整整齊齊；冷冰冰的，熱騰騰的；涼快涼快、冷靜冷靜、暖和暖和。漢語部分重疊式的形容詞是英語所沒有。

漢語的形容詞也可表示三個等級，但不是用詞形變化，而是用副詞來表示的。表示比較級用“比較”、“還”、“較”等詞；表示最高級用“最”、“很”、“十分”、“非常”等詞。

以“流利”一詞為例：

原級	比較級	最高級
流利	比較流利，還流利	最流利，很流利
	較流利，更流利	非常流利，流利極了

漢語形容詞作謂語或定語沒有甚麼限制，英語在習慣上有些形容詞只能作表語，不能作定語。例如：asleep, afraid, awake, alive, unable, content 等。

漢語形容詞可以作動詞補語，例如：洗乾淨、說明白、莊稼長得高。形容詞自己也可以帶補語，例如：好極了，好得很。這也是英語所沒有的。

翻譯英語形容詞時，要注意下面幾點：

1. 漢語部分重疊式的形容詞是英語所沒有的，英譯時只能採取近義詞來表達。例如：

   亂蓬蓬的鬍子 unkempt (scraggly) beard
   亮堂堂的 brightly lit
   綠油油的 rich green; glistening green
   冷冰冰的 ice cold

   或按照英語的表達方式來翻譯。例如：

社會上各種人物的嘴臉，被區別得清清楚楚。

People of all sorts in our society have been clearly revealed for what they are.

老老實實，勤勤懇懇

be honest and industrious

我們應當紮紮實實地把這個問題解決好。

We must work in a down-to-earth way.

2. 注意比較下面詞組的不同含義

a golden age 黃金時代
a gold watch 金錶

silken hair 柔軟光滑的頭髮
silk stockings 絲襪

a wooden face 呆板的臉
a wood floor 木質地板

her pleasing manner 令人愉快的態度
her pleased look（自己）高興的表情

an exciting game 令人興奮的遊戲
an excited crowd 興奮的羣眾

a charming girl 迷人的姑娘
a charmed girl 着了魔的姑娘

3. 注意比較下面句子與詞組的不同含義

He has a few friends.
他有一些朋友。
He has few friends.
他幾乎沒有朋友。

There is a little hope left.
還有一點希望。
There is little hope left.
已經差不多沒有希望了。

He has only a few relatives.〔**only a few (little) = few (little)**〕
他幾乎沒有親戚。
He knows quite a few skills. (**quite a few = a good deal of**)
他懂得不少技能。
Not a few read from habit.〔**not a few (little) = many (much)**〕
許多人都依習慣來讀書。

I have time enough.
我的時間夠了。
I have enough time.
我有充分的時間。(比較強調)

He is sure of his own success.
(**He is sure that he will succeed.**)
他確信自己必定會成功。
He is sure to succeed.
他必定會成功。(表示他人的判斷)

the late Mr. Smith
已故的史密斯先生
He is late again.
他又遲到了。

A certain man came to see you.
有一個人來看你。
It's quite certain.
這是很確實的。

the proper thing to do
適當可做的事
China proper
中國本土
grammar proper
完全符合語法

the man responsible
應負責任的人
the responsible man
可以信賴的人

4. 比較下面句子的翻譯:

John is very clever.
約翰很聰明。(描寫句)
約翰是很聰明的。(判斷句)

The Chinese are industrious and brave.
中國人勤勞勇敢。(描寫句)
中國人是勤勞勇敢的。(判斷的)

5. 在翻譯英語比較級時,要注意英漢兩種語言結構上的不同。例如:

He has greater interest in novels than in poetry.
他對小説的興趣比對詩的興趣大。

注意:在英語句子裏只用一個"interest",譯成漢語時卻用兩個"興趣"。

The climate of Beijing is colder than that of Shanghai.

北京氣候比上海冷。

注意：在英語中要用"that（代替氣候）of"，即要把兩樣相比的東西都必須說出，漢語卻可以省略"氣候"兩個字，其意義已很清楚。

但在下面句子中卻可省略 that。

This month we'll produce 20% more bicycles than we did last month.

我們這個月生產的自行車要比上個月多百分之二十。

另外，有漢語句子含有"比"這樣的字樣，在譯成英語時，卻不一定用形容詞的比較級。

這本書的文體比那一本好。

This book is superior to the other in style.

有色人種毫不比白人低劣。

Coloured people are by no means inferior to white people.

這本小說比較容易讀。

This novel is comparatively easy to read.

四　英漢副詞的差別

表示狀況和程度的詞就是副詞（adverb）。

一般語法書都沒有給英語副詞下一個確切的定義。對它的概括意義更是很少談到。《牛津大學詞典》認為副詞是用來回答 how，when，where 開頭的問句，以及修飾動詞、形容詞、其他副詞等。英語副詞在句子中可以：

1. 用作狀語

The visitors were ***warmly*** received by the hosts.（修飾動詞）

參觀的客人受到主人熱情接待。

China is ***especially*** rich in natural resources.（修飾形容詞）

中國的自然資源特別豐富。

The machine moves ***amazingly*** fast.（修飾另一副詞）

機器運行的速度快得驚人。

Obviously there is much room for improvement in our work.（修飾整個句子）

很明顯我們工作中還有改進餘地。

2. 用作表語

This film is ***on*** tonight.

今晚放映這部影片。

Mary was ***down*** with a slight fever.

瑪麗有點發燒。

His leave's ***up*** tomorrow.

他的假期明天到期。

3. 用作定語

All the buildings ***around*** were built in 1983.

附近的全部房子都在 1983 年蓋的。

The ***above*** remarks are quite to the point.

上面的評語是很中肯的。

I'll come over to see you on my next day ***off***.

我下次休假時再來看你。

4. 用作補語

I found them ***in***.

我見到他們在家裏。

They went to the airport to see the friends ***off***.

他們到機場為朋友送行。

漢語副詞在句子中的作用只能作狀語、修飾動詞、形容詞或者其他副詞。少數副詞可以作補語，但不能作定語，更不存在作表語這種情況。例如：

他們正在學習。（修飾動詞）

他是個很勇敢的小孩。（修飾形容詞）

屋裏的電燈亮得很。（作補語）

他工作很努力。（修飾副詞）

漢語副詞雖然擔任句子成分的能力不強，但作為狀語卻十分靈活。不僅可以修飾動詞和形容詞，還可修飾主謂結構；可以放在句中，也可以放在句首。例如：

他的確身體健康。

他幸而來了，要不然他一個人要迷路的。

幸而他來了，要不然我們要迷路的。

今天才星期三。

英語副詞與形容詞一樣，有原級，比較級和最高級，其構成方法凡與形容詞同形的，則跟形容詞的比較各級構成一樣。例如：

原級	比較級	最高級
hard	harder	hardest
fast	faster	fastest
well	better	best
badly	worse	worst

以 -ly 結尾的副詞須用 more 和 most

quickly	more quickly	most quickly
happily	more happily	most happily

漢語副詞也有級的變化，但沒有詞形變化。

原級	比較級	最高級
努力	比較努力	最努力
堅決	比較堅決	最堅決

漢語副詞有的可以用重疊的形式來加強語氣。例如：剛剛、常常、徐徐、漸漸、偏偏等。而英語副詞除極個別外，一般不能重疊。

翻譯英語副詞時，要注意下面幾點：

1. 英語副詞沒有重疊變化，漢譯英時只能用意義相近的詞語來翻譯。例如：

   剛剛　just, only, just now

   天天　every day, daily, day in day out

   徐徐　slowly, gently

   漸漸　gradually, little by little

2. 英語有少數副詞在句子中的位置比較靈活。它們在句子中的位置不同，往往具有不同的意義。這點在英譯漢時，必須特別注意。例如：

Only she did some cotton-picking yesterday.
只有她昨天摘了點棉花。

She ***only*** did some cotton-picking yesterday.
她昨天不過摘了點棉花。

She did some cotton-picking ***only*** yesterday.
就在昨天她還摘棉花來着。

Even Jim fixed the bike.
即使吉姆都修理了單車。

Jim ***even*** fixed the bike.
吉姆甚至修理了單車。

Jim fixed ***even*** the bike.
吉姆連單車也修理了。

3. 與形容詞同形的副詞，有的和加 -ly 的副詞，意義上沒有甚麼變化，只有語體上的區別。在口語及俗語中，通常使用不加 -ly 的副詞。例如：

Drive slow. 不要開快車。

Come quick. 快點來。

He ran as quick (= **quickly**) as he could. 他以全速奔跑。

You guessed right (= **rightly**). 你猜對了。

但有的與形容詞同形的副詞，有無 -ly，意思卻不同。

He was famous ***even*** then.
即使在那時他已有名氣了。
She spread the butter ***evenly*** on the bread.
她把奶油均勻地塗在麵包上。

She came home ***late***.
她很晚才回家。
She hasn't been home ***lately***.
她最近不在家。

Call me at seven ***sharp***.
準七點鐘打電話給我。
He answered me ***sharply***.
他尖刻地回答我。

The dog came ***near***.
狗走近來。
It's ***nearly*** done.
這件事快完成了。
I ***nearly*** fell into the river.
我差點掉進河裏。

4. 比較下面句子：

Frankly he was the one to blame.
坦白地說他是不對的。
He ***frankly*** admitted his fault.
他坦白地承認自己的過失。

I wrote to Jim a week ***ago***.
我在一星期前寫信給吉姆。（從現在算起）
He said he had had his watch repaired three months ***before***.
他說在三個月以前曾把他的錶拿去修理過。（從過去算起）

He is ***still*** in bed.
他還在睡覺。
He is ***yet*** to rise.
他還沒有起床。

It was ***already*** noon when we came back.
我們回來時已經中午了。
Have you returned the books to the school library ***yet***?
你(已經)把書還給學校圖書館了嗎?

註: already——一般用在肯定句。
yet——一般用在疑問句。

5. 必須特別注意 just，just now，too 等副詞的用法。

I've ***just*** finished with the paper.
我剛看完報紙。
I finished my breakfast ***just now***.
我剛剛才吃過早餐。
I'm very busy ***just now***.
我現在正忙着。

I'm ***ever*** ready to help you.
我隨時都願意幫助你。
Have you ***ever*** heard of that?
你聽過那件事嗎?
Nothing interesting ***ever*** happens these days.
這幾天根本沒發生甚麼有趣的事。

That's ***too*** bad.
那太糟糕了。
I'm only ***too*** glad.
我太高興了。

6. 有些形容詞與副詞同形，但有不同的句法功能和意義。

We had an ***early*** breakfast.
我們吃了早餐。
We had breakfast ***early***.
我們早就吃了早餐。

We went by a ***fast*** train.
我們乘快車去。
Don't speak so ***fast***.
不要說那麼快。

Run in a ***straight*** line.
跑直綫。
Go ***straight*** to the school without stopping.
不要停一直跑到學校去。

有些表示時間的詞，如，daily，weekly，monthly，quarterly，yearly 等詞也有類似用法。例如：

Daily newspapers are published ***daily***.
日報天天出版。

五　英漢代詞的差別

表示代替和指示的詞，叫做代詞(pronoun)。

代詞可以代替詞、詞組、句子，甚至一大段話語等等。

英語的代詞與漢語比較起來，種類多，用法特別。有幾種英語代詞，在漢語裏用其他詞來表示。

（一）英語代詞分下列八種：

1. 人稱代詞（**personal pronoun**）

I, he, she, we, you, they, it;
me, him, her, us, you, them, it

2. 物主代詞（**possessive pronoun**）

my, his, her, our, your, their, its;
mine, his, hers, ours, yours, theirs, its

3. 自身代詞（**self-pronoun, reflexive pronoun**）

myself, yourself, himself, herself, itself;
ourselves, yourselves, themselves, oneself

4. 相互代詞（**reciprocal pronoun**）

each other, one another

5. 指示代詞（**demonstrative pronoun**）

this, that, these, those, such, same

6. 疑問代詞（**interrogative pronoun**）

who, whom, whose, which, what

7. 關係代詞（**relative pronoun**）

who, whom, whose, which, that

8. 不定代詞（**indefinite pronoun**）

some, something, somebody, someone, any, anything, anybody, anyone, no, nothing, nobody, no one, every, everything, everybody, everyone, each, much, many, little, a little, few, a few, other, another, all, none, one, both, either, neither

(二) 漢語代詞分下列五種:

1. 人稱代詞:

我、你、您、他、她、它
我們、你們、他們、她們、它們
別人、人家、大家

2. 指示代詞:

這、那、每、各、某、其他、別的、前者、後者
這兒、那兒、這裏、那裏
這會兒、那會兒
這麼、這樣、這麼樣、那麼、那樣、那麼樣
這些、那些

3. 疑問代詞:

誰、甚麼、哪(些)
哪兒、哪裏
多會兒、幾時
怎麼、怎樣、怎麼樣
幾、多少

(三) 英漢人稱代詞的主要區別:

在於英語大部分人稱代詞的"性"、"數"、"格"是用形態變化來表示。

數	人稱	主格	所有格	受格
單數	第一人稱	I	my	me
	第二人稱	you	your	you
	第三人稱	he	his	him
		she	her	her
		it	its	it
複數	第一人稱	we	our	us
	第二人稱	you	your	you
	第三人稱	they	their	them

此外代表所有人稱的 one 也有格的變化：one（主格、受格）—— one's（所有格）—— oneself（反身代名詞）

漢語第三人稱有性的區別，如"他"、"她"、"它"、"他們"、"她們"、"它們"。這些都是文字上的區分，語音裏是沒有性的差別的。漢語裏的"他"、"她"、"它"都發成 /tɑ:/。

英語人稱代詞由於有格的變代，所以在句子中起不同作用。以"我"為例：

You and ***I*** are the same age.（主語）
你和我年齡一樣大。

He caught ***me*** by the arm.（賓語）
他抓住我的手臂。

This isn't ***my*** watch.（定語）
這不是我的錶。

（四）英語人稱代詞 we，you，they 有時可以用來泛指一般人：

We had much snow last year.
去年下了許多雪。

You cannot eat your cake and have it.
不能吃了餅又想留着。——不能兩全其美的意思。

They say he is a genius.
聽説他是一位天才。

類似的還有：

We should do our best.
凡事應當盡力而為。

You never can tell.
很難説啦！

He's a shark, they say.
聽説他是個騙子。

英語在並列主語中，第一人稱代詞"I"通常放在最後，漢語"我"卻不這樣。

Peter and ***I*** are studying in the same school.
我和彼得在同一學校讀書。

（五）英語 it 的用法：

it 的用法很特殊往往不等於漢語裏的"它"。"它"一般只用來指事物和動物，it 除了指事物外，還可以有許多用法。

1. it 可以用來指：

（1）時間

What time is it now?
甚麼時候了？

It is half past four.

四點半。

（2）距離

It is a long way to the station.

到車站去很遠。

It is only a ten minutes' walk to the school.

到學校只要走十分鐘。

（3）自然現象

It is snowing now.

下雪了。

It is a fine morning.

一個晴朗的早晨。

（4）環境情況

It is quite close in the room.

房裏很悶。

It was very quiet at the moment.

這時候很安靜。

2. it 在句子中可以：

（1）用作形式主語：

It is natural for you to think so.

你這樣想是很自然的。

It is easy enough to talk.

光是説很容易。

(2) 代替後面的不定式、動名詞:

It's a lot of fun playing bridge.

玩橋牌是很有趣的。

It is dangerous playing with fire.

玩火是危險的。

(3) 代替後面名詞句子:

It is a shame (that) you can't come to our party.

你不能參加我們的宴會是一件憾事。

It's very likely that their group will get ahead of us.

他們小組很可能會超越我們。

(4) 用作形式賓語:

He feels it his bounden duty to help others.

他感到幫助別人是他義不容辭的責任。

I think it no use arguing with them.

我認為與他們爭論沒有好處。

He made it clear that it was impossible for him to do so.

他表明了他不可能這樣做。

(5) 在強調結構中,分別強調句子中的主語、賓語和狀語:

It was we that (who) held a meeting in the club yesterday.

昨天是我們在會所裏開會的。

It was a meeting that (which) we held in the club yesterday.

昨天我們在會所裏舉行的就是一個會議。

It was in the club that we held a meeting yesterday.

我們昨天正是在會所裏開會的。

It was yesterday that (when) we held a meeting in the club.

正是昨天我們在會所裏開了一個會議。

3. it 有其他特殊用法:

(1) it 起指示代詞作用時，可以指無生命的東西，也可以指有生命的東西，有時還可以指人。

Who has leaked out the secret?　It must be a big mouth.

誰把機密洩露出去的?　一定是誰嘴快了。

Who is knocking at the door?　It is me.

誰在敲門?　是我。

The child was so lovely that we could not help kissing it.

這個小孩如此可愛，我們都忍不住吻他一下。

(2) it 可以用來代替剛提過的一件事物。

Do you want ***this raincoat***?　Yes, I want ***it***.

你要這件雨衣嗎?　我要的。

要注意 it 在這裏指的是特定的人或物，不是泛指的人或物。泛指人或物要用 one。試比較:

Do you need a ***dictionary***?　Yes, I am going to buy ***one***.

你需要詞典嗎?　需要，我正要去買一本呢。

Do you need ***my dictionary***? Yes, will you let me have ***it*** for a few days? 或：No, thanks, I have got ***one***.

你要用我的詞典嗎？ 要的，你能讓我用幾天嗎？

或：謝謝你，不要了，我自己有了。

(3) it 也可以指前面談過的一件事情。

The delegation has arrived. I read about it in the paper yesterday.

代表團已到達，我昨天在報上看到這個消息。(it 指代表團到達這件事)

We are to hand in our composition tomorrow. The teacher has made it quite clear.

我們的作文明天要交，老師對於這點説得清清楚楚的。(it 指明天交作文這回事)

(4) it 也可以用來指沒有明確提過，而是在具體場合或情況裏所感覺到的人或物。

Who is singing? It is Mary.

誰在唱歌？ 瑪麗。

I'd like to tell you about a hero in real life. May I? Certainly, who is it?

我想和你談談一個現實生活中的英雄人物。你看好嗎？ 好啊，你要談的是誰？

(Footsteps are heard) It must be the boys coming back.

(腳步聲)一定是男孩子們回來了。

(5) it 有時用來泛指一種總的情況，只有聯繫上下文才能弄清含義。

It doesn't make any difference.

這沒有甚麼不同。

It can't be helped.

實在沒辦法。

It's all for the best.

完全出於好意。

When it comes to learning a foreign language, practice is the name of the game.

學習外語，就要多實踐。

（6）it 有時還用於喻意模糊的賓語。

We'll battle it together.

我們將並肩作戰。

Foot it featly here and there. (from Shakespeare)

輕步在周圍漫遊。

Come off it.

別瞎扯。

It won't do to go it alone.

一個人去幹不行。

Shall we bus it or tube it, John?　　Well, it's very near and we can walk it quite easily.

約翰，坐汽車去？還是坐地鐵去？　　不很遠。我們還是走路去方便一些。

類似的還有 to leg it, to cab it, to trip it.

（7）it 在某些動詞後面作賓語時，沒有甚麼實際意義。

Bell-bottoms have had it.
喇叭褲不吃香了。

類似的還有：to catch it 被責罵；lord it over 作威作福；beat it 逃走；Damn it! 該死！

（六）漢語沒有物主代詞：

漢語用“你的”、“我的”和“你們的”之類來表示物主。不過在表示英語的名詞性物主代詞的時候，漢語省略了中心詞。

This book is yours.
這本書是你的。

在表示屬於某人的衣物或身體部分時，英語前面常加物主代詞，但同樣意思以漢語表示時，“我的”、“你的”之類詞語卻往往可省略。

Hand in your exercises, please.
請把練習交出來。

Don't put your hands in your pocket.
別把手擱在口袋裏。

在下面這類英語結構中，常常用 the 代替物主代詞：

He looked me in the face.
他正視着我。

He took me by the arm.
他拉着我的手臂。

I had a cold in the head.
我的頭受了風。

（七）漢語沒有自身代詞：

英語自身代詞所表示的意義，漢語用人稱代詞 + 自己（本人）來表示。有時也單獨以人稱代詞“自己”來表示，也可以用其他不同的詞彙手段來表示。如：親自、親身、自我等。

Be careful! You will hurt yourself.

小心！你會傷着(你)自己。

She is too young to look after herself.

她年紀很小，不能照管自己。

He himself was a doctor.

他本人就是一個大夫。

The motion itself is a contradiction.

這動議本身就是個矛盾。

If you want to know the taste of a pear, you must try the pear by eating it yourself.

你要知道梨子的滋味，你就得嘗嘗梨子，親口吃一吃。

英語用自身代詞的場合很多，因此，有些英語的自身代詞，漢語沒有必要譯出來。

I wash myself.

我洗臉洗手。

They hide themselves.

他們躲藏起來了。

有些英語自身代詞作賓語更不合乎漢語習慣，翻譯時可翻成主語。

Little Albert is only four, but he can feed himself, wash himself and dress himself.

小阿伯特只有四歲，卻已可以自己吃飯，洗漱，穿衣。

（八）漢語的指示代詞：

漢語的指示代詞比英語多，所指代的範圍也較廣泛。漢語指示代詞有：

這（些）、那（些）——指代人或事物；

這兒、那兒、這裏、那裏——指代處所；

這會兒、那會兒——指代時間；

這麼、那麼、這樣、那樣——指代性質、狀態和程度。

漢語指示代詞的用法比較複雜，可作句子的主語、賓語、定語、狀語、謂語和補語。

這些話就是我要向你們說的。（主語）

他不喜歡這裏。（賓語）

他怎麼會説那樣的話呢？（定語）

你別這樣吧！（謂語）

時間就是這會兒。（判斷合成謂語）

她竟這樣跑回家來。（狀語）

你工作搞得怎樣了？（補語）

英語指示代詞"this"，"these"，"that"，"those"在句子中可作定語，也可以作主語、賓語或表語。

This room is lighter than that one.（定語）
這間房比那間房亮。

This is mine and that is hers.（主語）
這是我的，那是她的。

I prefer these to those.（賓語）
我想要這幾個，不要那幾個。

My idea is this.（表語）

我的意見是這樣的。

但要注意 this、that 的不同用法及其與漢語的比較。

This is my seat, and that's yours.

這是我的座位，那是你的。

註：this 在原則上表示距離、時間、心理較接近的東西；that 原則上表示和距離、時間、心理較遠的東西。

We have no time to do it. That's our trouble.

我們沒有時間做這事。這就是我們的問題。

That's exactly what I want to tell you.

這正是我要告訴你的。

To be or not to be: that is the question.

或生或死，這才是問題。

註：前面剛提到的東西，英語常用 that（或 those）表示，漢語卻常用"這"表示。

The question is this: who bells the cat?

問題是：誰去把鈴子掛在貓身上（誰去冒這個險）呢？

註：this 有時指後面文章的內容，這種用法是 that 所沒有的。

此外，this 有時也能指前面提到的事：

He said he had an alibi, but he couldn't prove this.

他說當時不在現場，但又不能提出證明。

"this "和"that"有時可以用來表示程度：

I can only promise this much. I can't promise that much.

我只能答應你這麼多。我不能答應那麼多。

Oh, she is not that foolish!

啊，她也不那樣傻呀！

（九）英語有關係代詞：

這是英語又一大特點。英語用關係代詞引出來的"從句"，相當於漢語的"主謂結構"。如：

The man whom we met yesterday in the street is a teacher.

我們昨天在街上遇着的那個人是一位教員。

其中 **we met (whom) yesterday in the street** 實際上是一個句子，正如漢語"我們昨天在街上遇見他"是一個句子一樣。不過它在整個句子中只能是一個成分，起修飾作用。英語定語從句放在後面；漢語則是用詞序來表示，即將"主謂結構"放在它所修飾的名詞之前。

英語定語從句的翻譯法：

1. 可以譯成帶"的"的定語詞組

A man who doesn't try to learn from others can't hope to achieve much.

一個不向別人學習的人，不能指望有多少成就。

2. 可譯成並列分句

This note was left by Anna, who was here a moment ago.

這張條子是安娜留的，她剛才到這兒來過。

3. 可譯成獨立句子

There are many people who want to see the film.

許多人要看這部電影。

4. 可把定語從句譯成謂語

We used a plane of which almost every part carried some indication of national identity.

我們駕駛的飛機幾乎每一個部件都有國家的某些標誌。

5. 可譯成狀語從句

The ambassador was giving a dinner for a few people whom he wished especially to talk to or to hear from.

大使只宴請了幾個人，因為他特地想和這些人談談，聽聽他們的意見。(表示原因)

There was something original, independent, and heroic about the plan that pleased all of them.

這方案富於創造性，別出心裁，很有魄力，所以他們都很喜歡。(表示結果)

He insisted on building another house, which he had no use for.

他堅持要再造一幢房子，儘管他並無此需要。(表示讓步)

He wishes to write an article that attracts public attention to the matter.

他想寫一篇文章，以便能引起公眾對這件事的注意。(表示目的)

Those who are in favour please hold up their hands.
如果贊成，請舉手。(表示條件)

六 英漢介詞的差別

英語介詞(preposition)是虛詞，也是重要的一類"功能詞"。在語言中其主要用途是表示詞與詞之間的語法關係，並形成某些語法結構。英語介語雖然是虛詞，但卻是組成英語句子和文章的重要紉帶之一，在英語中起着極其重要的作用。能否正確地運用介詞，已被認為是能否真正掌握現代英語的標尺之一。

據英語語言巨著 *Syntax* 作者，美國著名語言學家冠姆(Curme)統計，介詞有 286 個(包括短語介詞)，但用得最多的介詞是 at，by，for，from，in，of，on，to 和 with。據説這九個介詞的使用佔所有介詞的百分之九十二。單介詞"of"在牛津字典裏，就有六十三種不同的意思。還有人統計，在 100 句連貫性句子裏就用了 300 個介詞。可見，英語中介詞用得很多，這是英語的又一特點。

現代漢語的介詞一般是由動詞演變來的，數量遠不及英語。

(一) 英漢介詞的差別主要表現在:

1. 漢語介詞多數是從動詞變來的，因此不少介詞具有動詞和介詞的雙重功能:

他在家。(動詞)
他在家學習。(介詞)
我把門。(動詞)
我把門關上了。(介詞)
我為誰? 為大家。(動詞)
為人作嫁。(介詞)
我們應該比貢獻。(動詞)
他比以前胖了。(介詞)
兵對兵，將對將。(動詞)
他對數學沒有興趣。(介詞)

英語雖然有些介詞也具有動詞和介詞的雙重性，但不如漢語多。如：

He gets up early every day ***except*** Sunday.（介詞）

When I say that the boys are lazy, I ***except*** you.（動詞）

2. 英語介詞結構能作表語，漢語不能。

They are ***from*** the same country.

I thought that to be ***of*** great importance.

The houses are ***of*** stone.

My efforts were ***of*** little avail.

3. 英語介詞賓語的範圍較寬，可以與名詞、代詞或相當於名詞的其他詞類，短語以及從句組成介詞結構。間或形容詞也可以放在介詞後面：

This is a birthday gift for ***my mother***.（名詞）

His name is fairly well-known to ***us***.（代詞）

She went to ***Tokyo*** during the summer vacation.（專有名詞）

It is our great pleasure to greet a friend from ***afar***.（副詞）

It is far from ***perfect***（***satisfactory***）.（形容詞）

The student always pays attention to ***whatever the teacher is saying***.（句子）

We laughed at ***what he said***.（句子）

漢語的介詞只能與名詞、代詞或名詞性詞組組合為介詞結構：

我從去年開始學習德語。(名詞)

她對我很親熱。(代詞)

我們要對學生負責。(詞組)

4. 英語介詞具有豐富多樣的詞彙意義，特別是可以表達漢語中常用動詞來表達的概念。漢語的介詞，只有引導和介入名詞與代詞的語法意義。如：

by train　乘火車

against the proposal　反對這項提議

around the centre　圍繞中心

before everything　居於首位

off shore　離岸

for principled unity　主張有原則的團結

in the rain　淋着雨

toward the south　朝南

beyond my ability　超出我的能力

with a cigarette between one's lips　嘴上叼着香烟

through the ages　古往今來

on the wrong track　走錯了路子

with a smile　笑了一笑

without a handle　缺了一個把

across the grass　橫過草地

"that government of the people, by the people and for the people, ..."這是林肯在葛提斯堡所發表的著名演說中說的。這段文字中，一連用了三個介詞 of、by、for，譯者把它譯為，"民有、民治、民享之政府"，使譯文更加明確、簡潔。

5. 英語介詞組合能力很強，可以與動詞組合而表示十分豐富的詞彙意義。以 put 為例。

put in　放進，投入，花費
put into　插入，把……放進
put on　穿上；施加
put off　推遲；勸阻
put across　做成，使人接受
put by　把……放在旁邊
put through　完成，使經受
put up to　告知，指點

（二）英漢介詞翻譯中應該注意的幾個問題：

1. 注意掌握英語介詞的基本含義，即弄清其基本概念。有些介詞可以構成短語，表示地點、時間、原因、方式等等。有些介詞只表示一種意思，有些表示許多種意思。不過一般説來，多數介詞首先都表示地點，然後再引伸表示其他意思，例如在下面句子中，我們都可以看出表示地點的意思和其他意思中間的聯繫：

There is no one in the room.（地點）
She will probably be back in February.（時間）
She left in a hurry.（方式）
He is weak in pronunciation.（方面）

in "在裏面"這個基本意思，在"in the army"，"in her evening dress"，"in one's favour"，"in despair"，"in love"等短語中都或多或少地保存着。

2. 英語介詞用得極其廣泛，意思千變萬化，要準確地理解其含義，必須根據上下文加以判斷。試以介詞 for 為例：

What did you have for breakfast?
你今天早飯吃了甚麼？

I bought this dictionary for five dollars.
我用五塊錢買了這本字典。

I am all for it.
我完全贊成。

He took a plane for Hong Kong.
他乘飛機往香港。

For all your explanations, I understand no better than before.
儘管你作了解釋，我還是不懂。

It looks as if we are in for a big storm.
看來我們一定會碰上一場暴風雨。

Now that you are in for it, you must carry on.
你既然已經做了，就得做下去。

又比如"of"這個介詞在英語中用法是很繁多的，可表示"分離"、"免除"、部分關係、修飾關係、從屬關係、同位關係及動賓關係等。of 短語還可以用來表示最高級或與最高級有關的概念。以下 of 介詞短語在句子中作表語或狀語用：

His temper is of the quickest.
他的脾氣極其急躁。

His description was of the vaguest.

他的敍述十分含糊。

They parted the best of friends.

他們分手時成了極好的朋友。

Both appeared to be in the best of health.

兩人健康狀況都顯得極佳。

I have been obliged to content myself through life with saying what I mean in the plainest of plain language.

我一生都迫使自己滿足於用最明白易懂的語言表達自己的意思。

"of"短語還可以用於強調，指最典型的某人或某物：

I am confronted with a difficulty of difficulties.

我面臨着最難解決的困難。

Thackeray was an Englishman of Englishmen, a Londoner of Londoners.

薩克雷是典型的英國人，而且是典型的倫敦人。

在下面這些句子裏，of 短語中沒有最高級的形容詞或副詞，但卻有最高級的含義：

We like your company of all things.

我們最喜歡有你作伴。

(of all things = most; exceedingly)

Today of all days they should not forget.

今天是他們最不該忘記的日子。(of all days = more than any other day)

So said the chairman of the meeting and he of all men ought to know.

會議的主席這麼説，他應該是最了解情況的。

3. 在掌握介詞用法時，要特別注意介詞和名詞、形容詞、副詞、動詞以及和分詞的固定搭配，否則就弄不清楚句子中詞與詞之間的關係，甚至造成對原文的錯誤理解。某些介詞只能和某些動詞、形容詞、名詞或其他詞類連用：如：

It doesn't depend ***on*** me.（動詞）
這不取決於我。

He was sure ***of*** it.（形容詞）
他確定這一點。

I have no objection ***to*** that.（名詞）
我不反對這個。

由於介詞仍有一定的詞彙意義，所以，要注意介詞和其他詞的搭配。同樣的動詞，形容詞或名詞，如果後面跟的介詞不同，意思也往往不同。試比較下面一些句子：

He is looking ***at*** a child.
他注視着那小孩。
He is looking ***for*** the child.
他在找那小孩。
He is looking ***after*** the child.
他在照顧那小孩。

Walt Whitman had a great deal of influence ***on*** the writing of later poets.
華特・惠特曼對後來的詩人的作品影響很大。
He was an influence ***for*** good.
他是一位有正面(良好)影響的人。

Happiness consists ***in*** contentment.

知足常樂。

Water consists ***of*** hydrogen and oxygen.

水是由氫、氧化合而成的。

Health does not consist ***with*** intemperance.

健康與縱慾是不相容的。

I suppose the neighbours will talk ***about*** us after we move away.

我想我們搬走以後，鄰居們會議論我們的。

註：talk about 有"say unkind things about"的意思。

We talked ***of*** getting tickets to the new play, but then we changed our minds.

我們談過要買票看這個新上演的劇，但後來我們改變了主意。

I talked ***with*** Frank yesterday, and he told me what he thought of our plans.

我昨天和弗蘭克談過話，他把他對我們計劃的想法告訴我了。

He threw a stone ***at*** the dog.

他用石子投擲那隻狗。

He threw a ball ***to*** me.

他把球拋給我。

He guessed my age.

他猜出我的年齡。

He guessed ***at*** my age.

他對我年齡加以推測。

I know nothing ***of*** the matter.
我對這件事全不知道。
I know nothing ***about*** the matter.
我不知道這件事的內情。

He went ***across*** the room.
他在房間裏從一邊走到另一邊。
He went ***through*** the room.
他穿行過房間。

It rained several times ***during*** the night.
晚上下了好幾次雨。
It has rained ***for*** three days.
下了三天的雨了。
It rained all ***through*** the night.
整個晚上都在下雨。

The Cabinet will change ***within*** a month.
一個月之內，內閣將要改組。
The newest fighter can fly here ***in*** half an hour.
最新型的戰鬥機三十分鐘就可以飛到此地。

註：in 時常被誤認為〔……之內〕，這點要特別注意。

He is sitting ***at*** his table.
他坐在桌子前面。
He stood ***by*** the table.
他站在桌子旁邊。
He is ***at*** table.
他在用膳。
He is ***under*** the table.
他醉倒了。

I listen ***to*** the music.
我聽音樂。（已聽到）
I listen ***for*** a footstep.
我聽腳步聲。（尚未聽到）

The teacher compared the poet ***to*** a bird.
老師把這位詩人比做一隻鳥。
The teacher compared Shelley ***with*** Keats.
老師把雪萊和濟慈相比。

You are certainly improving ***in*** your spelling.
你的拼寫顯然在改進。
The second edition greatly improves ***on*** the first edition.
第一版比第二版好多了。

The accident resulted ***from*** Tom's carelessness.
這事故由於湯姆不小心才造成的。
Tom's carelessness resulted ***in*** an accident.
湯姆粗心大意導致了這場事故。

He ran ***at*** me with a knife.
他持刀向我撲來。
He ran ***to*** me and kissed me.
他跑過來吻我。

We were waiting ***for*** a bus.
我們正在等候汽車。
She was waiting ***on*** us courteously.
她很有禮貌地侍候我們。

I was angry ***at*** John's remark.
我對約翰說的話很生氣。
I was angry ***with*** John.
我生約翰的氣。

He is good ***at*** games.
他擅長遊戲。
The medicine is good ***for*** headaches.
這種藥對頭痛有效。

I felt guilty ***about*** leaving without saying goodbye.
我因不告而別而感到內疚。
He is guilty ***of*** murder.
他犯了殺人罪。

4. 英漢互譯時，一定要根據上下文和英漢語言介詞短語的固定搭配，及其習慣用法進行選詞造句。有的英語介詞在漢語中可以不譯出來。同樣，有的漢語介詞譯成英語時也可以不譯出來。以漢語介詞"在"為例：

在家裏 ***at*** home　　在街上 ***in*** the street
在地板上 ***on*** the floor　　在室外 ***out*** of the door
在我看來 ***in*** my opinion
在此期間 ***during*** this period
在這種情況下 ***under*** these circumstances
在全國範圍內 ***through*** the country
他在讀書 He is ***at*** his books.
事情發生在去年。 It happened last year.（省略介詞）
他在這裏住到去年為止。 He lived here till last year.（同上）

有時英語用介詞而漢語可不用介詞：

He made a living ***by*** fishing.
他打魚為生。

He grasped John ***by*** the collar.
他一把抓住約翰的衣領。

I'll surely let you know ***in*** three days.
我三天後一定給你回信。

He was still a child ***in*** 1962.
1962 年，他還是個孩子。

We haven't corresponded ***for*** three years.
我們三年沒有通信。

They praised the boy ***for*** his bravery.
他們讚揚這男孩的勇敢精神。

（三）中國學生在使用介詞時，典型錯誤大約有下面幾點：

1. 受漢語的影響：

我們努力學習，為了以後能為人羣服務。
We are studying hard so that we can serve ***for*** the people in future.（錯）

你必須面對現實。
You must face ***to*** reality.（錯）

無論甚麼事情都逃不了他的眼睛。
Nothing can escape ***from*** his eyes.（錯）

以上三句中的介詞都應去掉。

就我的意見而言，他是對的。
According to my opinion, he is right.（錯）
應為：***In*** my opinion, he is right.

他坐在陽光下。

He was sitting ***under*** the sun.（錯）

應為：He was sitting ***in*** the sun.

2. 分不清及物與不及物：

有人敲門。

Someone is knocking the door.（錯）
應為：Someone is knocking ***at*** the door.

你應該注意聽老師講課。

You should listen the teacher attentively.（錯）
應為：You should listen ***to*** the teacher attentively.

他堅持要送我回家。

He insisted seeing me home.（錯）
應為：He insisted ***on*** seeing me home.

我們在中午到達目的地。

We arrived our destination at noon.（錯）
應為：We arrived ***at*** our destination at noon.
或：We reached our destination at noon.

3. 對詞義理解錯了：

我曾聽人說起他，但是我並不認識他。

I have heard him, but I don't know him.（錯）
應為：I have heard ***of*** him, but I don't know him.

學生正忙着準備大考。

The students are busy preparing the final examination.（錯）
應為：The students are busy preparing ***for*** the examination.

註：學生為了大考作準備，而不是籌備這工作。試比較：

His mother is preparing a feast.
The teacher is preparing his lecture.

那個男孩子在玩皮球。

The boy is playing his ball.（錯）

應為：The boy is playing ***with*** his ball.

4. 誤用介詞：

他努力學習，因此學業上取得很大進步。

He studied hard. ***With*** a result, he made great progress in his studies.（錯）

句中"with a result"應改為"as a result"。

教師要我們把這一句用自己的話譯出來。

The teacher wanted us to paraphrase the sentence ***with*** our own words.（錯）

句中"with our own words"應改為："***in*** our own words"。

開始他們都把他當成了外國人。

At first they took him ***as*** a foreigner.（錯）

句中"as a foreigner"應改為"***for*** a foreigner"。

七　英漢連詞的差別

連詞(conjunction)具有連接字與字，句與句，子句與子句的作用，可分為對等連接詞與從屬連接詞。

英漢連詞的作用有許多共同點，但英語的連詞比漢語多，且用得也比漢語廣泛。因為英語短語與短語，句與句之間多採用形合法(hypotaxis)，即要求結構上的完整。漢語則不同，短語與短語之間，句與句之間多採用意合法(parataxis)①。

漢語句子結構一般都按時間順序和邏輯關係排列，語序固定，關係明確，不需要用那麼多連接詞來表示相互之間的關係。有時甚至用"卻"、"就"、"邊"、"再"等副詞表示連接關係。因此，英譯漢時，不少並列複合句或從屬複合句中的連詞往往省略。試比較下面句子：

(一) 英譯漢：

I help him ***and*** he helps me.
我幫助他，他幫助我。

Study hard ***and*** make progress every day.
努力學習，天天向上。

Work hard ***and*** you will pass the examination.
你用功就會考試及格。

Buy ***and*** sell books.
買書賣書。

I won't go ***if*** you are not going.
你不去，我也不去。

Whenever he is free, he will come ***and*** see me.
他一有空就來看我們。

---

① 我國著名語法家王力在其著作《中國語法理論》中談到"漢語複合句往往是一種'意合法'，在漢語裏連詞可用可不用。"又說："句子裏分句是靠語氣連繫起來的。"並舉一例說明，那是《紅樓夢》第三十四回裏，賈寶玉對林黛玉說的一句話："你死了，我做和尚。"句中未加"如果"二字，但含義卻在其中了。

（二）漢譯英：

留得青山在，不怕沒柴燒。

As long as the green mountains are there, one should not worry about firewood.

飲水思源。

When one drinks water, one must not forget where it comes from.

任重道遠。

The task entrusted to you is heavy ***and*** your road ahead is a long one.

只要請求他，一切就沒有問題。

Ask him, ***and*** everything will be all right.

他那麼年輕，就知道那麼多。

So young, ***and*** he knows so much.

他收到這封信馬上就動身了。

He started ***as soon as*** he received the letter.

（三）幾個常見英語連詞的用法與翻譯：

英漢連詞都是用來連接詞、短語和句子的。根據連詞本身含義及其連接成分的性質，可以分為兩大類，一類叫等立連詞（co-ordinate conjunction），一類叫從屬連詞（subordinate conjunction）。

等立連詞所連接的部分彼此是並列關係。如：

and（和）　　or（或）

but（但是）　　for（因為）

not only...but also（不僅……而且）

neither...nor（既不……也不）

從屬連詞是引導從句的。用來引導主語從句、表語從句、賓語從句的連詞有:

if（是否）that（引導名詞性從句，無詞彙意義）

whether（是否）

用來引導狀語從句的有:

when（在……時候） though（雖然）

if（假如） because（因為） so that（因此）等

漢語常用的連詞不過二、三十個，英語卻有好幾十。但英語的連詞並不是很純的，其中有些駁雜的現象。如:

> ***After*** we had listened to the report, we held a discussion on it.

在這句裏，"after"是介詞用作連詞的，不屬於典型的連詞。

下面略舉幾個常用的英語連詞加以說明和比較，並着重指出這些連詞在英漢互譯時，應注意之處。

1. 據語言學家考證，在英語中，最先出現的並列連詞，大概是"and"。它在英語中用得很廣泛，並且具有種種含義，英譯漢時，必須根據上下文加以翻譯。有的語法書上記載了二十六種以上"and"的譯法。現試舉若干種譯法如下:

（1）表示因果關係

> I told him it was time to go ***and*** he hurried away.
> 我告訴他該走了，他匆匆忙忙地走了。
>
> Knit your brows ***and*** you will hit upon a stratagem.
> 眉頭一皺，計上心來。

(2) 表示條件

Take a look at our village, ***and*** you will see what changes these five years have brought about.

看看我們的村子，你就會知道這五年帶來了多大的變化。

Come early ***and*** you will see him.

早些來，你就會見到他了。

(3) 表示目的

Come ***and*** tell me all about it.

來把情況都告訴我。

(4) 表示讓步

I cannot make him work hard, ***and*** I have repeatedly counselled him to do so.

我雖然多次勸說過他，卻無法使他勤奮起來。

(5) 表示對比

He will go on a journey ***and*** his brother will stay at home.

他要外出旅行，他的弟弟將留在家裏。

(6) 用來承上啟下

And you may now say that things are all right.

因此，你現在可以說一切都好。

(7) 為了強調、生動起見

We have ships, ***and*** men, ***and*** money and stores.

我們有船、有人、有錢，有各種物品。

(8) 表示並列，可譯成和、與、及、同、並、兼。有時也可以不譯出來

He is a worker ***and*** student.

他既當工人又當學生。

He is a statesman ***and*** writer.

他是一位政治家兼作家。

He works by night ***and*** sleeps by day.

他晚上工作，白天睡覺。

(9) 如果所連接的兩個名詞意義上有關聯而實際上可看作一種事物時，and 可譯為"帶"、"夾"、"加"或省略不譯

rain ***and*** snow　雨夾雪

bread ***and*** butter　麵包帶黃油（黃油台灣稱奶油）

milk ***and*** sugar　牛奶加糖

knife ***and*** fork　刀叉

one hundred ***and*** five　一百零五

(10) 表示命令句

Move, ***and*** you are a dead man.

別動，動就要你的命！

Persevere, ***and*** you will succeed.

堅持下去，就會成功！

(11) 可譯成"愈來愈……"

The wound grew angrier ***and*** angrier.

傷口腫痛發炎得愈來愈厲害了。

In spring the day is getting longer ***and*** longer and the night shorter ***and*** shorter.

春季白天越來越長，夜晚越來越短。

（12）可譯成“不斷”，“一再”，“再三”等

The patient trembled ***and*** trembled ***and*** trembled.

病人一直不斷地發抖。

（13）and 如果連接兩個相同的複數名詞，則意味着該名詞所指的人和事物存在着不同的類別

You can find drugs ***and*** drugs for this disease.

治療此病，可以找各種各樣的藥物。

There are books ***and*** books.

有好的書，也有壞的書。

（14）and...too 而且

He speaks French, ***and*** very well ***too***.

他會講法語，而且講得很好。

（15）and yet 然而

I wished to learn the truth, ***and yet*** I dare not pursue my questioning.

我很想知道真相，然而卻不敢追問。

（16）and that 可以用來加強語氣。這裏的指示代詞 that 可以代替上文的全部或一部分

The grinding machine you operate must be oiled, ***and that*** at once.（= and must be oiled）

你操作的那台磨床必須上油，而且要馬上加油。

（17）and 等於 or

That may be done by men ***and*** by women.

那可由男子或婦女來做。

（18）在其他固定詞組裏表示不同意思

and all that　諸如此類

and so on　等等

by and by　不久

half and half　半斤八兩

through and through　徹頭徹尾（來來回回）

neck and neck　不相上下

such and such　如此如此

（19）and 表示一種同位關係，可譯作“即”，“也是”

When correcting, pay close attention to the seventh ***and*** last paragraph in the translation.

改稿時請密切注意譯文的第七段，即最後一段。

We have come to the last ***and*** most important step of the experiment.

我們的實驗現在已經到了最後也是最重要的一個階段。

（20）用於兩個形容詞之間，使前一形容詞帶有副詞性質

nice ***and*** warm

暖和得舒服

（21）表示後面對前面的評説

John can't go with us, ***and*** that's too bad.

約翰不跟我們一道去。這太不好了。

2. 在英語中，“when”是常用的從屬連詞，引導一個狀語從句，表示時間。它的基本意思是：“當……的時候”。但“when”引導的從句所表達的動作時而先於主句的動作，時而後於主句的動作，時而與主句的動作

同時發生，時而又與主句的動作緊緊相連，所以在不同的上下文裏，有不同的譯法。

（1）譯為"（當）……時候"

When coal is burned, the chemical energy is turned into heat energy.

煤燃燒的時候，化學能就變成熱能。

（2）譯為"（在）……之後"

When short waves are sent out and meet an obstacle, they are reflected.

短波發射出去，遇到阻擋，就反射回來。

（3）譯為"（在）……之前"

When the fireman got there, the fire had already been put out.

消防隊趕到之前，大火已被撲滅。

（4）譯為"隨後"、"後來"、"那時"、"這時"等

I had been puzzling over the problem for over an hour without any result, ***when*** all at once the solution flashed across my mind.

這個問題把我難住了一個多小時，後來我突然靈機一動，找到了答案。

It is highly significant that the troop's withdrawal should have occurred precisely ***when*** we were entering upon the twenty-fifth regular session of the General Assembly of the world organization, with new prospects opening up for the future of the member states of this organization.

我們正開始舉行這個世界組織的第二十五屆大會常會，這給本組織的會員國帶來了新的希望。在這時候撤軍，那是很有意義的。

The police was gaining on the robbers' boat ***when*** a shot was fired from it.

警方正要趕上賊船時，突然從船上飛來一顆子彈。

除時間狀語從句之外，連詞"when"還能引導讓步和條件狀語從句。這時 when 的作用與連詞 though，if 相似，但語氣較輕。

(5) 譯為"雖然"、"儘管"、"然而"、"可是"或"既然"

He lent me the book ***when*** he liked it best.

雖然他最喜歡這本書，可還是借給我了。

She persisted in her work ***when*** she might take a good rest.

儘管她可以好好休息一下，她還是堅持工作。

They built the bridge in three months ***when*** everyone thought it would take a year.

他們用三個月就把這座橋建成了，可那時大家都認為需要一年時間。

Why was he late ***when*** he knew the meeting began at eight sharp?

既然他知道八點正開會，為甚麼他還遲到呢？

(6) 譯成"如果……就"

When a representative exceeds his allotted time, the President shall call him to order without delay.

如某一代表發言超過規定時間，主席就敦促他遵守規則。

Cracks will come out clean ***when*** treated by ultrasonic waves.

如果以超聲波處理，縫隙就會變得潔淨。

(7) "when"在很多情況下，可以省譯

When we say that this machine is of high quality and always works properly, we don't mean that it is the very best of its kind.

我們說這部機器質量高並且總是工作正常，這並不意味着它是同類機器中最好的。

3. 漢語中有"雖然……但是"、"儘管……但是"、"因為……所以"等句型。但在英語中不能成對地用"though...but"，"because (as) ...so"。英語的主句之前不能有任何連詞(包括並列連詞)，否則，句子本身就不能成立。試比較下列句子中英漢連詞的用法：

Although he is very busy, he has never been absent from the evening classes.

他雖然很忙，但從未缺過夜校的課。

As it looked like rain, they decided to give up the trip.

因為可能下雨，所以他們決定不去旅行了。

註：一個句子中，用了 although 就不能同時用 but，但可用 yet，間或也可用 nevertheless 或 still，因為 yet，nevertheless，still 是副詞，而不是連詞。

如前面所說，用了 because (as)，就不能同時用 so。但在下面句子中，"as...so"不作"因為……，所以……"解，而作"正像……一樣"解，這裏 so 是副詞。如：

As she likes music, ***so*** he likes poetry.

正像她喜歡音樂一樣，他喜歡詩歌。

4. because，as，since，for 這四個詞都可表示"原因或理

由"。從語法上說，because，as，since 是從屬連詞，引導狀語從句。because 表示"原因"，語氣最強，是回答 why 的。它所引導的雖是從句，但卻是全句意思的重心所在，主句的意思相形之下反而顯得次要了。在這種情況下，從句多放在主句之後，或可單獨使用。as 表示"原因"，較 because 要輕，它引導的從句常放在主句之前，說明"原因"，主句放在後面，說明"結果"。since 表示"原因"時，與 as 相似，但它所表的原因，有時已是對方知悉而不待言的，相當於漢語的"既然"。for 是等立連詞，往往只提供一些說明問題的情況，或解釋間接的原因。它引導的分句不能放在另一分句之前，for 前面的逗號，可用分號甚至句號代替，把句中譯成漢語時，for 有時可省略。

除上面的區別外，就文體而言，as 最為口語化，for 在口語中則不常用。在其他兩個連詞中，because 比 since 用得較廣泛。

(1) 應特別注意 because 和 for 兩者的差別。如:

We all like reading ***because***（也可用"for"但前面應有逗號或分號）we can learn a lot from it.

我們都很喜歡讀書，因為能從中學到許多知識。

Why do you study English?

Because English is a useful tool.（不可用 for 代替"because"。）

你為甚麼學習英語?

因為英語很有用。

It must be morning now, ***for*** the birds are singing.（不可用"because"代替。）

現在一定是天亮了，因為鳥兒在歌唱。（這句用 for 表示間接的或推斷的原因。）

As I have not read the book, I cannot tell you what I think of it.

因為我還沒有看過這本書，所以無法告訴你我對它的看法。

Since he insists on his viewpoint, we shall take up the matter at the next meeting.

既然他堅持自己的觀點，我們要在下次會議討論這件事。

（2）Since 作為連詞時，它引導的時間狀語從句中的謂語動詞，如果表示暫時動作，則從起點算起，如果表示持續動作，則從終點算起。

試比較下面兩個句子：

It is（或：has been）three years ***since*** he began to smoke.（暫時動作）
他抽烟三年了。

It is three years ***since*** he smoked.（持續動作）
他不抽烟三年了。

第一句意思是，他三年前開始抽烟，到目前還有這個習慣；第二句的意思是，他三年前抽過烟，但到現在他一直沒有抽烟，即等於説他戒烟三年了。

（3）在英語中，"until"也是常用的從屬連詞，引導一個狀語從句，表示時間。它的基本意思是："到……為止"。但在不同的上下文裏和句子結構裏，可以分別譯為：

a. 當主句為肯定句時，*until* 可譯為"到……為止"。

Wait ***until*** I come back.

等到我回來(為止)。

They worked ***until*** he came.

他們一直工作到他來(為止)。

b. 當主句為否定句時(包括主句內使用 little，few，seldom 等否定詞在內)，可譯成"直到……才"

I am afraid I cannot finish the work ***until*** he arrives.

恐怕要等到他來我才能完成這項工作。

Don't open the door ***until*** the train stops.
火車停定後才可開門。

The value of true friendship is seldom known ***until*** it is lost.

總是在失去友誼時才感到真正友誼的可貴。

註：有時仍可按原文否定式結構進行翻譯：

No one stood up to answer the question ***until*** the teacher called on me.
在老師叫到我之前，一直沒有人站起來答問題。

此外，有人喜歡在句首用 until，因為句首以非重讀音節開始比較方便：

Until he was twenty, he had never been abroad.

他廿歲時才出國。

c. until 作並列詞用，含有"終於"的意思

The little girl grew more and more sickly, ***until*** presently she died.

那個小女孩變得越來越虛弱，終於不久死去。

All the while a certain habit is forming and hardening, ***until*** they find themselves helpless.

他們逐漸形成了某種習慣，最後變得積重難返。

註：until 作並列連詞時，一般位於複合句後部，其前面有逗號。

d. 注意"It was not until...that"這種強調結構的用法

It was not ***until*** 1959 that chemists succeeded in obtaining this compound.

或：

Not until 1959 did chemists succeed in obtaining this compound.
直到 1959 年，化學家才成功地獲得這種化合物。

上面只是舉幾個常用的英語連詞加以説明英語連詞的多義性與複雜性，提醒讀者在英漢互譯時，要吃透上下文，根據英漢語言結構的不同，進行遣詞造句，並善於利用各種因素，使上下文連貫一氣，無懈可擊。

八　英漢感嘆詞的差別

英漢感嘆詞(interjection)都是特殊的虛詞。它表示各種情緒，卻沒有實在的意義，這就是感嘆詞的基本特徵。但是由於語音習慣不同，發出的感嘆聲也不同，所以在翻譯時，要注意英漢不同的用詞。例如：

1. Oh (O) 表示驚奇、恐懼、痛苦、懊惱、高興等

Oh! So you are here!

啊，你原來在這兒！

Oh! It is too late already!

唉，已經太晚了！

O, John, what are you doing over there?

嗳，約翰，你在那兒幹嗎呀？

Oh, boy, that's something!

哇！還真不錯！

註：boy 為美式口語的感嘆詞，和名詞 boy 並無關係。

2. **Ah** 表示驚奇，恐懼，高興，痛苦，懇求，鬆一口氣等

Ah, that's right.

嗯，這樣就對了。

Ah! So you are back now.

啊！你回來了！

Ah Mary, why are you so impatient today!

嗳，瑪麗，你今天怎麼這樣不耐煩！

類似的還有：

Hurrah	好！	Pshaw	啐！
Bravo	好！	Eh	嗯！呃！
Aha	啊哈！	Hem	哼！
Alas	哎喲！	Hullo	喂，你好！
Alack	唉！	Tut	咄！
Fie	呸！	Hush	噓！
Pooh	呸！	Hi	嗨，喂！

英語中還有一些本來有詞彙意義的詞，在使用中逐漸虛化而成為感嘆詞，表示人的某種感情。例如：

1. **Well** 表示驚奇、滿意等

Well, here we are at last!

好了，終於到了！

Well, who would have thought it?

嗨，誰會想得到呀！

Well, well, well, how can that be?
呀呀，怎麼會有這樣的事？

2. dear me 表示驚訝等

Oh dear! Why should you be so stubborn!
天哪！你怎麼這樣固執！

Dear me! I didn't know you were so sharp-tongued.
嗨，我不知道你嘴這麼厲害。

3. Why 表示驚奇和換口氣等

"How should we answer this question?"
"Why, that's simple enough......"
"這問題怎麼回答？"
"嗨，這簡單……"

類似的還有：

Oh lord 嗬！
Now 喂！
Come 喂！
My 乖乖！
Shame 真羞恥啊！

英漢還有一類詞，叫做擬聲詞，它僅僅用來摹擬客觀事物的聲音。由於語音習慣不同，或者觀察的角度不同，英漢摹擬同一事物的聲音也就不一樣。例如狗叫，漢語是：汪！汪！但英語卻摹擬為 bowwow，bark，yap 等。又如水滴聲，漢語是：滴滴答答，英語卻是：drip-drop。又如表示槍聲詞，漢語用：叭、吧、拍等，英語則用 crack，bang 等詞。（請參看本章末附表）

英語擬聲詞與漢語擬聲詞的應用範圍也不盡相同。如英語中 crack 可以表示爆裂、打裂、斷裂等聲音，還可以表示屈指聲，揮鞭聲，用拳打擊的聲音，因此在英譯漢時，究竟用甚麼擬聲詞，要視上下文而定。

擬聲詞的英譯漢時，要注意下面幾點：

1. 英漢擬聲詞的不同。

   Whee-ee-ee! Whee-ee-ee! The police whistles shrilled suddenly.
   "嗚！嗚！"突然警笛響了。

   Thump! A table was overturned!
   "嘩啦！"桌子推翻了。

2. 英語中的擬聲詞多半屬於動詞或名詞，往往在句中作謂語，主語或賓語。漢語擬聲詞多半帶有形容詞性質，在句中可作定語、狀語或謂語。英漢擬聲詞各有自己的習慣用法，互譯時不要生搬硬套，要根據上下文，進行適當的轉換。

   But as the door banged, she seemed to come to life again.
   可是當門砰地關上的時候，她好像又清醒過來了。

   They heard the twitter of birds among the bushes.
   他們聽到樹林叢中鳥兒發出的喊喊喳喳聲。

   A mosquito hums and hums.
   一隻蚊子哼哼哼。

3. 各種生物與非生物的聲音，英語多由專詞表達，漢語卻往往把生物與非生物的聲音簡單籠統表達為"……叫"，"……鳴"，"……聲"，或"……響"等等

We heard the machines ***whirr***.
我們聽到了機器聲。

The ***screeching*** of the brakes got on my nerves.
煞車聲刺激了我的神經。

The ***creaking*** of the cart was already audible.
已經聽得見木頭車響。

漢語也往往把各種動物的叫聲，籠統譯為"……叫"，"……鳴"。

The frogs in the fields outside the town were ***croaking*** cheerfully.
青蛙在城郊田野裏起勁地叫着。

I heard a bird ***chirping*** among the flowers.
我聽一隻鳥在花叢中鳴叫。

漢語以前表達各種動物的叫聲，也由專詞來表達，如："狗吠"、"狼嗥"、"鶴唳"、"鵲噪"、"馬嘶"、"虎嘯"、"獅吼"、"鳥囀"、"蟬噪"、"猿嘯"等等。

有時漢語也用專詞來表達生物與非生物的聲音。如：

the cooing of a dove	鴿子的咕咕叫
the clang of a bell	鈴的鏗鏘聲
the crack of a whip	鞭子的劈啪聲
the clatter of dishes	碟子的卡塔聲
the clangour of the gong	鑼的鏘鏘聲
the jingling of bells	鈴的叮噹亂響
the jangling of the bicycle	單車叮呤叮呤聲

the rataplan of the drum　鼓的咚咚聲
the roll of the thunder　雷的隆隆聲
the roar of the storm　暴風雨的咆哮
the shrieking of the siren　汽笛的尖叫
the swish of the waves　波浪的汩汩聲
the tinkling of the bells　清脆的鈴兒叮噹聲
the whisper of a breeze　風的沙沙聲

4. 英語原文沒有擬聲詞，漢譯時加用擬聲詞，以加強譯文的表達力。

The kids are ***crying*** loudly.
孩子們在哇哇大哭。

The stone ***fell*** on his head.
石頭叭嗒落在他的頭上。

Tom ***fell*** asleep almost immediately.
湯姆幾乎倒頭就呼呼睡了。

The child ***fell*** into the water.
小孩撲通落到水中去了。

九　關於漢語語氣詞

漢語語氣詞是表示說話的語氣、神態的詞，屬於一種特殊的"詞彙語法範疇"。它附着在一個句子的末尾。語氣，一般分為陳述、疑問、祈使、感嘆四種。在普通話裏有六個最基本的語氣詞。它們是：的、了、麼、呢、吧、啊。

“的”，“了”主要表示陳述語氣。例如：

放心吧，我們還會回來的。

孔乙己着了慌，伸開五指將碟子罩住，彎下腰去說道，“不多了，我已經不多了。”(《孔乙己》)

“嗎”主要表示疑問語氣。例如：

他已經上大學了嗎？

“吧”主要表示祈使語氣。例如：

把任務交給我們吧！

“啊”主要表示感嘆語氣。例如：

我們祖國多麼可愛啊！

常見的陳述語氣詞有：

吧、的、呢(哩)、着呢、嘛、罷了、而已、也罷、啦

常見的疑問語氣詞有：

嗎、麼、吧、呢、啊、呀

常見的祈使語氣詞有：

吧、啊、呀、哪

常見的感嘆語氣詞有：

啊、呀、哪、啦

英語沒有漢語這樣的語氣詞。英語的語氣是用語音、語調、特殊的詞語、特殊的詞序結構、標點符號來表達的。下面試比較：

1. 漢語陳述句經常用“的”和“了”來表示強調。然而甚麼情況下才用語氣詞“的”和“了”來譯英語陳述句呢？要看具體情況，即上下文的情況決定。

He was among the first to arrive.
他是首批到達的。

Don't drive too fast.
車子不要開得太快了。

I always get up as soon as the bell rings.
我總是一打鈴就起床的。

2. 用表示疑問的語氣詞附在陳述句後面來構成疑問句，是漢語特點之一。英語一般疑問句，通常用語法手段，把助動詞、情態動詞、動詞"be"或"have"提到句子前面。例如：

Do you like singing?
你喜歡唱歌嗎？

Is the president to be present at the meeting?
校長出席這個會嗎？

Will you pass on a message to her?
你可不可以給她傳一個口信？

Would you care to go to the concert with us?
你願意和我們一道去聽音樂會嗎？

Have you any idea where Betty lives?
你知道貝蒂住在哪裏嗎？

3. 特殊疑問句譯成漢語時，因為含有疑問詞，如"誰"、"甚麼"等，可以不用表疑問的語氣詞。但是，語意除了不知道之外，還含有猜測意味的話，可以加"呢"。因此，下面的英語例句可以有兩種譯法：

Who is there?

誰在那兒?

誰在那兒呢?

Which book is mine?

哪本書是我的?

哪本書是我的呢?

What time does the train leave?

火車甚麼時候開?

火車甚麼時候開呢?

4. 選擇疑問句譯成漢語時,可不用語氣詞,但是選擇疑問句本身就包含有猜測的意味,為了強調這一點,還是可以加“呢”。因此,下面的英語例句可以有兩種譯法:

Are you coming or not?

你來不來?

你來不來呢?

你來呢,還是不來?

Shall I go or will you go yourself?

我去還是你自己去?

我去還是你自己去呢?

我去呢,還是你自己去?

5. 英語的反意疑問句附在陳述句之後,對陳述句所敍述的事實提出相反的疑問的一種句式。這種疑問句一般用兩種句式來譯,一種是一般疑問句式,語氣詞可根據這兩種句式的要求使用:

He is your teacher, isn't he?

他是你的老師，是不是?

他是你的老師，是不是呢?

他是你的老師，是呢，不是?

他是你的老師，不是嗎?

6. 祈使語氣，漢語表示祈使語氣有時用語氣詞“吧”，也有用“嗎”。例如:

時候不早了，快走吧?

進來歇歇吧。

讓我搭搭你的車好嗎?

英語祈使句譯成漢語，有時可以加“吧”。

Let him do it. 叫他做吧。

Do come, please! 請一定來吧!

7. 感嘆語氣，“啊”可用作感嘆語氣詞。它獨立使用時是感嘆詞，附在感嘆句之後表示語氣時是語氣詞。例如:

啊! 這裏風景多麼美麗!(感嘆詞)

同學們，快走啊!(語氣詞)

許多英語感嘆句是用“what”或“how”引起的，“what”用來修飾名詞，“how”用來修飾形容詞、副詞或動詞。譯成漢語時，漢語詞序不變，只要在句尾加上語氣詞“啊”，或只用感嘆號就行了。

How hard they are working!

他們多麼努力工作啊!

What beautiful pictures they are!
多麼美麗的圖畫啊!

How encouraging the whole situation is!
整個形勢多麼令人鼓舞!

What a wonderful time we had last night!
昨天晚上玩得真痛快!

How I miss you!
我多想念你!

How well he writes!
他寫得多好啊!

有時，一個陳述句、祈使句或疑問句，甚至有些單詞或詞組，表示情緒時，也可以變成感嘆句。例如:

He is so good-natured and so hard-working!
他那麼善良，那麼勤勞!

Do stay with us!
千萬跟我們待在一起!

Wonderful! 太好了!

Nonsense! 胡說!

A good idea! 好主意!

To think you are so careless! 你這樣粗心大意!

十　關於英語冠詞

冠詞(article)是英語所特有。冠詞是一種虛詞，本身不能獨立，只是附在一個名詞上幫助說明這名詞的含義。英語中的冠詞有兩種，一是定冠詞(definite article)，一是不定冠詞(indefinite article)。冠詞是語音發展的產物。不定冠詞 a，(an) 是由原來的數詞 one (一個)虛化來的。定冠詞是原來的指示代詞 that (那個)虛化而來的。所以它們有時還分別保留原來"一個"和"那個"的意義。

1. 不定冠詞 a (an) 用於不特定的單數可數名詞前，英譯漢時，一般不譯。如:

There's a ball-point pen on the desk.
桌子上有枝原子筆。

There lived an old tailor in a small village.
有位老裁縫師住在小村莊裏。

2. 但當它含有 one、the same 和 every 的意義時，卻要譯成"一"，"同"和"每"。如:

Rome was not built in a day.
羅馬不是一天造成的。

He didn't say a word about it.
他對於那件事一句話也沒説。

Twins are naturally of an age.
雙胞胎當然是同齡。

Two men are of a mind.
兩人同心。

Birds of a feather flock together.
同一羽毛的鳥飛在一起。(物以類聚)

I go to the barber's only once a month.
我一個月上理髮店一次。

Take this medicine three times a day.
這藥每天服三次。

A bird in the hand is worth two in the bush.

手中一隻鳥勝過枝頭兩隻鳥。

Once upon a time there was an old king whose name was Lear.

從前有一個國王，名叫李爾。

3. 不定冠詞 a 譯成漢語"一"時，還要根據它所修飾的名詞特點，加上漢語的量詞。如：

a fish 一條魚	a marriage 一門親事
a hill 一座山	a bad dream 一場惡夢
a well 一口井	a good intention 一片好心
a book 一本書	a clever boy 一個聰明孩子
a limited view 一孔之見	an order 一道命令

4. 抽象名詞是不可數的，要使它表達可數的具體概念，就需要借助一些可數的詞彙結構(這方面將在量詞的一節詳加論述)。不定冠詞譯成"一"時，也要依它所修飾的名詞特點，加上漢語量詞。如：

a spell of courage 一股勇氣

a prevailing mood of harmony 一團和氣

an attack of fever 一陣發燒

an act of kindness 一樁善行

a case of infection 一例傳染病

a fit of anger 一陣發怒

a form of pleasure 一種娛樂的方式

an example of unselfishness 一個無私的榜樣

a piece of good luck 一股好運氣

5. 一些具體的可數名詞常常用來不直接指具體的事物，而使之變成抽象的含義。這些可數名詞在正常情況下應該用複數形式，但用來表示抽象意義時，卻用單數。譯成漢語時，不定冠詞可以不譯。如：

You keep ***an eye*** on that man.
你要注意那個人。

He has ***an eye*** for beauty.
他有審美的眼力。

My younger brother has ***an ear*** for music.
我弟弟有音樂欣賞力。

He turned ***a deaf ear*** to what his friends advised him.
他對朋友的勸告當作了耳邊風。

He never fails to give you ***a helping hand*** when you are in trouble.
不論你何時有困難他從不吝嗇給與幫助。

6. 定冠詞用來表示某個或某些特定的人或事物。英譯漢時一般可以不譯。如：

All of us attended the opening ceremony.
我們都出席了開幕典禮。

Paris is one of the world's most beautiful capitals.
巴黎是世界上最美麗首都之一。

He is the pianist of the day.
他是當代最佳的鋼琴家。

類似的還有：

the youth 青年人
the piano 鋼琴
the Yellow River 黃河
the London Opera 倫敦歌劇院

7. 但在下面句子中，由於含有"這"，"那"，"這些"，"那些"和"該"的意思，所以要譯出來。

He is the man I want to see.
他正是我要找的那個人。

Please give me the letter you received yesterday.
請把昨天收到的那封信給我。

The audience loved the music of the film very much.
觀眾非常喜歡這部影片的音樂。

What do you think of the contents of the book?
你覺得這書的內容怎樣？

Is this the letter to be typed?
這是要打的那封信嗎？

The formula of a compound tells us the composition of the compound.
化合物分子式告訴我們該化合物的組成。

8. 在英譯漢中，最值得注意的卻是，要弄清定冠詞和不定冠詞在一些固定詞組中的含義，以及它們在不同上下文的含義，否則一字之差而意義卻不同，甚至恰恰相反。下面試舉些例子加以說明：

{ in a way 有些、有點、有某點上
{ in the way 擋道的、妨礙人的

sit at table　入席，就座
sit at a table　坐在桌旁

in secret　暗地裏、秘密地
in the secret　知道內情

out of question　（古）　不成問題
out of the question　不可能、不必討論

to go to school　上學
to go to the school　到學校去

to send him to hospital　送他到醫院就診
to go to the hospital (to see him)　到醫院去（看他）

to be in prison　坐牢（犯人）
to be in the prison　在獄中（非犯人）

in (at) church　做禮拜
in the church　在教堂裏

類似這樣從個體名詞轉為具有抽象意義的還有：go to bed，go to camp，go to sea；in bed，in class 等。

the kind of matter　物質的種類
a kind of matter　一種物質

to take a chair　入座
to take the chair　就任會議主席，主持會議

to draw a breath　吸氣
to draw breath　喘氣

in trade　開舖子
in the trade　內行，行家

at a crossroads　在十字路口
at the crossroads　抉擇的重要關頭

in office　執政
in the office　在辦公室裏

a man of the day　當代名人
a novel of a day　只有短暫價值的小說

in front of the car　在車的前面
in the front of the car　在車的前座

in a family way　不拘形式
in the family way　懷孕

in possession of　佔有
in the possession of　（為）…所佔有

in charge of　看管
in the charge of　由…看管

in command of　指揮
under the command of　由…指揮

to make a scene　爭吵
to make the scene　到場參與

She was with a child.　她帶了一個孩子。
She was with child.　她懷孕。

They are the students of our school.
他們是本校的全體學生。
They are students of our school.
他們是本校的一部分學生。

in place of　替代
in the place of　在……的地方

by day　白天
by the day　計日、論日

{ to take air 傳播
{ to take the air 呼吸新鮮空氣

{ in word 口頭上，表面上
{ in a word 總而言之

{ for a moment 片刻，一會兒
{ for the moment 此刻，當時

{ to play a game 表演節目，玩把戲
{ to play the game 遵守運動規則，(喻)公正，誠實

{ a red and a white flower 一朵紅花和一朵白花
{ a red and white flower 一朵紅白花

{ last time 上次
{ the last time 最後一次

另外還有：

He was a poet and novelist.
他是詩人兼作家。(同一人)

I met the editor and the publisher of the magazine.
我見過那個雜誌社的編輯和發行人。(兩個人)

The First World War was from 1914 to 1918; the second from 1939 to 1945. I hope there won't be a third.
第一次世界大戰從1914到1918；第二次世界大戰從1939到1945。但願不要再來一個第三次世界大戰。

在"a third"這一詞組裏，a表示"又一個"的意思。

You've made the same mistake a second time.
你又一次做錯了。

9. 有時很明顯看出所指的東西不同時，可以不需重複冠詞；或指一組東西時也沒有必要重複冠詞。如：

the bride and groom	新郎新娘
a cup and saucer	連碟的杯子
a watch and chain	帶鍊的錶
a rod and line	帶有釣綫的釣竿

10. 定冠詞有時用來加強特指意義，表示"恰恰(是)"、"最典型的"、"最適合的"、"最理想的"、"最著名的"、"最值得歌頌的"等意思。如：

This is ***the*** word to be used here.
這裏用這個字眼最恰當。

Quinine is ***the*** medicine for malaria.
奎寧是治瘧疾的良藥。

This is ***the*** drink for hot weather.
這是炎熱天氣裏最理想的飲料。

Johnson is ***the*** man for the job.
約翰是最合適這份工作的人。

This is ***the*** life for me.
這對我來説是很有意義的生活。

十一　漢語量詞與英語特殊量詞的比較和翻譯

（一）漢語中有一類詞叫做量詞，位於數詞和名詞之間，是用以表示事物單位的詞。

漢語量詞分為兩類：表人或事物的量詞叫物量詞，表動作或行為的量詞叫動量詞。

1. 物量詞　漢語物量詞可分為三類：

（1）表度量衡的單位，如"尺、里、噸"等。

（2）一般量詞，如"個、隻、本、間"等。

（3）以事物特徵、狀態來衡量的量詞，如"頭、口、杯、發、條"等。

2. 動量詞　漢語的動量詞可分為兩類：

（1）專用動量詞，如"次、遍、番、陣、頓"等。

（2）借用動量詞，一般借用與動作有關的名詞，如"刀"（砍一刀），"筆"（寫一筆），"星期"（討論一星期）等。

漢語量詞一般要與數詞一起使用，合稱數量結構，如：

> 三斤肉，一頭牛，一杯咖啡，一山樹，一屋人，一架書，五匹布，兩桶水，一塊煤，一粒米，一劑藥，兩行樹，一朵花，一綫希望，四排房子，三堆雞蛋

漢語也有偶爾不用量詞的，這不過在古漢語中出現。如：

> 臥室裏是一桌一櫈一床，床板只有兩塊。（《朝花夕拾・瑣記》）
>
> 撤屏視之，一人，一桌，一椅，一扇，一撫尺而已。（《口技》）

在一些成語中，常有不用量詞的。如：

千言萬語，九牛一毛，三人一組，七上八下，三頭六臂，一心一意，三言兩語，七嘴八舌，一草一木，一磚一瓦

還有表示行政區域劃分的名詞，如三省，五市，兩縣。這大概是沿襲舊時四言詞組所演變成的，或受到古漢語的影響。

（二）英語沒有量詞。數詞（或不定冠詞）可直接置於數名詞之前表示數量。如：

a (one) book	一本書	three workers	三個工人
four rifles	四枝槍	six cars	六輛汽車
five tractors	五部拖拉機	seven lathes	七台車牀
eight lamps	八盞燈	ten houses	十棟房屋

但是，在一定的條件下，由於意義上的要求，英語中的可數名詞也可與特殊表示量的概念名詞連用。這種特殊量詞，通常是借用了普通名詞，具有獨立詞彙意義。不過在量詞和名詞之間要有一個介詞"of"。如：

a packet of cigarettes	一包紙烟
a company of soldiers	一連士兵
two groups of children	兩羣小孩
a team of horses	一隊馬
three heaps of eggs	三堆雞蛋
four blocks of houses	四排房子

為了方便起見，這裏暫且把英語"名詞 + of + 名詞"這一形式稱為英語特殊"量詞"。這種特殊量詞，常借用普通名詞，具有獨立詞彙意義。英語這類"量詞"也可以分成三類：

1. 以事物特徵、狀態來衡量的“量詞”，如：

a bar of chocolate	一條巧克力
a blade of grass	一葉草
a blanket of snow	一片白雪
a blast of wind	一陣風
a bolt of cloth	一匹布
a cake of soap	一塊肥皂
a cloud of smoke	一團烟
a coat of paint	一層油漆
a cut of pork	一塊肉
a drop of water	一滴水
a speck of dust	一粒灰塵
a sheet of skin	一張皮

2. 用以表示抽象名詞數量單位的“量詞”，如：

an article of food	一種食品
a piece of advice	一個忠告
an item of news	一則消息
a movement of a symphony	一章交響樂
a period of time	一段時間
a bout of fighting	一場戰鬥
a chain of thought	一連串想法
a flash of hope	一綫希望
a round of applause	一陣掌聲
a scene of great rejoicing	一片歡騰
a shower of criticism	一陣批評

a wisp of smoke	一縷輕烟
a peal of thunder	一陣雷聲
a gleam/a ray of hope	一綫希望
a plot of land	一小塊地

3. 用以表示一羣、羣體或集合概念的"量詞"，如：

an army of workers	一大隊工人
a batch of new cadres	一批新幹部
a body of people	一大組人
a circle of friends	一羣朋友
a galaxy of talents	一大批英才
a file of soldiers	一列士兵
a troop of scouts	一隊童子軍
a mob of gangsters	一夥歹徒

上面是有關人羣方面的集體量詞。下面舉一些其他方面的集體量詞，這些"量詞"的用法，都帶有生動的修辭色彩。如：

a bouquet of flowers	一束花
a bunch of grapes	一串葡萄
a flight of doves	一羣鴿子
a cluster of bees	一羣蜜蜂
a litter of kittens	一窩小貓
a mountain of books	一大堆書
a series of articles	一系列文章
a sea of flags	一片旗海
a set of tools	一套工具
a spate of jokes	一串笑語

（三）在漢英"量詞"互譯時必須注意：

1. 詞的搭配不同，如"羣"字是最活躍的漢語量詞之一，表示"聚在一起的人或物"。在下列漢語詞組裏，都用"羣"字，但在譯成英語詞組時，卻用不同的字。如：

(1)一羣人	a crowd of people
一羣觀眾	a crowd of spectators
(2)一羣女學生	a group of girl students
一羣旁觀者	a group of onlookers
(3)一羣才子	a galaxy of talents
一羣美女	a galaxy of beauties
(4)一羣歡迎者	a troop of welcomers
一羣示威者	a troop of demonstrators
(5)一羣影迷	a throng of film fans
一羣人	a throng of people
(6)一羣匪徒	a band of gangsters
一羣劫匪	a gang of robbers
(7)一羣羊	a flock of sheep
一羣鴨	a flock of ducks
(8)一羣牛	a herd of cattle
一羣馬	a herd of horses
(9)一羣豺狼	a pack of wolves
一羣獵犬	a pack of hounds
(10)一羣建築物	a cluster of buildings
一羣海島	a cluster of islands

為甚麼漢語的量詞"羣"，會翻譯成那麼多不同的英語

單詞呢？因為“羣”字在漢字是沒有修辭色彩的，而在英語中，“羣”這個概念卻是具有修辭色彩的。如：“crowd”通常指“無組織和無秩序的人羣”；“group”通常指“有一定組織的”；“galaxy”常用於比喻“出色或著名的人物羣”；“troop”常指“正在行進中的羣”；“throng”卻指“為數眾多的擠在一處或向前湧去的羣”；“band”有明顯的輕蔑色彩，通指強盜、匪徒等的羣（幫、夥）；“flock”通常指飛鳥家禽、牲畜的羣，尤指羊羣；“herd”通常指大動物的羣；“pack”主要指野獸、獵犬等的羣；“cluster”指集結物體的羣（簇、堆）。（類似的還有 swarm，如 a swarm of bees 等。）

反過來說，英語中 piece 是最活躍的一個“量詞”，使用很廣，可與許多不可數名詞連用，但它沒有甚麼修辭色彩。但翻譯成漢語時卻產生修辭色彩，在不同的詞組裏用不同的漢語量詞。

a piece of wood	一塊木頭
a piece of paper	一張紙
a piece of coal	一塊煤
a piece of clothing	一件衣服
a piece of furniture	一件傢具
a piece of news	一條新聞
a piece of advice	一項忠告
a piece of information	一則消息
a piece of poetry	一首詩
a piece of music	一支樂曲
a piece of prose	一篇散文

a piece of good luck　一回好運氣

a piece of kindness　一番好意

a piece of folly　一樁蠢事

a piece of chalk　一枝粉筆

2. 英語的"量詞"還可以有複數形式，如：

drops of tears　淚珠

two groups of children　兩羣小孩

streams of people　川流不息的人

multitudes of islands　大羣大羣的島嶼

myriads of stars　無數的星星

3. 許多英語"量詞"可以有其修飾的成分；如：an increasing number of students 不斷增加的學生，a rising flow of foreign visitors 越來越多的外國來客，a large gathering of people 一大羣人。

但是，英語中常常有這樣的情況，從結構上看有些形容詞(或具有形容詞作用的詞)是修飾"量詞"的，可是從含義上看卻是修飾後面的名詞；如：

a new generation of people　一代新人

a stagnant pool of water　一潭死水

a mere scrap of paper　一紙空文

a rich assortment of goods　一批各式各樣的貨物

a new round of talks　一輪新的會談

a thin coat of ice　一層薄冰

翻譯這類結構時，注意英漢詞序的調整，切不可硬套。

4. 英語"名詞 + of + 名詞"這一形式，可以表示同位、所有、修飾等關係。所以翻譯時必須注意英漢詞序，以免誤解。如:

(1) 表示同位關係

all of them 他們大家，four of us 我們四個，the city of Beijing 北京城

在這些詞組裏 of 可以不譯。

(2) 表示所有的

in the centre (heart) of Beijing 在北京的中心，from the north of China 從中國的北方

(3) 表示修飾的

a young man of deep reflection 深思熟慮的青年，a man of uncertain temper 喜怒無常的人

(4) 表示組成的

a lot of trouble 許多麻煩，a cup of tea 一杯茶，a drop of water 一滴水

但是，droplets of water (小水滴)講的並不是水的量，而是水的模樣。這裏的 of water 起修飾 droplets 的作用。

5. 英語在表示某些特定的量的時候，使用表量的名詞(在漢語是量詞)，其組合方式同漢語數量結構一樣。如:

three dozen pencils　三打鉛筆
ten-metre yarn　十公尺的紗綫
five-kilogram packs　五公斤包裝

6. 應注意許多名詞，從漢語角度看是可數的，在英語中卻不可數。例如：news 消息，advice 忠告，bread 麵包，furniture 傢具，在英語中是不可數的。如要表示"一件"、"一個"等概念，要加"a piece of"這類短語。如：

a piece of news　一條新聞
a piece of soap　一塊肥皂

如果表示"幾件"、"幾條"等概念時，要加"pieces of"，或者"these articles of"等這類短語。如：

two pieces of soap　兩塊肥皂
these articles of furniture　這幾件傢具

7. 在下列詞組裏，of 前後兩個名詞從語法上分析是同位語。因此，可以分別翻譯如下：

a red ball of a sun　一輪紅日
a great mountain of wave　高山似的波濤
a park of a factory　公園般的工廠
a shell of a man　骨瘦如柴的人
a saint of a man　聖人似的人物
a palace of a house　宮殿似的房屋
a fairyland of a country　仙境似的國土
a whale of a scientist　一位了不起的科學家

但 of 前後的兩個名詞，不能隨意顛倒。如將 a park of a factory 改為 a factory of a park，那就變成了"工廠似的公園"。

8. 有些英語特殊"量詞"，在某種場合譯成漢語時不一定要用量詞。如：

That was a quirk of fate. 那是命運的作弄。

a sea of trouble 恨海無邊

I detected a flicker of challenge in his eyes.

我覺察到他的眼神霎時間顯出異議。

There was a note of pride in his voice.

他說話的口氣帶有自豪感。

又如：

a store of oil	很多石油
a whale of a difference	天壤之別
a whale of a story	極妙的故事
have a whale of a goodtime	玩得極愉快

9. 動量詞中譯時，需要借助副詞或兼類的名詞。

give a punch	打一拳
have a rest	休息一下
have a walk	走一走
fire a shot	放一槍
eat a bite	吃一口
give a kick	踢一腳
Let me have a look.	讓我看一看。

For three whole days and nights he did not have a wink of sleep.

他三日三夜沒睡一覺。

漢語動量詞往往可譯為英語同源賓語。如：

sleep a sound sleep	睡了一大覺
dream a sweet dream	做了甜蜜的夢
fight a fight	打一仗
smile a smile	笑一笑
laugh a hearty laugh	放聲大笑
die a heroic death	英勇犧牲了

10. 漢語用表示集體的量詞時，英語也用相似的集體表量詞，但是可數名詞應有複數形式。如：

一羣猴子	a host of monkeys
一行白鷺	a file of egrets
三盤餃子	three plates of dumplings
一連串問題	a volley of questions
一堆書	a heap of books

11. 漢語中有非常豐富的量詞，應用廣泛。它不僅是一種重要的修辭手段，而且具有十分顯著的語法意義。我國古代詩人都喜歡用量詞來增加語言的表現力。杜甫的絕句，就是一個突出的例子。

兩個黃鸝鳴翠柳，一行白鷺上青天。
窗含西嶺千秋雪，門泊東吳萬里船。

王之渙的詩："欲窮千里目，更上一層樓。"也是用量詞作對偶的，以增加語言的聲色。

現代詩人光未然的詩句："一江離恨、一江愁"(《海邊河畔》)，使人或到"離愁"、"別恨"，如滔滔江水那般深，那麼多。

在現代漢語中量詞用得更多了。有人拿六種期刊 120

頁，共 61912 個字的不同類文章，進行了一次統計，發現其中僅物量詞和動量詞就用了 1228 個。在文學作品中比例就更高了。可見，量詞在漢語中使用的頻率是相當高的，離開了它，我們説話寫文章都會有困難。漢語量詞用得恰當，會使語言顯得更加生動形象。如："開了一樹花"，"飄着一縷輕烟"，"還有一綫希望"，"寫得一手好字"。

但是，漢語量詞卻是外國學生經常用錯的地方。如："在果園裏我們摘了五蘋果。""我們班上一學生病了。"把"我給你一把鋤頭"説成"我給你一鋤頭"。又如：把"一隻鳥"説成"一條鳥"，把"一張紙"説成"一個紙"。

漢語英譯也是中國學生感到頭痛的問題。很多英語特殊量詞富有修辭效果。如：a glimmer of hope，a spatter of rain，a flush of love，an agony of joy 等就體現了英語的比喻(metaphor)、擬聲(onomatopoeia)、着色(colour scheme)、矛盾修飾法(oxymoron)等各種修辭功能。在漢語中，有相當一部分量詞，往往必須用幾個，十幾個乃至幾十個不同的英語詞來表達。上面舉了一個"羣"字，現在再舉一個"層"字為例。

一層巖石	a layer of rock（指多層中的一層）
一層泥土	a layer of clay (earth)
一層(薄)雲	a veil of cloud（指輕紗似的一層）
一層(薄)霧	a veil of mist
一層新油漆	a new coat of paint（指塗層）
一層蠟	a coat of wax
一層油	a film of oil（指薄層）
一層薄塑料膜	a film of plastic

還可以再舉一個"陣"字：

一陣笑聲	a burst of laughter（指突然發生）
一陣雷聲	a burst of thunder
一陣大雨	a flood of rain（強調大量的意思）
一陣眼淚	a flood of tears（指淚如泉湧）
	a burst of tears（指眼淚奪眶而出）
一陣咳嗽	a spell of coughing（指一段持續）
一陣寒流	a spell of cold weather
一陣狂怒	a fit of rage（指感情突然發作）
一陣失望	a fit of despair
一陣暴雨	a gust of rain（指猛烈而突然發作）
一陣狂風	a gust of wind
一陣感冒	a bout of influenza（指疾病的發作）
一陣高燒	a bout of high fever

從上述例子，可以看出，英漢量詞的互譯是錯綜複雜的。因此，不斷地探討英漢互譯中如何正確翻譯"量詞"，是我們在外語教學中應重視的一個問題，也是翻譯理論中應重視的一個課題。

十二　其他

（一）英漢數詞的比較與翻譯

英語中的數詞和漢語一樣，共分為：

1. 基數詞——用以指量計數（one, two, three, ...）

2. 序數詞——表示一系列事物的位置或順序的先後(first, second, third, ...)
3. 倍數詞——表示增加或減少的倍數(onefold, twofold, threefold, ...)

數詞用法比較靈活，可作句子中各種成分，翻譯時應根據情況靈活處理。數詞在科技文獻中是經常遇到的。也是很重要的。翻譯中的疏忽或差錯往往會產生嚴重的後果。加上英語或漢語在數詞表達上的特點不同，所以對待數詞應特別注意。再如英語的數詞可以有複數形式，表示數量增減的詞語也比漢語多。

1. 單位

英語中沒有"萬"這一單位，"萬"和"十萬"均以"千"的累計數計算。因此，ten thousand 應譯成"萬"，hundred thousand 應譯成"十萬"。百萬以上的大數字有兩種體制，翻譯時要特別注意。美國、法國、蘇聯及歐洲大多數國家採用的是大陸制(thousand system)，英國及德國採用的是英國制(million system)。這兩種體制的差別在於:

billion: 大陸制相當於十億(10^9)
英國制相當於 1 兆(10^{12})
trillion: 大陸制相當於 1 兆(10^{12})
英國制相當於百京(10^{18})

因此，遇到這些詞時，一定要先弄清楚是那一種方法，才能翻譯。否則就可能造成嚴重的錯誤。

2. 複數形式的數詞

數詞以複數形式出現時，大多有比較特殊的意義，還有不少屬於習慣用法的短語，翻譯時要根據不同的用法，選用相當的漢語來表達。例如：

They packed the lighters in tens.
他們把打火機每十個裝一包。

They are counted by hundreds.
這些是成百地計算的。

We have consulted tens of reference books on plastics.
我們查閱了幾十本關於塑料的參考書。

Automation helps to increase productivity hundreds of times over.
自動化能使生產率提高幾百倍。

Coal is made from trees and other plants that grew on the earth millions of years ago.
煤是由千百萬年前地球上生長的樹木和其他植物形成的。

There are millions and millions of atoms in a cup of water.
一杯水裏有千千萬萬個原子。

The guests came by twos and threes.
客人三三兩兩地來了。

3. 增加倍數

在英語中說"增加了……倍"是連基數包括在內的，表示增加後的結果，而在漢語中卻不算基數，只表示純粹增加的數量。兩種語言之間恰好相差一倍。所以翻譯時要注意這點。

(1) 表示增加後的總數的：

表示增加後的總數的用語有"increase…times"，"…fold

increase", "...times over"等，應譯為"增加到……倍"，或將原詞的數量減一後譯為"增加了……倍"。例如：

Production is now double what it was.
產量比過去增加了一倍。
或：產量為過去的兩倍。

A is three times as large as B.
甲為乙的三倍。
或：甲比乙大兩倍。

In 1975 the export value of Hong Kong garments was 6.3 times that of 1965.
1975 年香港服裝的出口額比 1965 年增加了 5.3 倍。

The number of pigs has increased more than twofold.
生豬數增加了一倍多。

The output of potassium nitrate for 1975 was 50 times over that for 1964.
1975 年硝酸鉀的產量相當於 1964 年的五十倍。

（2）表示純粹增加數的：

表示純粹增加數的用詞有"increase by...", "be expanded to...", "go up by..."等，可譯為"增加了……"，"擴大了……"，"提高了……"，例如：

The grain output has increased by three times.
糧食產量增加了三倍。

By 1974 the paddy field area had been expanded to one-third more than that of 1949.
1974 年水稻種植面積比 1949 年擴大了三分之一。

Annual production of steel has gone up by more than 25%.

鋼的年產量提高了百分之二十五以上。

A is three times bigger than B.

甲比乙大三倍。

(3) 表示數量減少的詞語:

表示減少的詞語也有兩種情況: 一種是用一般的數詞表示的, 可以按原詞的數量翻譯, 如"reduce by 30%"可譯成"減少百分之三十"。一種是用數詞表示的, 翻譯時要換用分數表示如"reduce 7 times"應譯成"減少到七分之一", 或"減少了七分之六"。

a. 可以按原詞的數量翻譯的例子:

The price was reduced by 10 percent.
價格降低了百分之十。

This rope is half as long as that one.
這條繩子比那條短一半。

或: 這條繩只有那條的一半長。

The loss of metal has been reduced to less than 20%.
金屬損耗已降低到百分之二十以下。

b. 譯文要改用分數表示的例子:

The length of the laser tube was reduced ten times.
激光管的長度縮短了十分之九。(激光台灣稱雷射)
或: 激光管的長度縮短為十分之一。

The principal advantage is a six-fold reduction in volume.

主要優點是體積縮小了六分之五。

或: 主要優點是體積縮小為六分之一。

The length has been shortened 4 times.
長度縮短了四分之三。

There is a three-fold fall in price.
價格降低了三分之二。

4. 習慣短語

英語中有許多有關數詞或含有數詞的短語，翻譯時應特別注意：

order of magnitude	數量級
first of all	首先，第一
second to none	首屈一指，無所匹敵
by halves	不完全，不徹底
a hundred and one	無數的，許多的
in halves	分成兩分，分成兩半
ten to one	十之八九，十有八九
fifty-fifty (half-and-half)	各半，均分、平均
a few tenths of	十分之幾、零點幾⋯⋯
by 100 percent	百分之百地，全部地

5. 某些表示不定數目的詞

（1）ten, hundred, thousand, million 通常不加"s"，如果加"s"就表示為原數的若干倍，即"幾十"、"幾百"、"幾千"、"幾百萬"，是不定的約略數字。"millions"有時指一個很大的數目，可譯成"千千萬萬"、"成千成萬"、"千百萬"、"億萬"。

（2）還有一些表示數字的詞：

decade	十	decades	幾十
score	二十	scores	幾十
dozen	十二、一打	dozens	幾十
a small gross	120 個，十打		

（二）英漢被動式的比較與翻譯

1. 英語被動語態（passive voice）

被動語態的廣泛使用是英語別於漢語的又一特點。這一特點在英語科技語體中反映得更為突出。據國外有的語言學家統計，在英語物理、化學、工程類教科書的全部限定動詞中，至少有三分之一用的是被動語態，其中大部分又都是一般現在時態或與情態動詞連用。

試看以下一節文章：

> As oil is found deep in the ground, its presence cannot be determined by a study of the surface. Consequently, a geological survey of the underground rock structure must be carried out. If it is thought that the rocks in a certain area contain oil, a "drilling rig" is assembled. The most obvious part of a drilling rig is called "a derrick." It is used to lift sections of pipe, which are lowered into the hole made by the drill. As the hole is being drilled, a steel pipe is pushed down to prevent the sides from falling in. If oil is struck, a cover is firmly fixed to the top of the pipe and the oil is allowed to escape through a series of valves.

這是普通的技術論文中的一節，十四個謂語動詞中，有十三個用了被動語態，而且都是現在時態。

科技英語這樣大量地用被動語態結構，是因為：(1)被動結構比主動結構更少主觀色彩，科技論着重客觀事實，正需要這種特性；(2)被動結構更能突出主要論證，說明對象，引人注目；(3)在很多情況下被動結構比主動結構更簡短。

英語中被動語態用得廣泛，還因為凡是不必說出主動者，不願說出主動者，無從說出主動者或便於連貫上下文等原因均用被動語態。漢語中被動語態用得少，是因為漢語往往將賓語提前作為說話的主題，而在動詞上暗示被動語氣，即用詞彙的手段表示被動。漢語中有"有人"、"大家"、"人們"等詞彙，英語中雖有 people、some people、some 等相應的詞，但一般少用。漢語中，使用被動句結構時，大多數情況下要求施事者出現，否則用主動句結構。試比較下面句子：

(1) 不知道或沒有必要說明動作的執行者是誰。

Such books are written for children.
這種書是為兒童寫的。

We haven't been told about it.
沒有人通知我們這件事。

The English evening has been put off till Saturday.
英語晚會已延期到星期六舉行。

(2) 出於禮貌措詞圓通等方面考慮不願說出動作的執行者是誰。

You are requested to give a performance.

請你給我們表演一個節目。

It is generally considered not advisable to act that way.

一般認為這樣做是不妥當的。

(3) 無從說出主動者是誰。

You're wanted on the phone.

有人給你打電話。

The problem is being studied.

正在研究問題。

Rice is chiefly grown in the south.

大米主要產於南方。

(4) 為了便於上下銜接

He appeared on the stage and was warmly applauded by the audience.

他在台上出現，觀眾熱烈鼓掌歡迎。

Jack fought John in the men's singles last night and was beaten.

傑克昨晚在男子單打比賽中與約翰相遇，結果輸了。

(5) 為了突出談話的中心。

The song was composed by a worker.

這首歌曲是一位工人譜寫的。

The programme was designed by ourselves.

這個程序表是我們自己設計的。

2. 漢語的被動式

在漢語中凡是主語是被動者的句子就是被動式，如“樹被風颳倒了”，“衣服撕破了”。

漢語的被動式有兩種表示法：一種是有形式標誌的被動式，另一種是沒有形式標誌的被動式。

(1) 有形式標誌的被動式：

漢語表示被動的語言手段有：受、挨、遭、由、被、給、叫、讓、加以、予以、為……所、被……所，等等。例如：

代表團受到熱烈歡迎。

他挨罵了。

去年他家遭火災。

孩子們由大人照顧。

棉花被淋濕了。

我們的計劃給打亂了。

杯子讓他打破了。

兩天的活叫你們一天給幹完了。

我們不要為表面現象所迷惑。

在現代漢語裏，“被”、“叫”、“讓”、“給”，都能表示被動的意義。但色彩(風格色彩、感情色彩)有所不同。“被”常用於書面語，“叫”、“讓”、“給”常用於口語。就感情色彩來説，按傳統的用法，“被”字只限於表示不幸或不愉快的事。這是因為“被”字是由表示“遭受”意義的動詞虛化而來的。但“五四”以後，漢語受歐洲語言語法的影響，“被”字的使用範圍擴大了，不再限於表示不幸或不愉快的事情了。如：他被推選為董事長。不過，在有些情況下，用不用“被”，仍有感情色彩上的區別。試比較下面兩個句子：

我們剛才說的話，他聽見了。
我們剛才說的話，被他聽見了。

至於"叫"、"讓"、"給"三個詞，因為經常用在口語裏，至今仍基本保持着傳統用法，大多用在對說話人來說是不幸或不愉快的場合。

(2) 沒有形式標誌的被動式:

漢語除了用上述語言手段表示被動式外，許多時候，主語是被動者時，不用被動的語言手段，特別在口語裏更是這樣。如:

倉庫鎖起來了。
棗紅馬牽出去了。
文章寫好了。
信已經寄了。
大樓蓋起來了。

漢語在有些嵌入"是……的"及物動詞的主謂結構中，也能表示被動關係。如:

科學真理是從實驗中發現的。
這本小說是巴金寫的。

漢語在有些"在……中"嵌入及物動詞結構中也能表示被動關係。如:

新住宅在修建中。
新教材正在印刷中。

英語中也有類似的用法。

This kind of rice cooks quickly.

This work divides easily.

This cloth washes well.

His paper reads like a novel.

The door will not shut.

The meat cuts easily.

The curtains blew in.

漢語主語是被動者的句子，很多不用"被"字，所以，在寫作與實踐中，要防止濫用"被"字句。

3. 英語被動概念的主動式

在現代英語中，有些被動的概念常常用主動語態來表達。這種表法常見於下面一些情況：

（1）一些表示"開始"、"結束"意思的不及物動詞。

When did the accident occur?

The First World War broke out in 1914.

The interview took place in an ordinary house.

Class begins at eight.

The meeting adjourned in warm applause.

The tap stopped up.

（2）一些表示"移位"、"運轉"等意義的動詞。

The stone moved.

His voice records well.

The machine runs well.

Social customs changed.

類似的動詞有 remove，shift，turn，spin，drive，ride，print 等。

(3) 有些表示狀態特徵的連繫動詞。

The flowers smell wonderful.

The method proved effective.

It sounds quite all right.

類似的還有 appear，turn out，taste，look 等

(4) 在某種情況下，也可以用進行時態形態，表示被動意義，但這時用的進行時態，實際上已不表示動作正在進行，而是着重說明情況。

Her eyes were filling with tears.

The clenched fingers were loosening.

The dinner is cooking.

The film is showing in town.

Some articles were airing on the fender.

All offices were emptying.

The shops were closing.

類似的動詞還有很多：brew，blow，gather，drive，harden，settle，dry，widen，deepen，play，expand，break，shape，lift 等等。

(5) 有些動詞往往和表示行為方式的狀語連用，以表示被動意義。跟在動詞後面的形容詞或副詞往往用來描寫主語。

The cloth has worn ***thin***.

The pen writes quite ***smoothly***.

White cloth stains ***easily***.

In such weather meat won't keep ***long***.

All the figures add up quite ***correctly***.

The room filled ***rapidly***.

The play reads ***easily***.

The table polishes up ***badly***.

類似這種用法的動詞還有 sell，translate，act，wash，wear，cook，move 等。

這些動詞還可以和情態動詞連用(多數是否定式)，表示被動。

The car can't move.

The food won't digest.

The book did not translate well.

（6）還有在一些動詞後面 + ing form 的動詞可用來表示被動意義。

The floor wants ***sweeping***.

The wounded needed ***looking after***.

The plan requires further ***discussing***.

The fine qualities deserved ***praising***.

4. 被動式的翻譯

如上所述，英語句子使用被動結構的情況很多。這種句式有些可以按原句的結構順序翻譯，有些需要轉換個別句子成份，有些則要完全改變結構才能譯成通順的漢語。所以，翻譯時要分別情況採取不同的譯法。下面各舉一些例子來說明。

（1）順序翻譯：

可以按照原句結構順序翻譯的被動句有幾種情況：

a. 譯文要用"被"、"受"、"給"、"由"等表示被動意義的詞，例如：

The patient is being operated on by the doctor.
病人正在由醫生動手術。

The lights have been turned on by him.
燈給他打開了。

Heat can be converted to energy and energy can be converted to heat.
熱可以被轉換為能量，能量也可以被轉換為熱。

Electricity can be most easily turned into other forms of energy.
電力最容易被轉換成其他形式的能量。

b. 不需要用表示被動意義的詞，例如：

The energy of motion is called kinetic energy.
運動的能量稱為動能。

Not a sound was heard.
一點聲音也沒有聽到。

We are given heat and light by the sun.
我們從太陽得到熱和光。

He was offered some assistance by them.
他得到他們的一些幫助。

This must be done at once.
這事必須馬上做。

The question is going to be discussed soon.
這個問題很快就要討論了。

This method is better, but can still be improved.

這個方法好一些，但還可以改進。

c. 把謂語部分譯成"是……的"，例如：

Everything is built up of atoms.

萬物都是由原子構成的。

The high voltage section of the power supply is solid encapsulated.

電源的高壓部份是固體密封的。

The element of helium was first found in the sun.

氦元素最初是在太陽裏發現的。

（2）轉換句子成分：

有些被動式不能完全順序翻譯，要轉換個別句子的成分，例如：

a. 把原句的主語譯作賓語：

Steps have been taken to diminish friction.

已經採取措施減少摩擦。

They can hardly be said to have discovered this phenomenon.

很難說他們已經發現這一現象了。

The teacher may be asked questions.

可以向教師提問。

They suggested that the question (should) be discussed immediately.

他們建議馬上討論這個問題。

The question is what material should be used for this motor.

問題是這台電動機該用甚麼材料。

It has to be pointed out that one and the same word may have different meanings in different branches of science and technology.

必須指出：同一個詞在不同的學科和技術中可以有不同的涵義。

b. 把主語併入謂語一起譯：

英語中有些包含有名詞的動詞短語如 take care，pay attention to 等變成被動式時可以用其中的名詞作主語，漢語沒有這種句子，翻譯時就要把主語和謂語合併，按原動詞短語的意思譯，如：

Care should be taken not to damage the instruments.

注意不要損壞儀器。

Care is to be taken to remove all the impurities.

要注意除去所有的雜質。

Account should be taken of the low melting point of this substance.

應該考慮到這種物質的熔點低。

Attention has been paid to this phenomenon.

已經注意這種現象了。

c. 用句子的另一成份作主語：

It is required that the machine should be maintained at regular intervals.

機器需要定期維修。

They are deprived of the rights they have long fought for.

他們長期爭取的權利被剝奪了。

Great attention was paid to their report.

他們的報告受到重視。

None of these three factors can be neglected.

這三個因素一個也不能忽視。

(3) 改變句子的結構:

有些不能順序翻譯的句子，只轉換個別句子成分還不行，而要改變整個句子的結構，用原句中的行為者作主語，把被動句譯成主動句。如果原句中沒有行為者，就要補充行為者作主語或者譯成漢語的無主句。例如:

a. 把原句中的行為者作主語:

Large quantities of steam are required by modern industry.

現代工業需要大量蒸氣。

Bearings for different uses are turned out by these factories.

這些工廠生產不同用途的軸承。

All objects are made to expand by heat.

熱使所有的物體膨脹。

b. 補充行為者作主語:

They were seen repairing the machine.

有人看見他們在修理機器。

Matter is known to occupy space.

我們知道物質佔有空間。

It is universally known that the world is made of matter.

人人都知道世界是由物質構成的。

It has been found that all kinds of matter consist of atoms.

人們已經發現各種物質都是由原子組成的。

c. 譯成漢語的無主句:

A large motor is being installed in our factory.

我們廠裏正在安裝一部大型電動機。

A film of oil is inserted between the sliding surfaces of a bearing.

軸承的滑動面之間上了薄薄一層油。

Certain losses should be considered in estimating the efficiency of an engine.

估計一部發動機的效率時要考慮到某些損耗。

A decision will be made as to how the waste can be disposed of.

關於廢料處理問題將要作出決定。

The lights are usually turned on at 6:30.

通常六點半開燈。

A force is needed to stop a moving body.

要使運動着的物體停下來需要用力。

(4) 科技英語中常用的被動結構

科技英語中有不少的常用被動結構,一般已有習慣的譯法,下面介紹一些供翻譯時參考:

a. be known as... 被稱為……,叫做……
be referred to as... 被指為……,被叫做……
be spoken of as... 被稱為……,被説成……
be regarded as... 被看成……,被當作……
be considered to be... 被認為是……,被看作……

be treated as... 被當作……

be thought of as... 被認為……，被當作……

be accepted as... 被承認為……，被接受為……

be described as... 被描述成……

be defined as... 被定義為……，定義是……

b. It is said that... 據說……

It is reported that... 據報告……

It is believed that... 人們相信……

It is found that... 人們發現……

It is regarded that... 人們認為……

It is supposed that... 據推測……，假定……

It is assumed that... 假設……，假定……

It is pointed out that... 有人指出……

It is well-known that... 大家都知道……，眾所周知……

It is understood that... 大家都明白……

It is expected that... 人們希望……

It is asserted that... 有人主張……

It is preferred that... 最好……

It is generally recognized that... 通常認為……

It can be foreseen that... 可以預料……

It must be admitted that... 必須承認……

It must be stressed that... 必須着重指出……

It cannot be denied that... 無可否認……

It has been proved that... 已經證明……

It has been illustrated that... 已經舉例說明……

（三）英漢否定式的比較與翻譯

英語在表達否定概念方面，從詞彙到表達方式都和漢語有很多不同的地方。就詞彙說，英語中表示否定的詞比漢語多，按詞分類，有名詞、代詞、動詞、形容詞、副詞、介詞、連詞等；按意義分，有全部否定，部分否定，半否定，雙重否定。就表達方式說，有用單詞或詞組表示的，也有用特殊結構表示的。有些單詞或詞組還有一些習慣用法，翻譯時如不注意，就可能把意思弄錯。

例如，not 和 no 都表示否定，但在句子裏有時意思很不同：

He is not a fool.
他不是傻瓜。

He is no fool.
他一點也不傻。（含義是：他很精明。）

It is not an easy task.
這不是件容易的事。

It is no easy task.
這可不是輕而易舉的事。

It is not a joke.
這不是笑話。

It is no joke.
這決不是開玩笑的事。（含義是：這是一件正經事。）

又如英語表示否定的方式有時是和漢語相反的：

I don't think he'll come.
我想他不會來。

I don't suppose it's true.

我想這不是真的。

所以對否定句的翻譯主要是個理解問題，只要掌握了英語否定形式的特點，翻譯起來就不難了。

下面介紹幾種否定式的譯法。

1. 全部否定

英語表示全部否定的詞有 **no**，**not**，**never**，**none**，**nobody**，**nothing**，**nowhere**，**neither...nor...** 等。翻譯時要注意這些詞在句中的位置和他們與其他詞組成的習慣用語，例如：

There is no denying the facts.

不能否認這些事實。

None of the answers are right.

這些答案都不對。

We don't believe he will bow to difficulties.

我們相信他不會向困難低頭。

Matter can neither be created nor destroyed.

物質既不能生又不能滅。

He has nothing to do with the matter.

他和這件事毫無關係。

This material is not more elastic than that one.

這種材料並不比那種更有彈性。

This material is no more elastic than that one.

這種材料和那種一樣沒有彈性。

2. 半否定

表示半否定的詞有 little，few，seldom，hardly，scarcely，barely 等。

例如：

Little remains to be said.
簡直沒有甚麼可說的了。

There is really little or no difference.
確實幾乎沒有甚麼區別。

Few persons will believe that.
沒有幾個人會相信這個。

He is a man of few words.
他是個沉默寡言的人。

I hardly believe he will come.
我不大相信他會來。

There were scarcely a hundred people present.
出席的不到一百人。

3. 部分否定

英語用 all，both，every，always 等詞和 not 搭配表示部分否定，句子的語序比較特殊，翻譯時要注意與表示全部否定和半否定的句子區別，例如：

Not all these metals are good conductors.
這些金屬並非都是良導體。

比較：None of these metals are good conductors.
All these metals are not good conductors.
這些金屬都不是良導體。（全部否定）

Not both the instruments are precision ones.
這兩部儀器並非都是精密的。

比較：Neither of the instruments is a precision one.
Both the instruments are not precision ones.
這兩部儀器都不是精密的。（全部否定）

Not everyone can answer this question.
這個問題不是人人都能回答的。

比較：No one can answer this question.
Everyone cannot answer this question.
沒有人能回答這個問題。（全部否定）

He is not always at home on Sundays.
他星期天不一定在家。

比較：He is hardly ever at home on Sundays.
他星期天很少在家。（半否定）

He is never at home on Sundays.
他星期天從來都不在家。（全部否定）

4. 雙重否定

英語表示雙重否定的句子一般可以譯成漢語的雙重否定式，但有些譯成肯定式較好，例如：

（1）譯成雙重否定式：

Without coke iron cannot be smelted.
沒有焦炭就不能煉鐵。

But for your help, I would not have made such good progress in my studies.
沒有你的幫助，我不會在學習上取得這麼大的進步。

If there were no energy, there would be no force and no work.

沒有能量，就不會有力和功。

It is impossible for heat to be converted into a certain energy without something being lost.

熱轉換成某種能量而沒有甚麼損耗是不可能的。

I have no other dictionary than this.

除了這本以外，我沒有別的字典。

（2）譯成肯定式：

Energy is nothing but the capacity to do work.

能量就是做功的能力。

They never work without helping each other.

他們工作時總是互相幫助。

It is none other than zinc.

這就是鋅。

Don't fail to let me know.

一定要讓我知道。

5. 表示否定的習慣用語

英語中有不少表示否定的習用短語，其中有些詞的原義並無否定的意思，但和別的詞搭配在一起，就可以用來表示否定。這種習慣用語有動詞短語，形容詞短語，副詞短語，介詞短語等好多種，遇到時要多查辭典，以免誤譯。例如：

This equation is far from being complicated.

這個方程式一點也不複雜。

I will do anything but that.

我決不做那件事。

This lake is free of ice in the winter.

這個湖冬天不結冰。

I am quite in the dark about the matter.

這件事我一點也不知道。

We gave him some good advice, but he made light of it.

我們給他進忠告，但他不當一回事。

He made little of his illness.

他認為自己的病無關緊要。

His proposal is out of the question.

他的提議是不能考慮的。

She would rather have the small one than the large one.

她寧願要那個小的而不要那個大的。

We tried in vain to measure the voltage.

我們原想測量電壓，但沒有測成。

6. 表示否定的特殊結構

英語中還有一些表示否定的特殊結構，如"too...to..."，"not (no) ...until..."，"not (no) ...unless..."等，翻譯時要注意，例如：

(1) too...to... 太……(以致)不能……

Farad is too large a unit to be used in radio calculation.

法拉這單位太大，在無綫電計算中不便採用。

Gasoline is too volatile to be kept in an open vessel.

汽油太易揮發，不能裝在敞口容器中。

Atoms are too small to be seen, even with a powerful microscope.

原子太小了，就是用倍數很大的顯微鏡也看不見。

This force is too small to move the body.

這個力太小，不能使這物體移動。

The change is too little to be observed.

變化太小，觀察不出。

（2）**not (no) ...unless，not (no) ...until...**

不……不……（相當於雙重否定）

Don't open the door until the train stops.

火車未停不要開門。

The path is not complete until the wires are joined.

沒有導綫連接，電路就不完整。

Unless there is motion, there is no work.

沒有運動就沒有做功。

No flow of water occurs through the pipe unless there is a difference in pressure.

沒有壓力差，水不會流過管子。

7. 表示否定詞綴

英語的構詞成份中有不少表示否定的前綴和後綴，科技文獻中帶有這類詞綴的各種名詞術語大多有各種專業的習慣譯法，現列舉一些供翻譯時參考：

(1) a-

astatic 無定向的，不穩定的

aperiodic 非周期的

(2) an-

anisobaric 不等壓的

anisoelastic 非彈性的

(3) anti-

anticorrosive 防蝕的

anticlockwise 逆時針方向的

(4) counter-

counteraction 反作用

countercurrent 逆電流

(5) de-

decomposition 分解

deceleration 減速

decontamination 消毒

(6) dis-

disapprove 不贊成

disappear 消失

(7) im-

imponderability 無重量，失重

impurity 雜質，不純

(8) in-

inorganic 無機的

indivisible 不可分的

（9）ir-

irrational 非理性的

irregular 不規則的

（10）non-

nonlinear 非綫性的

non-conducting 不導電的，不傳熱的

（11）un-

unconditional 無條件的

uncountable 不可數的

（12）under-

undercurrent 電流不足

underload 欠載

（13）-less

wireless 無綫的，無綫電的

stainless 不銹的

（14）-free

shock-free 無衝擊的

dust-free 無塵的

（15）-proof

waterproof 防水的

soundproof 隔音的

（四）關於"there + be"的結構與翻譯

本書第一章曾提到"there + be"的結構，並指出這是英語一種特殊而常用的句型，專門用來表示"存在"。這種

句子常和地點狀語連用，相當於漢語的"有"。但實際上，在科技英語中，這種結構往往不帶狀語，而帶有各種不同結構的定語，所以翻譯時就要根據上下文靈活掌握。下面簡單介紹這一結構的幾種常見的譯法。

1. 譯成有主語的"有"

   在"there + be"的結構中，通常可把句中的地點狀語譯成主語(略去介詞)。

   There is a lamp ***on the desk***.

   桌上有一盞燈。

   There stands a typewriter ***on the desk***.

   桌上放着一台打字機。

   There are different elements ***in nature***.

   自然界有各種不同的元素。

2. 不帶狀語的"there + be"結構，有時可以把原文的主語部分拆開來翻譯，一部分譯成漢語的主語，另一部分譯成謂語"有"的賓語。

   There are ***three main laws of mechanics***, or three laws of Newton.

   力學有三大定律，即牛頓三定律。

   There are ***about seventy metallic elements***.

   金屬元素有七十種左右。

   There are ***three ways of heat transfer***: conduction, radiation and convection.

   傳熱的方法有三種：傳導、輻射、對流。

3. 譯成無主句的"有"

帶地點狀語的"there + be"結構，一般可譯成漢語的無主句"某處有……"：

There is not any body in an absolute state of rest in the world.

世界上沒有處於絕對靜止狀態的任何物體。

There are many thousands of stars in the sky that are like the sun.

天空上有成千上萬像太陽一樣的星星。

Were there any desks and chairs in the room?

房子裏有桌子和椅子嗎？

Is there anything in the fridge?

電冰箱裏有東西嗎？

There's a hole in my tights.

我的緊身衣褲上有個洞。

4. 不帶狀語的"there + be"結構，有時可以直接譯成漢語的無主句"有"，或其他動詞：

Where ***there is*** a will, ***there is*** a way.

有志者事竟成。

Is there anyone coming to dinner?

有人來吃飯嗎？

There's sure to be some rain tonight.

今晚肯定要下雨。

There may have been an accident.

可能發生了事故。

There's going to be a storm.

要颷大風了。

There was expected to be more discussion.

希望有更多的討論。

There are not any perfect conductors.

沒有絕對完善的導體。

5. 譯成漢語無主句"有"的英語句子，其主語之後，有時帶解釋部分：

There are two kinds of charge—positive and negative.

有兩種電荷：正電和負電。

There are two kinds of energy, kinetic and potential.

有兩種能量：動能和靜能。

6. 其他譯法：

There are several ways of turning sunshine directly into electricity.

有幾種方法可以把陽光直接轉換成電。（譯成兼語式）

There are three states of matter: solid, liquid and gas.

物質三態——固體，液體和氣體。（省略"有"字）

There are 90 degrees in a right angle.

一直角等於九十度。（引申）

There are good friends and bad friends.

朋友有好的，也有壞的。（譯成並列句）

There is no come and go with him.

他很固執，毫不變通。（譯成謂語）

There is not a moment to be lost.
分秒必爭。（四字句）

There being nothing else to do we went home.
沒有別的事可做，我們就回家了。（譯成並列句）

There is no room for doubt here.
這裏無懷疑餘地。

（把介詞後面的名詞譯成謂語，主語譯成賓語。）

There is no telling what will happen.
未來的事無可奉告。

（把動名詞 telling 的賓語譯成主語；把主語譯成謂語。）

There was a girl water-skiing on the lake.
一個女孩子在湖上滑水。

（"there + be"不譯，把主語和修飾它的現在分詞合譯成獨立句子。）

There were no footsteps to be seen.
看不見足迹。

（把修飾主語的不定式譯成謂語；把主語譯成賓語。）

注意：

（1）"there + be"結構作定語從句時，省略作從句主語的關係代詞。如：

He has made a list of all the papers there are on this subject.（在定語從句裏，省略了主語 which。）
他將所有關於這個題目的論文列了一個單子。

（2）在以 there be 開頭的句子中，主語的定語從句有時在美式口語中省略關係代詞。

There is a man downstairs wants to speak to you.（定語從句的 wants 前省略了關係代詞"who"）
樓下有個人想和你說話。

(3) 有幾個並列成分作主語時，動詞一般與最靠近的一個主語在人稱和數方面協調一致。如：

There is a worker and some students at the construction site.

建築工地上有一個工人和幾個學生。

(五) 附表：英漢擬聲詞對照表

一、走獸吼叫聲

動物名稱		英語擬聲詞	漢語擬聲詞
漢語	英語		
獅	lion	roar	吼、咆哮
虎	tiger	growl, roar	嘯、咆哮
豹	panther	howl	
象	elephant	trumpet	
狼	wolf	howl	嗥
狗	dog	bark, yap, yelp, bay, howl, growl, snarl, bow-wow	吠、汪汪
狐	fox	yelp, bark	
貓	cat	mew, miaow, meow, purr	咪咪、喵
鼠	mouse	squeak, cheep, peep	吱吱
豬	pig	grunt, squeal, squeak	
公豬	boar	girn	
熊	bear	growl	
猴	monkey	screech, gibber, chatter, jabber, howl	(猿)啼
駱駝	camel	grunt	
鹿	deer	bell	呦呦、鳴
牛	bull/cow	low, moo, bellow	哞、哞
羊	sheep, goat	baa, bleat	咩
馬	horse	neigh, whinny, nicker, whicker	嘶、蕭蕭
驢	ass, donkey	bray, hee-haw	
兔	rabbit	mumble	

二、飛鳥、家禽的叫鳴聲

動物名稱		英語擬聲詞	漢語擬聲詞
漢語	英語		
公雞	cock	crow	啼、喔喔、喈喈
母雞	hen	cackle, cluck, chuck	咯咯
小雞	chicken	cheep	吱吱
火雞	turkey	gobble	咯咯
鴨	duck	quack	呱呱、嘎嘎
鵝	goose	cackle, hiss, gaggle	嘎嘎
鴿	dove, pigeon	coo	咕咕
雁	wild goose	honk, cackle	嘎嘎
斑鳩	turtle-dove	wail	
天鵝	swan	chant (cry)	
烏鴉	crow, raven	caw, croak	啼、呱呱
鸚鵡	parrot	squawk	呱呱
雲雀	lark	sing	囀鳴
喜鵲	magpie	chatter	吱吱喳喳
麻雀	sparrow	chirp	吱吱喳喳
夜鶯	nightingale	warble, pip, jug, jug-jug	囀鳴
布穀	cuckoo	cuckoo	咕咕
白鶴	crane	whoop	
燕	swallow	chirp, twitter	啁啾、吱吱、喃喃、呢喃
海鷗	gull	mew	
鷹	eagle	scream, screech	
貓頭鷹	owl	hoot, tuwhit	
黃鸝	oriole	sing, warble	囀鳴
雀鳥	birds	chirp, twitter	鳴、啼、噪、啁啾、吱吱唧唧

三、昆蟲爬蟲的鳴叫聲

動物名稱		英語擬聲詞	漢語擬聲詞
漢語	英語		
蛙	frog	croak	
蛇	snake; serpent	hiss	嘶嘶
蜜蜂	bee	buzz, hum, bumble, drone	嗡嗡
蟋蟀	cricket	chirp, chirrup, chirr	唧唧
甲蟲	beetle	drone (boom)	
蚱蜢	grasshopper	chirp	
蚊	mosquito	hum, buzz, drone	
蒼蠅	fly	buzz, drone	嗡嗡
蟬	cicada	sing	噪、鳴

四、摹擬客觀事物或動物的響聲

響聲的名稱	擬聲詞	
	漢語	英語
金屬器物磕碰聲	當啷	clank
形容金屬的響聲	當啷	rattle
金屬、瓷器連續撞擊聲	丁零當啷	jingle jangle, cling-clang
形容鼓聲，敲門聲	咚咚	rub-a-dub, rat-tat, rat-a-tat
脆響的(關門)聲	吧嗒	click
敲打木頭的聲音	梆梆	rat-tat, rat-at
重東西落在地上的聲音	嘭、噔	thud, thump, flop
重東西落在水裏的聲音	撲通	splash, plump, splatter, flop
東西傾倒的聲音	嘩啦	crash, clank
風吹動樹木枝葉的聲音	颯颯	rustle, sough
形容樹枝等折斷的聲音	嘎巴	crack, snap
不太大的寒風聲音	瑟瑟	rustle
形容踩着沙子、飛沙或風吹草木的聲音	沙沙、颯颯	rustle
形容物體受壓發出的聲音	嘎吱、喀嚓	creak, crack, snap
溪水、泉水等流動聲	潺潺	murmur, babble, purl
液體、沸騰、水流湧出或大口喝水聲	咕嘟	babble, gurgle
水、氣擠出的聲音	嘶嘶、嘶嘶	fizz, hiss

形容雷聲、爆炸聲、機器聲	轟隆	rumble, roll, boom, clap
汽笛或喇叭聲	嗚嗚	toot, hoot
飛機掠過	隆隆、嗖	zoom
形容笑聲	噗哧	titter, snigger

註：為甚麼英語擬聲詞比漢語豐富呢？香港中國語文學會理事會主席姚德懷先生說：

"為甚麼漢語缺乏語詞來形容動物的叫聲？我想一個原因恐怕是由於中國文明太古老了，知識份子逐漸與自然疏遠，漢人歷來注重"人"，注重倫理，所以親屬稱謂之多在世界上是首屈一指的。歐西人繪畫注重寫生，漢人則要臨摹；歐西人喜歡獨居，在野外度假時，遠離人羣，接近自然；漢人則喜歡羣居，湊熱鬧；香港人更喜歡往人羣中擠。"

台灣張達聰教授說："抒情不易，寫聲尤難。人類感情雖然飄忽不定，變幻無常，但常可依人性共通的原則去揣摩尋求；而聲音發自天籟萬物，包括人類及鳥獸蟲蛇在內，高低粗細，抑揚頓挫，各有不同，音色響度，皆從其類，每易過耳即逝，追憶仿效，欲以文字描摹，道出佳妙，實非易事。"

第三章
英漢詞序比較

詞序(word order)又稱語序，就是句子中各個詞或成分的排列次序。一句英語譯成漢語時，有時詞序相同，有時則必須改變。這是因為英漢兩種語言的表達方式和習慣不同。詞序屬於語法範疇，也是修辭的重要手段之一。也就是說，決定句子結構中詞序的因素，主要有下列三點：一、語法因素，二、修辭因素，三、慣用法。為了正確地表達原文的意思，又使譯文通順易懂，就需要很好地了解英漢兩種語言的詞序問題。

一　簡單句的詞序

英語句子有長有短，有簡有繁，從現象看，似乎千變萬化，難以捉摸，但從實質看，可以發現其內在聯繫，找出其共同規律，千千萬萬的英語句子，通常都可以看作是下面六種句型，或其擴大、組合、省略、倒裝。

(一) 陳述句的詞序：

1. 英語陳述句的基本結構與漢語基本相同。

(1) 主語 + 謂語

We work.

我們工作。

(2) 主語 + 謂語 + 賓語

The hunter killed the tiger.

獵人打死了老虎。

(3) 主語 + 連繫動詞 + 表語(這和漢語"主語 + 判斷合成謂語"的格式部分相同。)

Tom is a Negro boy.

湯姆是一個黑人孩子。

(4) 主語 + 及物動詞 + 賓語(這格式英漢基本相同。)

They study English.

他們學習英語。

(5) 主語 + 及物動詞 + 間接賓語 + 直接賓語(這種格式英漢很相似。)

I gave him a book.

我給他一本書。

(6) 主語 + 謂語動詞 + 賓語 + 補語(英語的複合賓語 complex object 和漢語的兼語式和主謂結構作賓語很相似)。

She called him Uncle Li.

她叫他做李叔叔。(兼語式)

I heard someone laughing.

我聽見有人在笑。(主謂結構作賓語)

（二）疑問句的詞序：

1. 英語疑問句中主語與謂語一般倒裝，有時賓語也倒裝。譯成漢語時仍按自然語序。但有時可在句末加漢語語氣詞"嗎"、"呢"等，把疑問的神態表達得更明顯。

How have you been getting along?
你們相處得怎樣？

Are you to go home or stay at the college during the vacation?
你假期裏回家還是留校？

Can you speak English?
你會說英語嗎？

Do you like singing?
你喜歡唱歌嗎？

2. 在特殊疑問句中，如果就句子的主語或主語的定語提問，英語的詞序與漢語相同，一般照譯即可。

Who invented the new machine?
誰發明這部新機器？

What impressed you most?
甚麼給你印象最深？

How many people took part in the demonstration?
多少人參加了遊行？

Which group won the prize?
哪個小組贏得了獎品？

註：在個別情況下，尤其是口語一般問句可以採取自然語序，即和漢語語序一致。這種語序一般表示一種揣測：

1. 期待對方的同意

You live here?
你在這兒住?

You have no objection?
你不反對?

2. 或表示驚異、懷疑等情緒。

You have lost your pen?
你把鋼筆丟了?

She didn't like it?
她真不喜歡嗎?

(三)感嘆句詞序:

英語中感嘆句的結構是:感嘆詞 what(或 how)+ 被強調部分 + 陳述句詞序。翻譯時,按自然詞序處理,把 what 及 how 通常譯成"多麼","多",有時可在句末加"啊","呀"等感嘆詞。

What a beautiful girl she is!
她長得多麼美麗!

What fools we were!
過去我們多傻!

How well he writes!
他寫得多好啊!

How inspiring his speech is!
他的講話多麼令人鼓舞!

驚嘆句有時可採用疑問句的形式,用倒裝句。但翻譯時,照漢語語序:

Isn't it wonderful!
這多麼好呀!

Have you ever seen anyone like him!

你見過像他這樣的人！

（四）其他

陳述句絕大多數是自然語序，但在某些情況下卻需要倒裝語序。這點將在另一節加以闡述。

二　定語的詞序

（一）單詞定語的位置

1. 英語中單個的形容詞、數詞、代詞、普通格名詞、分詞、動名詞和所有格等作定語（attribute）時，通常在被修飾的詞之前，這與漢語基本相同。翻譯時詞序不變：

a stone building	一座石頭砌的大廈
faded flowers	萎謝的花
boiling water	開着的水
boiled water	開（過的）水
a gone case	無可挽救的事
John's house	約翰的房子
the risen sun	升起了的太陽
the changed world	已經起了變化的世界
the changing world	正在變化中的世界

2. 英語中後置的單詞定語譯成漢語時，一般前置。這種後置的單詞定語常見的有：

（1）以 -able，-ible 結尾的形容詞

We must try to help them in every way ***possible***.

我們要盡可能幫助他們。

This is the only reference book ***available*** here on the subject.

這是這裏唯一能找到的有關這題目的參考書。

He is the only person ***reliable***.

他是唯一可靠的人。

This is the earliest edition ***obtainable***.

這是現在能找到的最早的版本。

We met with the greatest difficulty ***imaginable***.

我們遇到了極大困難。

註：這種中心詞之前大都有形容詞最高級，或 all，only 之類的詞修飾。同時，這種形容詞放在中心詞之前與放在中心詞之後，在意義上顯然有所不同。前置時形容詞與名詞的關係緊密，後置時，形容詞與名詞關係較不緊密，並且具有從句的性質，有時可以用從句來代替。

All the available accommodation was put at our disposal.
All the accommodation available was put at our disposal.
所有的便利條件都交給我們使用。

有些以 -able，-ible 結尾的形容詞沒有被動意義，自然也就無法置於中心詞之後。如，a sensible suggestion（合理建議），an unreasonable person（不可理喻的人）等。

（2）修飾 some，any，no，every 等構成的不定代詞和名詞 things，matters 的形容詞

There is nothing ***unexpected*** about it.

這一切都在意料之中。

Have you ever met anyone ***famous***?

你曾經見過有名的人物嗎?

No one ***else*** came to the party.
沒有別的人參加那次舞會。

Let's do something ***exciting***.
讓我們做一些使人興奮的事。

Is there anything ***new***?
還有甚麼新的要說嗎?

They sat there with their feet over the fender, talking about things ***gone*** and things ***coming***.
他們坐在那兒，脚擱在爐檔上面，談論着過去和將來的事情。

(3) 副詞

He has just returned from his trip ***abroad***.
他剛從國外訪問回來。

Your friends here are busy ***studying***.
你在這裏的朋友都忙着學習。

All the buildings around were built ***in 1958***.
附近的全部房子都是 1958 年蓋的。

They live in the room ***above***.
他們住在樓上的房間裏。

類似的還有：

the way ***ahead***
the meeting ***yesterday***
the day ***before***
This was her first day ***up***.
Can you tell me something ***about the social system there***?

(4) 起強調用的單個分詞

When they got into the boat there was a light breeze ***blowing***.

他們坐上船時，一陣微風徐徐吹來。

The action taken is ***ill-advised***.

所採取的行動欠缺考慮。

Their high standard showed the progress ***made***.

他們的高水平表明了他們所取得的進步。

分詞可放在被修飾的名詞之後的還有下面一些例子：

the man speaking	說話的人
the departments concerned	有關部門
the people involved	被牽涉到的人員
the problems discussed	討論的問題
the things needed	需要的東西
the work done	完成了的工作

(5) 具有表語力量的形容詞及外來詞

All the people ***present*** began to shout: "Welcome! Welcome!"

在場的人這時都高呼："歡迎！歡迎！"

He was the only person ***awake*** at the moment.

他是那時唯一醒着的人。

"I am the happiest man ***alive***," he thought.

"我是世上最快活的人了。"他想。

He spoke like a man ***afraid***.

他講話像一個有所畏懼的人。

There was a baby ***asleep*** in the bed.
一個嬰兒睡在床上。

A boat ***adrift*** is a danger to navigation.
一隻漂流的船對航行是危險的。

We saw a house ***afire***.
我們看見一所房子燃燒着。

還有一些 a- 開頭的形容詞，作定語用時，一般均應放在被修飾詞的後面，如，aware，alike，astir，alone，ashamed，alight，aghast，averse 等。但當它們被修飾時，才能前置。如，the half-asleep children，the fully awake patient，a somewhat afraid soldier，a really alive student，a very ashamed girl。

還有些外來詞和成語，其形容詞修飾語放在名詞後面：

sum total	總數、總額
heir apparent	推定繼承人
heir presumptive	假定繼承人
the third person singular	第三人稱單數
the body politic	政治團體
Ambassador Extraordinary and Plenipotentiary	特命全權大使
battle royal	大混戰
court martial	軍事法庭
postmaster general	郵電局長
the nominative absolute	獨立主格結構
secretary general	秘書長

類似的還有：

things foreign	外國事物
things artistic	藝術品
the day following	下一天
chapter ten	第十章
page three	第三頁
matters political	政治上的問題
in the year 1957	1957 年
the element known	已知的元素
the parties concerned	有關各方面
the victory won	所取得的勝利
the mistake made	所犯的錯誤
a position unique	獨一無二的地位
a man good and true	一個善良正直的人

3. 成對的形容詞作定語（被修飾的名詞之前多帶有其他定語）後置。這種定語常用連詞"or"，"and"，"either...or..."，"both...and..."連接，前後均有逗號分開。翻譯時，按漢語習慣而定。如：

Every nation, big or small, has its strong and weak points.

國家不論大小，都各有長處和短處。

People, old and young, all came out to greet the guests.

年老年青的都出來歡迎客人。

Teachers, old and new, must respect each other.

新舊教師應互相尊重。

He read all kinds of books, ancient and modern, Chinese and foreign.

他看了各種各樣的書，古今中外都有。

It is a swindle, pure and simple.

這簡直是欺騙。(這純粹是欺騙。)

He bored us with a speech, long, tedious and incoherent.

他那雜亂無章的長篇演說，令人厭倦。

註：當修飾性形容詞達到兩個以上，我們最好把它們全體後置，或且把最有概括性的形容詞放在被修飾詞的前面，其餘形容詞後置。如：

The dry weather, cold and invigorating, made March a very bracing month.

He was a great soldier, firm, brave and cautious.

I know no other one thing so beautiful, so glorious, so powerful.

(二) 短語定語的位置

英語中的分詞短語(**participial phrase**)、不定式短語(**infinitive phrase**)、介詞短語(**prepositional phrase**)、形容詞短語(**adjective phrase**)和長度短語(**length phrase**)等，通常放在所修飾的詞之後。譯成漢語時，大多數要前置。

He had made a thorough study of all the dialects ***spoken in Scotland***.

他對蘇格蘭所有的方言都做了透徹的研究。

The woman ***holding a baby*** in her arms is waiting to see the doctor.

那個手裏抱着嬰兒的婦女正等着醫生看病。

It was a bolt ***from the blue***.

這真是個晴天霹靂。

On the top of the hill there is a pagoda ***about a hundred feet high***.

在山頂上有一座十丈高的寶塔。

He suggested a method ***at once economical and practical***.

他提了一個既經濟，又切實可行的辦法。

This may not be the best book ***to start with***.

一開始讀這本書不一定最合適。

類似的還有一些表示年歲、方圓的形容詞，也可以置於名詞後。如 ten years old，all day long，all the year round 等。

（三）多個單詞定語的排列次序

英語中兩個或兩個以上的單詞定語放在中心詞前共同修飾一個名詞，其基本詞序是由小範圍到大範圍，由次要意義到重要意義，由程度弱到程度強，由一般到專有。意思愈具體，物質性愈強，就愈近名詞，而漢語與此正好相反。所以翻譯時，應按漢語習慣對英語的詞序加以調整。試比較：

the advanced foreign experience	外國的先進經驗
the ancient Chinese writer	中國的古代作家
the three Japanese cities	日本三座城市
a small round wooden table	一張木頭小圓桌
a young American artist	一個年輕的美國藝術家

另外，較長的形容詞往往放在較短的形容詞之後，如：

brave hard-working Chinese people

勤勞勇敢的中國人

有時為了音韻上的和諧，也往往影響到定語的詞序，如 a rich golden voice 就比 a golden rich voice 好聽些。

有時定語詞序不同，意義卻相反。如：

a dirty British book　一本弄髒了的英國書

a British dirty book　一本英國黃色書

形容詞排列的規則和其他語法規則一樣，不可能包羅萬象，例外的情況也不少。如冠詞一般放在其他定語前面，a well-trained，young nurse，但卻放在 many、quite、such、rather、half、all、both 等詞後面：half an hour、such a nice man、quite a success、rather a failure、many a person。當一個形容詞由 so、too、how、however 等修飾時，冠詞也多放在它們前面，in so short a time、to have too small an income。

再看下面句子：

However brilliant a mind he may have!

This article is quite a big and fairly complicated subject.

Many a man has sacrificed his life for the cause of the revolution.

What a profound lesson it was!

We have not had so cold a day as this for many weeks.

She is as clever a girl as you can wish to meet.

It is too difficult a book for us beginners to read.

No one realized how serious a crime it was until much later.

英語定語的詞序是一個比較複雜的問題，不是一篇文章可以概括了的。下面通過一些實例再進一步具體地加以比較，並指出英漢互譯時的異同。

1. 英漢互譯時，在下面幾個方面定語詞序是不相同的：英語中表示大小、高低、形狀和一些泛指性的形容詞用單詞表示時，其詞序往往與漢語不一樣。它遠離被修飾的名詞。

a large new building	一座新大樓
a lonely white sail	一片白色孤帆
a round chalk-white face	灰白的圓臉
a high steep mountain	陡峭的高山
a good deep-water harbour	一個深水良港
a short white muslin gown	一件白洋布的短旗袍
a Comprehensive English-Chinese Dictionary	英漢綜合辭典

2. 英漢互譯時，在下面幾個方面定語詞序一般相同。名詞、表示國籍、出處的形容詞和表示基本特徵的形容詞最靠近被修飾的名詞。

a large private home	高大的私人住宅
the small bachelor suite	小小單身套房

英漢語中表示大小、新舊和泛指性的形容詞一般都放在表示顏色的形容詞之前，其中泛指性形容詞一般又在其他形容詞之前。

the peaceful green countryside
寧靜的綠色田野

a cold, green light
寒冷的綠光

pure white jade
純白玉

英漢兩種語言中，一系列同樣類別的形容詞，其詞序一般可以根據詞義由淺入深來安排：

a gentle, lovable and familiar person
一個溫和可愛的熟人

substantial and nourishing food
又豐富又有營養的食物

the proper and inevitable conclusions
應有的和必要的結論

附：英語形容詞詞序排列順序表

限定詞	大小、長短、高低	形狀	年齡、新舊	顏色	國籍、地區出處	名詞
a	little	round		brown		jug
these	massive			red	Gothic	buildings
an			old		Chinese	novelist
a			new	brown		coat
the	large				suburban	area
a	small	triangular		green	Danish	stamp

（四）英語介詞短語中譯的次序

如果幾個介詞短語所構成的定語其中各短語又作不定語各自修飾其前的名詞，翻譯時，通常先譯最遠的，然後倒數第二個、第三個……構成一個定語，放在所修飾的名詞之前。

Many scientists hold that man's social practice alone is the criterion of the truth of his knowledge of the external world.

許多科學家認為，只有人們的社會實踐，才是人們對外界認識的真理性的標準。

（五）英語前置及後置形容詞中譯的次序

如果一個句子裏有一個前置形容詞，一個後置前置詞或定語從句。翻譯時則後置定語放在最前面。一般說來，後置的定語大都是非限制性的，而前置的則大都是限制性的。

The old professor in spectacles is the head of the English Department.

戴眼鏡的那個老教授是英語系的系主任。

（六）漢語中定語的順序大致按如下順序排列：

1. 時間、地點定語
2. 所有格定語
3. 指示性形容詞或數詞作定語
4. 限制性定語
5. 描寫性定語
6. 表示性質或類屬的定語

如：

這是香港[1]去年[1]的兩種[3]新[4]產品。

我看到了你們廠生產[4]的大型[5]立式[6]車床。

他們解決了你們[1]這兩道[3]難[5]題。

這是他們去年在這裏做的[4]兩個[3]實驗[6]報告。

必須指出，英語中以分詞短語，不定式短語表示的定語以及限制性定語從句譯成漢語時，常常佔漢語的"限定性"這個位置。還須指出，上述漢語各定語的順序不是絕對的，在具體情況下有個別的變動。但對英譯漢很有參考價值。試比較：

He is the distinguished Canadian scientist.

他就是那位加拿大著名科學家。

Shanghai is one of the biggest industrial bases in our country.

上海是我國最大的工業基地之一。

That was a well-equipped machine-building plant built in London in 1977.

那是 1977 年建於倫敦的一座裝備良好的機械製造廠。

現在再舉若干例句，來對比英漢定語順序的異同：

Thousands of red, beautiful roses that blossom almost at the same time make the park the great resort of people in spring.

差不多同時開放的幾千朵美麗紅玫瑰，在春季裏吸引了許多人常到公園來。

A new English-Chinese phrases dictionary that I brought here yesterday and placed on the shelf is very useful for translation.

我昨天帶來放在書架上的一本新的英漢成語辭典，對於翻譯很有用處。

These up-to-date practical lectures on translation specially written for college students have many features in theoretical principles and technical direction.

這幾篇專為大學生編寫的最新實用翻譯講稿，在理論原則上和技巧指導上有許多特點。

以上幾個例子説明，英譯漢、漢譯英的時候，需要按照不同的語言風格來處理定語。定語翻譯不但有詞序問題，而且還有句法問題，有時還要"化整為零"，拆開來譯。要翻譯好，不能單靠幾條條文，最根本的還在於不斷提高譯者欣賞語言與駕馭語言的能力。

英譯漢時，安排定語的順序主要原則是要依靠邏輯的推理，盡量避免可能的誤會。

這裏必須指出，漢語定語也有後置的，頗似英語定語從句，放在名詞後面。如：

孩子們從小嬌生慣養(=從小嬌生慣養的孩子們)，往往不能過艱苦的生活。

一個英國人不會說意大利語(=一個不會說意大利語的英國人)，有一次到意大利去旅行。

三　狀語的詞序

在英語句子中，狀語(adverbial)的位置要比定語的位置複雜。可以説狀語在現代英語中要算是最複雜的成分。一般説來，英語句子中，狀語在動詞之後，漢語句中，狀語前置的多，後置的少。下面分別加以説明：

1. 英語中的副詞修飾形容詞(代詞、數詞、連詞)介詞短語及另一副詞時，通常位於所修飾的詞之前。譯成漢語時，一般詞序不變，或在動詞後，加"得"這個詞。

China is especially rich in natural resources.
中國的自然資源特別豐富。

I can't speak so fluently as she does.
我說得沒有她這麼流利。

The machine moves amazingly fast.
機器運行的速度快得驚人。

How gracefully they are dancing!
他們舞跳得多美！

註："enough"常放在它形容的詞後面。如：

The room is large enough to seat all of us.
這房間夠大，我們全部坐得下。

He didn't work hard enough then.
那時，他工作不夠努力。

這和漢語詞序相反。

2. 英語句子中副詞（尤其是表示程度及方式者）修飾動詞時，其位置可在動詞之前或之後；修飾不及物動詞時，常在其後。譯成漢語時，一般在動詞之前，但有時也可譯在動詞之後，尤其是副詞的比較級或最高級作狀語時。這時多在動詞之後加"得"，"很"等詞。

He quietly left the room after he took the letter.
他拿了信之後就靜靜地走出去了。

They gladly accepted the invitation.
他們愉快地接受了邀請。

The visitors were warmly received by the hosts.
客人受到主人的熱情接待。

Everything went smoothly.
一切進行得很順利。

You shouldn't stay up too late.
你不應睡得太晚。

The productive methods are now being used most widely in the aircraft industry.

這種生產方法目前在航空工業中使用得最廣泛。

註：如果把第一、二句中的副詞放在句子後面，它們着重點有所不同。把副詞放在動詞前，只是對動作順便加之描繪而已。放在後面，副詞佔的地位就重要一些，說話的人對動作方式的描繪更着重一些。

He left the room quietly. That's why no one noticed it.

他靜悄悄地走出屋去，因此沒有人注意。

They accepted the invitation gladly.

他們很愉快地接受了邀請。

3. 表示頻度及不確定時間概念的副詞，如：often、always、never、already、seldom、quite、almost、fully、hardly、rarely、usually、constantly、occasionally、sometimes 等作狀語，通常在行為動詞之前。如有繫詞 be，情態助動詞，則在這些詞之後(其他副詞有時也是這樣)。漢譯時，通常譯在主要動詞之前：

The sun always rises in the east.

太陽總是從東方昇起。

I almost forgot about the whole thing.

我差點把整件事忘掉了。

We occasionally saw him walking along the river bank.

我們偶爾看到他在河邊散步。

We've just sent a challenge to the other groups.

我們剛向別的組發出了挑戰。

He is seldom late for class.

他上課很少遲到。

She is often ill.

她經常病。

註：有時為了強調，還可以把這種狀語放在助動詞(auxiliary verb)、情態動詞(modal verb)或動詞前面。如：

They may succeed, you never can tell.

他們可能成功，這是說不準的。

I really must be going now.

我的確該走了。

He never was a good speaker.

他從來就不是會講話的人。

4. 有些副詞形容整個句子時，通常都放在句子開頭。這些詞有：actually、fortunately、unfortunately、surely、evidently、accordingly、of course、first、at first、secondly、perhaps、probably、certainly、originally等，翻成漢語時，詞序基本不變。但根據上下文，也可加以改變。

Certainly we should try our best to help them.

當然，我們應當盡力幫助他們。

Evidently John is to blame for it.

顯然，這事得怪約翰。

Usually we don't go out in such weather.

通常遇到這種天氣我們是不出去的。

註：有少數副詞在句子中的位置比較靈活，常放在與之關係最密切的詞前。試比較下列 only 和 even 在兩組句子中的位置和各個句子的意義：

Only she studies French. We all study English.

只有她學習法語，我們大家都學習英語。

We talked only for ten minutes.
我們只談了十分鐘。
Even John cannot lift this big stone.
即使是約翰也舉不起這塊大石頭。
John cannot even move this stone, still less can he carry it away.
這塊石頭，約翰連挪都挪不動，更不用說搬走了。
He can carry even a heavy load of 150 *jin*, let alone such a light one.
他甚至能挑 150 斤重的擔子，這樣的輕擔子更是不在話下。
She can walk even on a light wire in the air.
她甚至能在空中的鋼絲上走路。

5. 英語中用分詞短語，不定式短語及 such as + 不定式所表示的結果狀語，用 so...as + 不定式所表示的結果或程度狀語，通常在所修飾的詞之後。譯成漢語時，都可加"就"、"得"、"便"、"以"、"能"、"使"、"因而"、"為了"、"因此"等詞。但有時也可不加任何詞，直接譯出。視上下文具體情況而定。

He worked so hard that he caught up with others very soon.
他工作很努力，所以很快就趕上別人了。

I was so tired that I went to bed at once.
我疲倦得很，就立刻上牀休息去了。

This book is easy enough for me to read.
這本書很容易，我完全可以讀懂。

6. 英語中如果有幾個狀語出現，一般是較短的在較長的之前，方式狀語在地點狀語之前，地點狀語在時間狀語之前。翻譯時，要按照英漢語習慣調整如下：

英語：主 + 謂 + 賓 + 方式狀語 + 地點狀語 + 時間狀語
漢語：主 + 時間狀語 + 地點狀語 + 方式狀語 + 謂語

We study English hard in the classroom every day.
我們天天在教室裏認真學習英語。

She reads aloud in the open every morning.
她每天早晨在室外高聲朗讀。

They discussed the plan animatedly in the classroom yesterday afternoon.
他們昨天下午在教室裏熱烈地討論這計劃。

7. 如果句中有兩個或兩個以上的時間或地點狀語，通常是較小者在前，較大者在後。譯成漢語時，較大者在前，較小者在後，詞序恰恰相對。

The new students were working at the physics laboratory (1) from 8 to 12 (2) this morning (3).
今天上午 (3) 八點到十二點 (2) 新同學在物理實驗室 (1) 工作。

China successfully launched its first man-made earth satellite in April (1) 1970 (2).
中國於 1970 年 (2) 4 月 (1) 成功地發射了第一顆人造衛星。

註：英語中某年某月某日表示法："月份 + 日期 + 年代"或"日期 + 月份 + 年代"，翻譯時詞序應作變動。

March 22(nd), 1984 / 22(nd) March 1984 } 讀如 { March (the) twenty-second, 1984 / the twenty-second of March, 1984

一九八四年三月二十二日

漢語有時為了強調狀語的意義，也可以把狀語放在後面。不過這種句子結構不常見。如：

她走來了，搖搖擺擺地。

我一定會提出這個問題來，在最恰當的時刻。

四　其他詞序

句子詞序顛倒，即謂一種句子本有正常詞序可循，但因某種原因，故意將句子某成份放在非正常地位，顯示不同的詞序。英語詞序顛倒的句子較多於漢語，其作用：1. 加強語勢(force)；2. 承上啟下(transition)；3. 韻律關係(rhythm)。總的說來，故意顛倒詞序可表示情感，嚴密組織，使人動聽，是一種修辭手段。

福勒(H. Fowler)歸納倒裝的原因有九個，即：1. 疑問(interrogation)；2. 命令(order)；3. 驚嘆(exclamation)；4. 假設(supposition)；5. 平衡(balance)；6. 銜接(coherence)；7. 點題(signpost)；8. 否定(negation)；9. 韻律(metrical)。概括起來，就是兩點：一、是由於一定語法結構的要求。二、是由於修辭和安排的需要。下面僅就上段所述加以說明。

1. 加強語勢

(1) 加強主語

It was John who broke the vase. (= John broke the vase.)
正是約翰打破了花瓶。

It is freedom that is most valuable. (= Freedom is most valuable.)
只有自由才是最寶貴的。

It is money that is the be-all and end-all of life to most people. **(= Money is the be-all and end-all of life to most people.)**
對多數人來說，掙錢就是生活最終目的。

英語加強主語的方法就是利用 **It** 作先行代詞，把主語變成了 **It is** 的補語，後再接上由原來主句變成的定語從句。漢語強調主語時只能在主語前加"正是"，"就是"，"只有...才是..."之類，或放棄強調形式。

（2）加強謂語

There you are! 你瞧！

Here it is. 在這兒。

Here is your coat and there are your gloves.
這兒是你的衣服，那兒是你的手套。

He had to be careful——and very careful he was.
他必須小心，所以他十分小心。

英語加強謂語的句子，句中動詞多為聯繫動詞。如果主語為代詞，則為局部顛倒；如果主語為名詞，則為全部顛倒。英語加強謂語的顛倒詞序也不適用於漢語。漢語對此等句子一般用正常詞序。

（3）加強賓語

Sisters and brothers have I none.
兄弟姐妹我都沒有。

Money I have none, my life is at your disposal.
要錢沒有，要命有一條。

Some things we gladly remember; others we gladly forget.

有些事我們高興牢記，有些事，我們樂得忘卻。

One thing alone I own and that is my soul.

只有一樣東西是我所有的，那就是我的靈魂。

That, I leave to you to decide.

那件事我讓你決定。

One, he chose; the rest, he ignored.

他選了一個；其餘的，他不顧了。

You, I know I can depend upon.

你，我知道是可以信賴的。

英語因加強賓語而將賓語移前，只限於有可能條件的句子；即主語為有格別的代詞，或賓語為有格別的代詞，或賓語為對稱的。

英語名詞已喪失主格賓格的形態變化，因此主語、賓語都是名詞時，不宜故意顛倒詞序而將賓語移前，以免主語、賓語分不清而發生誤解。賓語提前必須慎重，如句子中賓語提前易於誤會，則賓語須用逗號分開，讀時停頓。漢語為了強調賓語，也常把賓語放在句子前面。所以英語翻成漢語時，詞序一般可以不變。英語直接引語往往移前，事實上也是為了加強賓語之故。

當賓語由下列含有強調意義的限定詞語來修飾時，大多倒置於句首。這些限定詞常見的有：否定詞語 nothing、nobody、no one 等和某些不定量代詞如 many a、many 等。

Nothing would the poor little boy reply.

這可憐的孩子甚麼也不想回答。

Many and many things has he had to do.

他有許許多多的事情要做。

（4）加強狀語

加強狀語有五種方式：

a. 表示方向

From peak to peak leaps the thunder.

雷聲隆隆，翻山越嶺而來。

Down runs the river through the gorges.

河水穿山峽直流下去。

Back, back to its depths went the ebbing tide.

落潮在向後退，退到海中。

Up went the arrow into the air.

颼的一聲，箭射上了天空。

Through the air hurtled a jet-plane.

呼的一聲，在空中飛過一架噴射機。

Following the roar, out rushed a tiger from among the bushes.

一聲吼叫，呼地從林子裏衝出一隻老虎來！

Away they hurried.

他們匆匆忙忙地走開了。

Out he rushed to see what had happened.

他衝了出去看看發生了甚麼。

英語這一類句子將狀語移於句首，使之突出，又把主語移到動詞之後。但如果主語是人稱代詞，則主語和謂語的位置不變，只把副詞放在句首。

漢語不用詞序顛倒來加強狀語。漢語加強狀語可加副詞如"直"，"僅"字；或重疊副詞，以加強語氣；或加上"颼的一聲"，"呼的一聲"這一類詞組，繪聲繪影，使句子形象生動。

b. 表示方式或方法。

With much difficulty did she find her way home.
她好不容易回到家。

By the work of his own hands he has earned his bread.
他單靠自己雙手勞動來掙錢生活。

By observing the grain a skilful eye can discriminate different kinds of wood.
熟練的眼睛(指工人)，只要看看紋理，便可識別木類。

這一類句子把狀語移置句首，以示加強，同時可加助動詞。原有助動詞者，可移於主語之前，亦可不移，視句子之構造與語氣之強度而定。漢語仍用助詞(還、才、單、便)來加強語氣，詞序不變。

c. 表示否定

Never was night so still.
夜從無如此寂靜。

Not until then did he realize his own fault.
直到那時他才知道自己的錯誤。

Little did we think that we were never to see him again.
我們沒有想到以後永遠不會再見他了。

Not a finger did I lay on him.
我從沒有指責過他。

On no account should we follow blindly.
我們決不應當盲從。

Never had he had any experience like that.
他從來沒有經歷過這樣的事。

英語中凡是強調否定副詞，或短語提到句首的，都必須把聯繫動詞或助動詞或動詞之部份移於主語之前，或加一助動詞於主語之前，以示顛倒詞序。漢語仍用正常詞序，只加添助詞以加強語氣，如"從"、"竟"、"才"、"再也"、"剛"、"立即"、"就"、"也"等都是加強語氣的助詞。

英語常用的否定語有：never、not、little、seldom、hardly、rarely、nowhere、in vain、scarcely、at no point、under no circumstances 等。

d. 表示條件：

Only by working hard can we achieve the aim.
只有通過努力工作，我們才能達到目的。

Only after making investigation can we have the right to speak.
只有通過調查我們才能取得發言權。

Only when you do your best will you succeed finally.
只有盡力而為，你才能最後獲得成功。

這種句型最近在漢語裏已很普遍。英漢加強條件的句型雖然相仿，仍有不同處，就是英語的詞序顛倒，除狀語提前外，動詞或助動詞同時移置主語之前。漢語則只把狀語移置句首，利用助詞"才"字，主語與動詞位置不變，照漢語正常詞序。

e. 表示頻率狀語，最常用的如：often、always、once、every day、every other day、every few weeks、many a time、now and again 等放在句首，也引起詞序顛倒。

Every day did we go for a walk together.
我們每天都一塊去散步。
Many a time has he given me his good advice.
好些次他都給我提了中肯的意見。
Often had I intended to speak of it.
曾多次想講講那件事。

這類句子漢譯時，詞序可變可不變，視上下文而定。

f. 其他

Bang came another shot.
砰的一聲，又飛來了一顆子彈。

註：報刊文章要求簡潔生動，能夠吸引讀者，往往在主語部分加了較多的定語，以致句子顯得累贅。所以常將動詞前置，主語後置。如：

Said the new owner, 31-year-old Mrs. Sheena Simmons, wife of a retired auctioneer from Bourne End....

類似的還有：
Says he, "What do you want?"

漢語動詞的受動者如果帶上"這個"，"那個"的，一般放在動詞前頭，英語不這樣。

這個電影我看過。
I have seen this film.

漢語否定句常常把賓語放在動詞前頭，英語沒有這種習慣。

他一句話也沒說。

He didn't say anything.

或 He said nothing.

英語賓語從句，為了強調，也可以放在句首。如：

What he has once heard he never forgets.

凡是他聽到過的，再也不會忘記。

強調地點時，也可以把狀語提前：

In the far distance was seen the glittering surface of a lake surrounded by pine woods.

遠處可以看到一個波光蕩漾的湖面，周圍長滿了松樹。

分詞也可以提到句首：

Gone forever are the days when we were young.

青年時代一去不復返。

2. 屬於承上啟下的

(1) 簡單句

Thus ended the story.

故事這樣結束了。

Hence arises the proverb.

因此產生這諺語。

Now comes the amusing part of the story.

現在故事中有趣的部分來了。

Such a show I never saw before.

這樣的表演(展覽)我從未見過。

That he did not tell me.

那他沒有告訴我。

（2）複合句

They all work hard; so do I.

他們都認真工作，我也如此。

As men sow, so will they also reap.

種瓜得瓜，種豆得豆。（種甚麼，收甚麼）

I didn't take the book, nor have I ever seen it.

我沒有拿這本書，也從未看見過。

在連貫的語句中，要使聽者或讀者便於追隨，易於領會，上下文必須緊湊銜接。組織嚴密的文章，並不多用連接詞來聯繫，反之連接詞用得愈多，文章愈鬆散無力。好的文章就是利用句中詞序的變化來承上啟下，使人緊隨作者的意圖來了解他的思想。這種修辭手法，少用連接詞，漢英是一致的。但是漢語不一定故意顛倒詞序來表示。

3. 屬於音韻關係的（在詩歌中較多）

The land is the landlord's,
The trader's is the sea,
The ore the usurer's coffer fills,
But what remains for me?
Oft I had heard of Lucy Gray.
And, when I crossed the wild,
I chanced to see at break of day
The solitary child.

(W. Wordsworth: *Lyrical Ballads*)

陸地是地主的
海洋是商人的
高利貸者庫中充滿金銀，
還有甚麼是我的？
噢！常聽到露茜格萊，
一次越過野外，
在晨曦朦朧中
巧遇這孤伶仃的小孩。

（華滋華斯：《歌謠詩集》）

漢語詩歌中，為了音韻關係也常常顛倒詞序。如：

春眠不覺曉，處處聞啼鳥。
夜來風雨聲，花落知多少！

（孟浩然：《春曉》）

詩中“啼鳥”，是“鳥啼”的故意顛倒。

居延城外獵天驕，
白草連天野火燒。

（王維：《出塞作》）

詩中“獵天驕”，是“天驕獵”的故意顛倒。

第四章
英漢詞彙比較

一　關於英漢詞彙若干特點的比較

經過約一千五百年的演變和發展，英語今天已成為世界上詞彙最豐富，表達能力最強的語言之一。據英國語言學家 J.A. 希爾德(J.A.Sheard)的估計，現代英語的語詞，至少有五十萬個。美國語言學家 S.B. 弗萊斯納(S.B. Flexner)則認為今天英語不少於六十萬個詞。英語詞彙所以如此豐富，照希爾德分析，主要原因是："英語歷來都樂於吸收與其接觸的每一種語言的詞語……。"可以說，英語將代表歐洲主要文化的詞語兼收並蓄於一身，這在歐洲各語言來說是獨特的。正因為如此，英語有許多特點，現試略舉下面數點：

(一) 英語有豐富的同義詞

所謂同義詞，是指兩個或兩個以上的，彼此有同樣的或者差不多同樣的基本意義的詞。例如表示"臨危不懼"這個意義時，就有下面這幾個詞：

brave（源自意大利語）

bold（古英語）

courageous（古法語）

valorous
valiant } （源自拉丁語）

但它們的各自含義卻有所差異。brave 含有堅定剛毅的意思；bold 有勇猛，甚至肆無忌憚之意；courageous 是指堅強不屈的性格；valorous 一般用來描述事迹或技藝；valiant，則是對人而言，如 valiant defenders of truth.

表示"生氣"或"發怒"，有下面一些意義相同或接近的詞：irate、angry、indignant、wrathful、enraged、infuriated、incensed 等。但它們各自涵義也不同。angry 表示一般生氣；irate 表示怒形於色；indignant 表示義憤；wrathful 表示盛怒；enraged 表示狂怒；infuriated 表示因忿恨而憤怒之意；incensed 則有激怒之意。

表示"切"或"割"這一動作的動詞，有：cut、chop、slice、mince、hack、hew、pare、slash、whittle、prune、truncate、incise、excise、chisel 等等。

表示"走"或"步行"這種動作的各種表現，就有下面一些詞：walk、go、stroll、saunter、trudge、plod、toddle、stride、march、trot、strut、stalk、shuffle、wobble、amble 等。

關於英語同義詞，十八世紀英國著名作家和詞典編輯者約翰遜（Johnson）說過："Words are seldom exactly synonymous."英國語言學家 C.L. 雷恩（C.L.Wren）說了一句有趣的話："English is among the easiest languages to speak badly, but the most difficult to use well."這說明，英語入門容易，但要學得精卻不是那麼容易。

（二）英語一詞多義和一詞多用的現象

在現代歐洲語言中，英語詞形變化最簡單，所以一詞多用，一詞多義的現象比較普遍，即同一個詞往往屬於幾個詞類，一個詞往往具有許多不同的意義。如以 like 為例：

The two buildings are very ***like***.
這兩座樓很相像。（形容詞）

Don't treat me ***like*** a guest.
別把我當客人。（介詞）

Like enough, the ship will arrive in the port tomorrow.
這條船很可能明天進港。

Like knows ***like***.（名詞）
英雄識英雄。

I hope I can drive the car ***like*** you do.（連詞）
我希望開汽車開得像你一樣好。

I don't ***like*** smoking.（動詞）
我不喜歡抽烟。

又以 straight 為例：

He is a ***straight*** thinker.
他的思路很有條理。

Put your room ***straight***.
把你的房間整理好。

She keeps ***straight***.

她品行端正。

The accounts are ***straight***.

帳目清楚。

They voted the ***straight*** ticket.

投清一色票。

She went ***straight*** home without going to the market.

她直接回家，沒有到市場去。

He was tall and ***straight*** and clear-eyed and dark.

他個子高高，身材挺直，兩眼明亮，皮膚黝黑。

He is fairly ***straight*** with me.

他對我卻是十分坦率。

This is a very ***straight*** place.

這可是個十分正經的地方。

There's a lot of things we've got to get ***straight***.

有很多事情我們需要搞清楚。

Thanks for setting me ***straight***.

謝謝你使我明白過來。

I believe I am thinking ***straight***.

我相信我的思路是清晰的。

He keeps a ***straight*** face.

他板着面孔。

漢語中一詞多義和多用的現象也有。如：

杜鵑開花了。(花朵)

這件衣服太花了。(顏色多而錯雜)

孩子的花兒剛出過。（天花）

我的眼早花了。（模糊不清）

（三）英漢詞彙的某些差異

1. 詞義寬窄的不同

漢語有些詞涵義較英語寬，如:

山 hill, mountain

借 lend, borrow

拿 take, bring, fetch

叫 cry, shout, call

笑 smile, laugh

門 door, gate

大學 university, college

聞 hear, smell

鼠 mouse, rat

英語中有些詞涵義比漢語寬，如:

wear 穿、戴

river 江、河

marriage 娶、嫁

net 網、帳子

brother 兄弟、同胞、同業、社友、會友

president 總統、長官、校長、主席、董事長

brother-in-law 姻兄、姻弟、內兄、內弟、姊夫、妹夫

uncle 伯父、叔父、姨父、姑父、舅父、叔叔

wife 夫人、妻子、愛人、老婆、老伴、女人、內人、婆娘、娘子、配偶，以及更加口語化的：孩子他娘、孩子他媽、我那口子、家主婆等等。

aunt 伯母、大媽、嬸娘、叔母、姨母、姑母、舅母、姑媽、阿姨

2. 觀察事物的角度和聯想不同

Close the door behind you.——着眼點在人所處的位置
隨手關門——着眼於手

lie on one' back; lie on one's stomach——以後背為準
仰臥；伏臥——以面向為準

再看一些聯想不同的例子：

to laugh your ***head*** off 笑掉了牙

as timid as a ***hare*** 膽小如鼠

as strong as a ***horse*** 身壯如牛

like a ***cat*** on hot ***bricks*** 熱鍋上螞蟻

a ***sea*** of ***faces*** 人山人海

goose-flesh 雞皮疙瘩

3. 習俗不同，背景不同

to wear one's ***Sunday best*** 穿上最好的衣服

as poor as a ***church mouse*** 一貧如洗

fool's ***paradise*** 黃粱美夢

to know the ***ropes*** 內行，懂其秘訣

4. 詞的涵義與搭配的不同

用名詞作賓語修詞，反映了當代英語簡約的總趨勢，把這類搭配譯成漢語時，要作必要的調整，特別要補入漢語動詞的概念。

shoe habit 穿鞋的習慣

wheat farmers 種小麥的農民

street sense 在街上辨別方向的能力

parent ticket 給家長的入場券

life work 畢生奮鬥的事業

community gossips 鄰里間的傳言

age group 按年齡分組的人羣

office hours 辦公時間

5. 詞語的排列順序不同

前後 back and forth

水陸 land and water

新舊 old and new

冷熱 hot and cold

血肉 flesh and blood

悲歡 joy and sorrow

水火 fire and water

貧富 rich and poor

田徑 track and field

遲早 sooner or later

同一的 one and the same

唯一的 one and only

不論晴雨 rain or shine

飢寒交迫 suffer from cold and hunger

東西南北 north, south, east and west

衣食住行 food, clothing, housing and transportation

6. 英語中習語所用的數詞與漢語不同

think twice 三思而行

in two minds 三心二意

in threes and fours 三五成行

at sixes and sevens 亂七八糟

in one or two words 三言兩語

one in a thousand 百裏挑一

二　英漢詞彙互譯的一些方法

(一) 準確理解詞義

如何在許多不同的詞義中選出最確切的詞義，這是正確理解原文的一個基本環節，也是翻譯之本。從翻譯角度來說，選詞義時，必須掌握下面四項要領：根據上下文來辨詞義、論褒貶、看搭配。現分述如下：

1. 根據上下文辨詞義

必須根據該詞在文中的地位，聯繫上下文的邏輯關係，決定其譯義。

所謂上下文，英語叫做 verbal context。語言學者把這上下文關係擴而充之，指出除上下文關係外，還有時間關係，地點關係，文化背景（time context，place context，cultural background）等，這裏舉一個簡單的例子：

George passed

這句話只有兩個字，再簡單不過了。但可能有各種不同的理解。首先要問，喬治在幹甚麼？如果在踢足球，那麼就是說，喬治踢了球。如果在玩橋牌，那麼就是說，喬治沒有叫牌。如果是參加某種考試，那麼就是說，喬治考及格了。動詞是多義詞；多義詞在各種不同的關係中會有各種不同的意義。再看下列各例：

We ***passed*** another town before daylight.
我們在天亮前經過了另一個鎮。

I used to ***pass*** the whole evening that way.
以前我總是這樣消磨整個黃昏。

Now the moment has ***passed***.
現在已經錯過機會了。

If I kept on reading that feeling would ***pass***.
如果我繼續這樣讀下去，這種感覺就會消失。

That vessel will soon be ***passing*** us.
那隻船就要和我們相遇了。

We knew what was ***passing*** in his mind.
我們知道他心裏在想甚麼。

一個詞是這樣，一句話，一段話，或一篇文章也是這樣。魯迅說過："我的文章，未有閱歷的人實在看不懂。"這是一點不錯的。因為他寫作時的條件跟現在不同了。只有把他的文章放在特定的歷史背景當中才能看懂。

再以動詞 work（工作）為例：

He is ***working*** in the factory.

他正在工廠工作。

He is ***working*** a machine.

他正在開機器。

He is ***working*** at English.

他正在學習英語。

The ship is ***working*** eastward.

船正向東行駛。

The gears ***work*** smoothly.

齒輪轉動靈活。

My watch doesn't ***work*** .

我的錶不走了。

Will these methods ***work***?

這些方法會有效嗎？

The yeast has begun to ***work***.

酵母已開始發酵。

Electronic computers ***work*** quickly and accurately.

電子計算機計算得又快又準。

再以名詞"moon"為例：

The ***moon*** goes round the earth.

月亮繞着地球轉。

There is little ***moon*** tonight.

今夜沒有月亮。

He ***moons*** about in the street.

他在街上閒蕩。

She ***mooned*** the morning away in the garden.

她早晨在公園裏虛度時光。

The planet Jupiter has nine ***moons***.

木星有九顆衛星。

Such chance comes ***once in a blue moon***.

這種機會極為難得。

So Wilson ***mooned*** around, thinking and guessing, day and night, and arriving nowhere.

於是威爾遜心神恍惚地晃來晃去。日日夜夜地想了又想，猜了又猜，始終想不出甚麼結果來。

又如：形容詞"good"，一般意義為"好的"，但在不同上下文裏含義不同，譯成漢語時，也應有所不同，如：

It was a ***good*** dinner.

這是一個豐盛的宴會。

He proved to be a ***good*** listener.

他這個人善於傾聽別人說話。

Tom must be a ***good*** football player.

湯姆一定是個優秀足球員。

I can't find ***good*** words for it.

我找不到合適的語言來表達。

It was a ***good*** morning; there were high white clouds above the mountain.

這是一個明媚的早晨，羣山上高高地飄着白雲。

The cheques are all ***good***, of course.

當然，這些支票是完全有效的。

Each time he gave the bartender a ***good*** tip.

每次他都給酒保優厚的小費。

I do not speak without ***good*** evidence.

我不會說沒有可靠根據的話。

It was a ***good*** paper.

這是一家聲譽很高的報紙。

又如：漢譯英時，“説”這個詞根據上下文可譯成：speak，tell，say，express，mention，persuade 等。

他説英語。 He speaks English.

他説謊。 He is telling a lie.

他説他很忙。 He says he is busy.

我説不清楚。 I'm unable to express myself clearly.

這可説不得。 It must not be mentioned.

別胡説八道。 Be reasonable.

十八世紀英國著名作家斯威特(Jonathan Swift)曾説過："Proper words in proper place make the true definition of style.""合適的詞用在合適的地方就是好文章。"漢英都有豐富的詞彙，但其中絕對等值的詞，除專有名詞，科技術語等類之外，是為數不多的。翻譯時，一定要根據上下文，細加辨析。

在眾多的同義詞中，斟酌選用，不能斷章取義，想作當然。林語堂先生説："凡要明字義之人，必求之於全句。"即義寓於文，以文明義。許國璋教授則説，翻譯不能以句為單位，應以段為單位。王宗炎教授説，"這句話有些驚世駭俗，某些翻譯理論家一聽見就搖頭。可是細細想來，我們不能不承認這確有見地，因為漢英兩種語言在句法，章法方面都有距離"。王佐良教授也有類似的説法："一詞一句的意義有時不是從本身看得清楚的，而要通過整段整篇——亦即通過這個詞或這句話在不同情境下的多次再現——才能確定。"

2. 論褒貶

任何語言都有語體之分，有文雅、有通俗，有粗野；還有俚語、公文語和術語等。文學作品中，作家通過不同的語體來刻劃人物性格特徵。翻譯時，必須審其雅俗、量其輕重，這樣才能恰如其分地表達原文的精神。有人把翻譯的分寸，歸納為五要素：節奏的緩急，態度的褒貶、感情的濃淡、語氣的輕重和用語的雅俗。

（1）詞義有輕重的不同：

例如：用來表示"打破"的詞：

break　是最一般的用詞，意思是經打擊或施加壓力而破碎。

crack　是現出了裂縫，但還沒有變成碎片。

crush　是從外面用力往內或從上往下壓而致碎。

demolish　是破壞、鏟平或削平土堆、建築物或城堡等。

destroy　是在物質上，精神上或道義上徹底摧毀，使之無法復原。

shatter　是突然使一個物體粉碎。

smash　是指由於突如其來的一陣暴力帶聲響而徹底粉碎。

又如表示"閃光"的詞：

shine　照耀；指光的穩定發射。

glitter　閃光；指光的不穩定發射。

glare　耀眼；表示光的最強度。

sparkle　閃爍：指發射微細的光度。

twinkle　閃爍：指輕快有節奏地閃爍。

又如："笑"：

laugh　大笑

smile　微笑

giggle　傻笑

chuckle　抿着嘴笑

beaming　滿臉笑容

jeer　嘲笑

guffaw　放聲大笑、狂笑

smirk　傻笑、得意地笑

grin　露齒一笑

（2）詞義有範圍大小和側重的不同

以 agriculture，farming，cultivation，agronomy 四個詞為例：

agriculture　指農業科學、農業技術、整個農業生產過程，所包括的範圍最廣

farming　指農業的實踐

cultivation　指農作物的栽培過程

agronomy　指把科學原理運用到農業耕作中去的實踐

又如：

country　表示國家的地理範疇

nation　體現在共同的地域和政府下的全民概況

land　給人以國土或家園的感覺

state　指國家的政治實體

power　表示國家的實力

(3) 摹擬動作情狀的不同

walk　走

saunter　悠然自得地走

amble　從容不迫地走

stride　大踏步地走

trudge　步履艱難地走

traipse　懶散疲乏地走

shamble　蹒跚地走

prance　昂首闊步地走

scamper　蹦蹦跳地走

clump　拖着沉重的腳步走

(4) 詞義有感情色彩(如憎惡、蔑視、諷刺、詛咒、尊敬、親暱等等)和語體色彩(如莊嚴、高雅、古樸、俚語、方言詞語、公文用語、委婉詞語等等)的不同。如"死"就有許多委婉的說法:

to expire 逝世

to pass away 去世,與世長辭

to close (end) one's day 壽終

to breathe one's last 嚥氣,斷氣

to go west 歸西天

to pay the debt of nature 了結塵緣

to depart to the world of shadows 命歸黃泉

to give up the ghost 見閻王

to kick the bucket 翹辮子

to kick up one's heels 蹬腿，翹腳

to lay down one's knife and fork 不吃飯

又如 pregnant "懷孕"也有許多委婉的說法：

She is having a baby.

She is expecting.

She is in a family way.

She is knitting little booties.

She is in a delicate condition.

又如"警察"：

policeman 為正式用語

cop
copper } 用於美國口語

bobby 用於英國口語

nab 為美國俚語

又如："馬"：

horse 為一般用語

steed 為詩歌用語

又如"波浪"：

wave 為一般用語

billow 為詩歌用語

又如表示"聲譽"：

fame 具有褒義，指有關一個人的人格、行為、才能等方面的優點。

reputation 和 repute 差不多，也是指對人或物的評價或看法，這兩個詞的詞義都比 fame 狹窄，可用作褒義或貶義。

distinction 往往是由於職銜、地位或人格所造成的，通常包含有"優越於人，與眾不同的"褒義。

renown 指的是顯赫的聲譽或應該得到的榮譽，用作褒義。

notoriety 一詞則總是用作貶義，和 fame 相對。

我們還要注意，有些詞有其兩面性。有褒義，有時也可能不帶褒義。如何理解，要看上下文。例如：

The enemy's ***scheme*** went bankrupt.

敵人的陰謀破產了。

We have mapped out a ***scheme***.

我們制訂了一個計劃。

3. 看搭配

任何一種語言，在長期使用的過程中，會形成一些固定的詞組或常見的搭配。這些比較固定的說法，有時可以逐字譯成另一種語言，有時則不行。翻譯時，必須注意英漢兩種語言中詞的搭配不同。

以"beat"為例：

That ***beats*** me.

真把我難住了。

We can ***beat*** him.

我們可以打敗他。

He was cursing to ***beat*** the band.

他罵了個痛快淋漓。

These constant changes in the weather ***beat*** me.

這兒變化無常的天氣使我適應不了。

He can ***beat*** me hollow at mathematics.

他的數學比我高明千萬倍。

It ***beats*** me how he did it.

我不懂他怎麼幹出這種事來。

The long tramp ***beats*** me.

長途跋涉使我筋疲力盡。

I ***beat*** the truth out of him.

我從他那裏探出了真情。

They ***beat*** their swords into plowshares.

他們化劍為犂。

The sun continued to ***beat*** on them.

太陽還是熱得炙人。

還要注意英漢定語與名詞的搭配不同:

heavy rain 大雨
heavy clouds 厚雲
heavy crops 豐收
heavy frost 濃霜
heavy wine 烈酒
heavy news 悲痛的消息
heavy road 泥濘的路
heavy sea 波濤洶湧的海洋
heavy heart 憂鬱的心
heavy fire 猛烈的砲火
heavy smoker 烟瘾很大的人
heavy bread 沒有發好的麵包

heavy wire 粗綫
heavy load 重載
heavy storm 暴風雨
heavy traffic 擁擠的交通
heavy reader 沉悶冗長的讀物

又如:

a broken man 一個絕望的人
a broken soldier 一個殘廢軍人
broken money 零錢
a broken promise 背棄的諾言
broken English 蹩腳的英語
a broken spirit 消沉的意志

(二) 活用詞典

學會活用詞典，對譯者來說非常重要。詞典不是萬寶全書，切不可處處囿於詞典的釋義。任何詞典都有其局限性。有些詞義並不是在詞典中一查就得的。詞典只說明基本釋義。翻譯時，譯者還要根據詞的基本釋義，在上下文中，斟酌情況加以運用和引申。

如 furiously 在字典上為"狂怒地"，譯者不能遇到這個詞就對號入座。它在不同上下文可以譯為：怒氣沖沖，滿臉怒氣，勃然大怒，大為光火，火冒三丈，怒火中燒，大發雷霆，怒從心頭起，氣炸了肺等等。

再拿簡單的詞 yes 和 no 來說吧，它們作副詞時，詞典上的譯義是"是"，"是的"；"不"；"不是"。我們若是碰到 yes 就譯成"是"或"是的"，碰到 no 就譯成"不"，或"不是"，那會搞得很彆扭，甚至會引起誤會。兩個人說話:

Don't you like this book? Yes, I do.

你不喜歡這本書嗎?

不，我喜歡。

Isn't this book yours? No, it isn't.

這本書不是你的嗎?

是啊，不是我的。

When I pointed out that he had spread a rumour, he retorted, "No! No!"

我指出他散佈了謠言時，他反駁說:"沒有那事! 沒有那事! "

英語常用 then 這個副詞來接上下文，換語氣，英漢詞典的譯義是"那麼"，"於是"。但根據上下文我們可以譯成:

On the surface, then, all is well that ends well.

事情做到這一步，表面上算是皆大歡喜了。

作為虛詞的冠詞，在具體語言環境中也有其特定的意義。演說家查爾斯·詹姆斯·福克斯(Charles James Fox, 1749–1806)稱讚其對手威廉·皮特(William Pitt, 1759–1806)的有名句子就是一個典型的例子。

I am never at a loss for ***a*** word; Pitt is never at a loss for ***the*** word.

我從來不愁找不到一個詞來表達思想，皮特則從來不愁找不出最恰當的那個詞來。

福克斯和皮特政見不同，福克斯不但不忌恨他的對手，反而在演說中甘拜下風，表現了福克斯的高尚風格。這一高尚風格，通過虛詞"a"和"the"表達出來。

（三）詞的引申

英譯漢時，有時會遇到某些詞，在辭典上找不到適當的詞義，如照樣硬搬，逐字死譯，會使譯文生硬晦澀，不能確切表達原意。這時，應根據上下文和邏輯關係，從該詞的基本意思出發，進一步引申詞義，選擇比較恰當的漢語詞彙來表達。

需要引申的可能是詞、詞組，也可能是整個句子。

1. 將詞義作抽象化的引申

There is a mixture of the tiger and the ape in his nature.

他的本性既殘暴又狡猾。

Every life has its roses and thorns.

每個人的生活都有甜有苦。

She sailed into the room.

她儀態萬千地走進房子。

We must keep our powder dry.

我們要時刻提高警惕。

John can be relied on. He eats no fish and plays the game.

約翰為人可靠，他既忠誠又老實。

註：指英國伊麗莎白女王時代，耶穌教徒為了表示對政府忠誠，拒絕遵守羅馬天主教在星期五只吃魚的習俗，因此，不吃魚，是表示"忠誠"的意思。

2. 將詞義作具體的引申

He was a tough proposition.

他是一個難以對付的傢伙。

We Zanzibar would like to build a coloured society where all men can have equal opportunity.

我們桑給巴爾人願意建立一個機會均等而膚色人種不同的社會。

The battlefield became something holy. It was not touched.

這個戰場幾乎已成為一個聖地了。它仍然保持着當年的舊觀。

The Great Wall is a must for most foreign visitors to Beijing.

對於大多數去北京的外國訪客，萬里長城是必不可少的參觀遊覽項目。

3. 通過改變原文句子結構

有時原文裏的某些句子，隱藏着一種涵義，不是從字面可以看出來的，這時，為了忠實表達原文，需要通過改變句子的結構。

The engine has given a consistently good performance.

這台發動機一直操作很好。

Heat from the sun comes to us by radiation.

太陽通過輻射給我們熱量。

The rest of the day was anti-climactic.

高潮過去了，這一天餘下來的時間所發生的事就是尾聲了。

註：原文字面上的意思是"這一天餘下來的時間是反高潮的"很費解。譯者用"高潮"和"尾聲"，前後對襯，涵義立即明朗。

Soon there would be no Poland to guarantee!

很快就根本不會有波蘭的存在了，還需要甚麼擔保呢？

註：原文的意思是"很快就沒有波蘭需要擔保了"，不僅費解而且可能引起誤解。譯文把原文拆為兩句，並且把感嘆句大膽改為疑問句，原意豁然貫通。

As relations between China and Australia develop, the continuing importance of expanding trade will be balanced by the development of close contact over a broad range of political issues.

隨着中澳關係的發展，擴大貿易仍將是重要的，相應地還要在一系列廣泛的政治問題上展開密切的聯繫。

註：譯者恰當地把英語動詞"balance"翻成漢語狀語"相應地"，同時，把主句翻成漢語的並列句。

4. 通過增詞使譯文更明確、更完整

No one can ***claim infallibility***.

誰也不能說，自己是一貫正確的。

英語用兩個詞"claim infallibility"，漢語卻用八個詞加以引申，把原文的涵義確切地表達出來。以下例子類同：

The Japanese seemed ***justifiably*** proud of their economic achievements.

日本人似乎為他們在經濟上取得的成就而自豪，這是可以理解的。

They, not ***surprisingly***, did not respond at all.

他們根本沒有答覆，這是不足為奇的。

He shook his head and his eyes were wide, then narrowed ***in indignation***.

他搖了搖頭，兩目睜得圓圓，接着又眯成一條綫，臉上露出了憤怒的神色。

Today *China Daily* ***frontpages*** his article.

今天中國日報以頭版顯著地位刊登了他的文章。

He is no smoker, but his father is a ***chain-smoker***.

他倒是不抽烟，但他爸爸卻一支又一支不停地抽。

5. 通過詞性轉換，使譯文通順流暢。

由於英漢兩種語言的表達方式不同，在互譯時，決不能"對號入座"，應視上下文之不同，轉換詞類，使原文的意思確切地表達出來。例如：

The ***sight*** and ***sound*** of our jet planes filled me with special longing.

看到我們的噴射機，聽見隆隆的機聲，令我特別神往。

Some of my classmates are ***good singers***.

我同班同學中有些人唱歌唱得很好。

One of the characteristics of the Chinese language is the ***predominance of the verb***.

漢語的特點之一是常用動詞。

The ***appearance*** of the book on the market caused a sensation.

這本書在市場上出現時，轟動一時。

He is a ***lover*** of Chinese paintings.

他熱愛中國畫。

An ***acquaintance*** of world history is helpful to the study of current affairs.

讀一點世界史，對學習時事是有幫助的。

以上是具有動作意義或由動詞變來的英語名詞轉譯成漢語動詞的例子。有時英語動詞也可轉譯成漢語名詞：

His speech ***impressed*** the audience deeply.

他的講演給聽眾的印象很深。

Most students ***behaved*** respectfully towards their teacher.

大部分學生對老師態度很恭敬。

His paintings are ***characterized*** by steady strokes and bright colours.

他的畫特點是筆力沉着，顏色鮮明。

英語中介詞多，這是英語的一個特點。英譯漢時，在不少情況下可以轉譯成漢語動詞：

The fighters walked on ***against*** the piercing wind.
戰士們冒着刺骨的寒風前進。

I sent him ***for*** a doctor.
我派他去請醫生來。

She sang ***to*** the piano.
她合着琴聲唱歌。

"Coming!" Away she skimmed ***over*** the lawn, ***up*** the path, ***up*** the steps, ***across*** the veranda, and ***into*** the porch.
"來啦！"她轉身蹦着跳着地跑了，越過草地，跨上台階，穿過涼台，進了門廊。

有些形容詞派生的名詞往往可以轉譯成形容詞：

This experiment was a ***success***.

這個實驗很成功。

It is a ***pleasure*** to meet you.

遇到你真是高興。

Physical training is an absolute ***necessity*** for university students.

參加體育鍛煉對大學生來説是絕對必要的。

As he is a perfect ***stranger*** in the city, I hope you will give him the necessary help.

因為他對這城市完全陌生，我希望你能給他必要的幫助。

The ***pallor*** of her face indicated clearly how she was feeling at the moment.

她蒼白的臉色清楚地顯示了她那時的情緒。

上面是最常見的幾種詞類的轉譯。還有其他詞類轉譯如下：

He was ***eloquent*** and ***elegant*** — but soft.

他有口才，有風度，但很軟弱。（形容詞譯為名詞）

They gave him a ***hearty*** welcome.

他們很熱忱地歡迎他。（形容詞譯成副詞）

This is ***sheer*** nonsense.

這完全是胡説。（同上）

He is ***physically*** weak but ***mentally*** sound.

他身體雖弱，但頭腦正常。（副詞譯成名詞）

（四）句子成分的轉換

英漢兩種語言，由於表達方式不同，句子結構不同，翻譯時往往還需要轉換句子的成分，才能使譯文通順易懂。本節專門談一些常見的句子成分轉換。

1. 非主語譯成主語

(1) 介詞的賓語譯成主語

There are four seasons in a ***year***.

一年有四季。

Now, heat is being added to the ***substance***.

現在這種物質正在加熱。

At least two quarts of water are required daily by ***a normal individual***.

一個正常的人每天至少需要兩夸脫的水。

High-quality machines of various types are produced in ***our country***.

我國生產各種類型的優質機器。

(2) 動詞賓語譯成主語

這種賓語在意義上跟主語有比較密切的聯繫，通常是主語的某一部分或某一屬性。

An automobile must have a ***brake*** with high efficiency.

汽車的煞車必須高度有效。

Water has a ***density*** of 62.4 pounds per cubic foot.

水的密度是每立方英尺 62.4 磅。

(3) 表語譯成主語

A crystal receiver is a less complicated ***structure*** than a valve receiver.

晶體收音機的結構不像電子管收音機那麼複雜。

Ice is not so ***dense*** as water and therefore it floats.

冰的密度比水小，因此能浮在水面上。

Two widely used alloys of copper are ***brass*** and ***bronze***.

黃銅和青銅是兩種廣泛使用的銅合金。

2. 非謂語譯成謂語

（1）定語譯成謂語

動詞"have"的賓語移作主語時，一般需要把該賓語的定語譯成謂語，原來的謂語 have省略不譯。

Manganese has the ***same*** effect on the strength of steel as silicon.

錳對鋼的強度的影響和矽相同。

The wings have controllable sections ***known*** as ailerons.

機翼上可操縱的部分叫做副翼。

Solids have a shape ***independent*** of the container.

固體的形狀與容器無關。

（2）主語譯成謂語

A ***glance*** through his office window offers a panoramic view of the Washington Monument and the Lincoln Memorial.

從他的辦公室窗口可以一眼看到華盛頓紀念碑和林肯紀念館的全景。

A ***view*** of Mt. Fuji can be obtained from here.

從這裏可以看到富士山。

His very ***appearance*** at any affair proclaims it a triumph.

任何場合，只要他一露面，就算成功了。

以上作為句子主語的名詞往往是含有動作意味的名詞，或動詞派生的名詞。

(3) 表語譯成謂語

英語中的某些形容詞、副詞、介詞、名詞及介詞短語等在句中作表語時，通常可譯成動詞謂語。

The fact that she was ***able*** to send a message was a hint. But I had to be ***cautious***.
她能夠給我帶個信兒這件事就是個暗示。但是我必須小心謹慎。(形容詞譯成謂語)

As he ran out, he forgot to have his shoes ***on***.
他跑出去時，忘記了穿鞋子。(副詞譯成謂語)

This explanation is ***against*** the natural laws.
這種解釋違反自然規律。(介詞譯成謂語)

We were ***on the supposition*** that they could improve the complex machine.
我們認為他們能改進這台複雜的機器。(介詞短語譯成謂語)

He was a regular ***visitor***.
他經常來。(名詞譯成謂語)

3. 非賓語譯成賓語

(1) 主語譯成賓語

When ***power*** is spoken of, ***time*** is taken into account.
説到功率時，總是把時間計算在內。

Mr. Billings cannot be deterred from his plan.
(人們)不能阻止比林斯先生實行他的計劃。

The workers were seen repairing the machine.
看見工人在修理機器。

4. 非定語譯成定語

（1）主語譯成定語

為了強調英語句中某一個成分，把它譯成主語，再將英語的主語譯作漢語中的定語。

How many electrons has a ***magnesium atom*** in its outer layer?

鎂原子的最外層有多少電子？

Various substances differ widely in their magnetic characteristics.

各種材料的磁特性有很大的不同。

Without air, ***the earth*** would undergo extreme changes in temperature.

沒有空氣，地球的溫度會發生很大的變動。

（2）狀語譯成定語

英語中位於句首的某些狀語（多為地點狀語），有時可譯成漢語的定語。

In this world, things are complicated and are decided by many factors.

世界上的事情是複雜的，是由各方面的因素決定的。

Throughout the world, oil consumption is growing rapidly.

全世界的石油消耗量正在迅速增長。

（五）句子結構的轉換

有時有些詞，通過引申、詞性轉換和句子成分的轉換還是不能表達原文的真實涵義，那就要動大手術，突破原文的形式，改變句子的整個結構。這是翻譯中一種必不可缺的手段。限於篇幅，下面僅就一些常用的轉換法略舉數例加以説明。

1. 主語轉譯法

（1）主語是動名詞或表示動作意義的名詞，作用在説明動作的原因、條件、時間等，因此，常把它譯成狀語從句(或狀語)，而把它後面處於賓語的名詞或代詞譯成主語。

Pressure of work has somewhat delayed my answer.

由於工作很忙，答覆稍遲了些。

The mere sight of it turned one's mind.

只消看它一眼，人們就會動心。

如主語是動名詞，謂語是 make，cause，offer，bring，help，allow，permit，require，give，compel 一類動詞，可根據句子意義，譯成條件結果句。例如：

Another hour's ride will bring us to the village.

只要再行車一小時，我們就可以到達那個小村。

（2）主語雖不是動名詞，但是主語及其修飾詞在一起也能夠説明動作的原因，條件，時間等作用。這類句子也按上述方法處理。

The heavy flywheel coupled with the spindle ensures smooth running of the spindle.

(由於)主軸裝有飛輪，能保證主軸運轉平穩。

Fast modern airplanes have made the world seem a smaller place.

有了現代化飛機，世界似乎比以前小了。

Special design of the rear bearing allows for the exchange of V-belts without the necessity of removing the spindle.

由於後軸承的設計特別，更換三角皮帶，無需取下主軸。

（3）表示時間、地點、範圍的名詞與某些特定的動詞聯用，常表示動作發生的時間、地點、場所。翻譯時可將主語譯成狀語。

The end of the last journey saw me upon a chair, perspiring, flaccid, aching—excellent.

在最後一段的行程，我坐在椅子上，淌着汗，四肢無力，渾身酸痛——可是興高彩烈。

The world has witnessed different roads to modernization.

世界上已有了不同的現代化道路。

2. 成分分譯法

分譯法的要領是，把原文中較長的句子成分，或不易安排的句子成分分出來另作處理，一般譯成漢語短語或獨立句。下面着重介紹一些常見的分譯法。

（1）主語分譯

主語分譯是指把帶定語的主語分譯成一句。通常把主語的定語移作謂語。如：

Lower temperature is associated with lower growth rates.

溫度一低，生長速率就慢下來。

The very short wavelengths of ultrasound make a great difference in what ordinary sound waves can do.

超聲波的波長極短，其功能與普通聲波相比大不相同。

（2）謂語分譯

謂語分譯是翻譯帶形式主語 it 的主語從句的一種常用法。翻譯時，先把主句的謂語分譯成一個獨立語，然後再譯從句。

It is obvious that she is a very good saleswoman.
十分明顯，她是一個很好的售貨員。

It is clear that he means well.
很清楚，他的用意是好的。

It is common knowledge that weight is a pull exerted on an object by the earth.
眾所周知，重量是地球作用在物體上的引力。

（3）定語分譯

如第三章第二節所指出，英語的定語與漢語不同，它可以位於名詞之後，因此其長度不受限制，可以擴展得很長。漢語只有前置定語，一般不宜過長，所以對原文中較長的後置定語的翻譯，往往採取分析法。這裏只着重介紹介詞短語和分詞短語以及幾個形容詞同時作定語時的分譯情況。

Fossils are early plants or animals ***once buried in the earth, now hardened like rock***.
化石是過去埋在地下，現在已像岩石一樣硬化了的植物和動物。
（比較：化石是過去埋在地下而現在已像岩石一樣硬化了的早期植物或動物。）

She sat with her hands cupping her chin, ***staring at a corner of the little kitchen***.
她坐在那兒雙手托着下巴，眼睛凝視着小廚房的一角。

He was a ***tall, thin, elegant man with the air of thoroughbred***.

他身材修長，溫文爾雅，風度翩翩。

a ***little yellow, ragged, lame, unshaven*** beggar

一個要飯的，身材短小，面黃肌瘦，衣衫襤褸，瘸腿，滿臉短髭。

(漢語不習慣在名詞前面用過多的定語，尤其是在口語裏，所以要拆開來譯。)

(4)狀語分譯

下面着重介紹副詞、介詞短語和不定式短語作狀語時的分譯情況。

Illogically, she had expected some kind of miracle solution.

她滿想會有某些奇蹟般的解決辦法，這是不合情理的事。(副詞譯成句子)

Their power increased ***with their number***.

他們人數增加了，力量也隨之增加。(介詞短語譯成句子)

He arrived in Washington ***at a ripe moment*** internationally.

他來到華盛頓，就國際形勢來說，時機正合適。(介詞短語譯成句子)

Heat is required to ***change ice to water***.

冰變成水，就需要熱。(不定式譯成句子)

3. 句子變換法

翻譯時，有時為了通順、易懂、緊湊和生動起見，改變原文句子結構。現略舉幾種常見的句子變換實例作說明。

(1) 把原文中兩個或兩個以上的簡單句譯成一個單句。

He was very clean. His mind was open.

他為人單純而坦率。

His father had a small business in the city of Pisa. This city is in the north of Italy near the sea.

他的父親在意大利北部近海的比薩做小生意。

Then we came to the grasslands. Marshes everywhere. No birds! No trees! No houses! Not a soul to be seen.

然後，我們來到草地，到處是沼澤，沒有飛鳥，沒有樹木，沒有房舍，沒有人烟。

(2) 把原文中的主從複合句(complex sentence)譯成單句。

When I negotiate, I get nervous.

我在談判時總是有些緊張。

One must study hard before one could succeed in mastering a foreign language.

一個人必須勤學苦練，才能精通一種外國語。

Be a pupil before you become a teacher.

先做學生，然後再做先生。

(3) 定語從句(attributive clause)譯成狀語從句(adverbial clause)

有些英語定語從句，兼有狀語從句的職能，在意義上與主句有狀語關係，説明原因、結果、目的、讓步、假設等。翻譯時應善於從原文的字裏行間發現這些邏輯上的關係，然後譯成漢語各種相應的偏正複句。

The ambassador was giving a dinner for a few people ***whom he wished especially to talk to or to hear from***.

大使只宴請了幾個人，因為他特地想和這些人談談，聽聽他們的意見。（表示原因）

Chinese trade delegations have been sent to Asian-African countries ***who will negotiate trade agreements with the respective governments***.

中國派了貿易代表團往亞非各國，以便與各國政府商談貿易協定。（表示目的）

There was something original, independent, and heroic about the plan ***that pleased all of them***.

這方案富於創造性，別出心裁，很有氣勢，所以他們都很喜歡。（表示結果）

He insisted on building another house, ***which he had no use for***.

他堅持要再造一幢房子，儘管他並無此需要。（表示讓步）

A man is nothing ***who yields his purpose***.

如果一個人放棄自己的目的，就成為一個不堪造就的人了。（表示假設）

三　其他

（一）英語長句的翻譯

英漢語在句型與排列上各有特點。英語中常用連詞、介詞、分詞短語和由關係代詞、關係副詞引出的各種從句組成長句，有時甚至一段由一句構成。英語長句雖然結構複雜，但描寫細緻，邏輯嚴密。漢語運用動詞最廣泛。在表示一些複雜的概念時，漢語大都分成若干簡短的句子，逐點交代，層層鋪開，有主有次，有先有後，眉目清楚，詞句簡練。因此英譯漢時，必須抓住原文全句的中心思想，區別主次，根據時間順序和邏輯順序，重新按漢語習慣加以組合，以確切表示原意。不要拘泥原文的語言形式，使譯文歐化。

In Africa I met a boy, (1) who was crying as if his heart would break (2) and said, when I spoke to him, that he was hungry (3) because he had had no food for two days. (4)

在非洲，我遇到一個小孩，(1) 他哭得傷心極了，(2) 我問他時，他說他餓了，(3) 兩天沒有吃飯了。(4)

這句英語長句的敍述層次與漢語相同，所以按原文順序，依次譯出。

There are many wonderful stories to tell about the (1) places I visited (2) and the people I met. (3)

我訪問了一些地方，(2) 遇到不少人，(3) 要談起來，奇妙的事可多着呢。(1)

這句英語長句的敍述層次與漢語邏輯相反，所以採用逆譯法。

I was on my way home from tramping about the streets, my drawings under my arm, when I found myself in front of the Mathews Gallery.
我挾着畫稿在街上兜了一番，回家的路上無意中發現自己逛到馬太畫廊的門口。

這句英語長句的敍述層次與漢語邏輯相反，因此要打破原句的結構，按照漢語造句的規律重新加以安排。

He became deaf at five after an attack of typhoid fever.
他五歲時候，生了一場傷寒病，變成了聾子。

這句英語句子，有兩介詞短語，代表兩層意思，表示甚麼時候，生了甚麼病。翻譯時打破原句的結構，按漢語造句的規律重新安排。

There was little hope of continuing my inquiries after dark to any useful purpose in a neighbourhood that was strange to me.
這一帶我不熟悉，天黑以後繼續進行調查，取得結果的希望不大。

這個句子的意思是：因為這一帶我不熟悉，如果天黑以後繼續進行調查，那麼取得結果希望不大。但上面譯句卻把"因為"、"如果"、"那麼"省略了，因為只憑句子成分的次序就能表示出它們在句子中的邏輯聯繫。

（二）英漢句子中詞或詞組的重複

詞或詞組的重複，同是英語和漢語的一種表達手段。利用這種手段一般可達到三種目的：一、表達強調語勢，二、表達生動活潑，三、表達明確。

但是，一般講來，迴避重複是英語的一大特色，不僅在書面語言中十分突出，在口語中也相當明顯。迴避的範圍也很廣，小自單詞，大至句子，凡是意義相同的或只是部份相同的詞語，均在迴避之列。

一般說來，漢語說話寫文章也迴避重複，過多的重複會使語言囉嗦。但是，漢語由於其固有特點和表達習慣的緣故，在很多地方非重複不可，或者重複了倒反好些。因此，與英語相反，重複是漢語的一個明顯特點。

迴避重複，對於英國人來說，是十分平常的語言習慣，所以在一般的語法修辭書都很少提到，但對中國學生來說卻是一個值得重視的問題。

下面讓我們看看，英語需要重複表達一個思想時，採用些甚麼手段來避免使用原來的詞語。

1. 指代法：即使用代詞（主要是人稱代詞、物主代詞、指示代詞以及用於非限制性定語從句的關係代詞等）來迴避重複。這是英語中最普通、最常見，也是最有效的迴避重複的方法之一。

I met John on the street yesterday. ***He*** was walking beside his sister. ***They*** were going to see a film.

Mary is standing at the door, with ***her*** hand in ***her*** pocket.

2. 換詞法：即使用範疇詞、同義詞或準同義詞來迴避重複。範疇詞是一些具有概括意義、表示人和事物範疇的詞彙。如：man, woman, people, person, child, thing, object, flower, machine, medicine, matter, idea, feeling, animal 等。

The monkey's most extraordinary feat was learning to operate a tractor. By the age of nine, this remarkable ***animal*** had learned to drive the ***vehicle*** single-handed.

換詞是書面英語，尤其是現代新聞英語主要特色之一。換詞得當，可以避免單調乏味，使文字新穎別緻，煥然生色。如電視機，可說：the television set, the TV, telly, the tube, the goggle-box, the idiot box 等。

3. 替代法：即使用替代詞語或替代句型來迴避重複。

常用的替代詞語有：one, ones, that, those, it, the same (thing), so, such, there, then, likewise, identical, different, like that, in like manner, (in) this way 等。

What kind of textbooks do you want? The ***ones*** with illustrations or the ***ones*** without?

A: I'll have a new pair of rubber shoes, please.
B: I'll have the ***same*** but with black laces.

She looked regretful. { And she sounded ***the same***. / But she sounded ***different***. }

He was ambitious, but his sister was even more ***so***. She wanted to become a great film-star.

A: He'll arrive before six.

B: ***That*** seems too early.

常見的替代句型有：

（1）主語 + do

A: Do you like English?

B: Yes, I ***do***.

（2）So + be（或 have, do）+ 主語

She is a student.

So is her brother.

（3）主語 + { appear, fear, seem, expect / hope, believe, say, suppose / think, wish, claim, tell } + so/not

A: He will come tomorrow.

B: I hope ***so***.

A: Has everyone gone home?

B: I'm afraid ***so***.（or I hope ***not***.）

（4）其他：

He might be wrong. If ***not***, why was he in such low spirits?

We have to hand in a book report every month, ***and that*** （= and have to hand in the report） always promptly and in English.

In modern English a verb is often used as a noun, and ***vice versa***.（= and a noun is often used as a verb）

4. 省略法：省略法就是删去句中相同的詞語來迴避重複。

（1）迴避重複名詞

I like strong tea. I suppose weak (　　) is better for you.

（2）迴避重複動詞

They are not known to retreat. They never have (　　) and never will (　　).

A: Sorry, I haven't finished the book yet.

B: I hope you will (　　) by tomorrow.

（3）迴避重複不定式

A: Would you like to go with me?

B: Yes, I'd like to (　　).

（4）迴避重複句子

This orange is ripe. I know (　　) from its colour.

A: I said you would rewrite it for him.
B: I hope you didn't say when (　　).

5. 保留介詞法：保留介詞法即保留同一個介詞以迴避名詞、動詞或形容詞的重複，這一般在政論文和演説詞中較多見。

We talked of ourselves, ***of*** our prospects, ***of*** the journey, ***of*** the weather, ***of*** each other —— ***of*** everything but our host and hostess.（迴避動詞"**talk**"）

Discipline is indispensable ***to*** victory in war, ***to*** success in our work, and indeed, ***to*** the realization of our lofty goal.（迴避形容詞"**indispensable**"）

They continue to observe the principle ***of*** depending on their own efforts as well as ***of*** being thrifty in everything.（迴避重複名詞"**principle**"）

6. 緊縮法：緊縮法就是將語句中兩個或幾個相關聯的成份合併在一起，以避免一些詞語的重複，使文字變得簡潔緊湊。這種方法一般多見於書面形式。

He was particularly interested in the articles ***on*** and ***by*** Lu Xun.

You should practise speaking English both ***in*** and ***out of*** class.

She was accepted not ***because of*** but ***in spite of*** her birth.

下面讓我們再看看漢語，是否也有類似的特點呢？答案是相反。重複是漢語的一個明顯特點。漢語的重複不僅有語音上的需要，還有語法與修辭上的需要。

1. 漢語第三人稱"他"、"她"、"它"的發音同為 /tɑ:/。為了避免混淆，漢語習慣重複原詞，或借助指示代詞，將"她"改為"這個女人"或"那個姑娘"等。

2. 漢語有一種連鎖句，其中很多需要重複詞語的。

刈麥便刈麥，舂米便舂米，撐船便撐船。

有甚麼吃甚麼，有米飯吃米飯，有饅頭吃饅頭。

3. 漢語的選擇疑問句常常需要重複動詞。

努力提高呢？還是努力普及呢？

是他去呢？還是我去呢？

4. 漢語缺乏與英語相像的關係代詞、關係副詞和動詞非人稱形式一類的組合手段，所以漢語的句子不宜太長。漢語裏一個複雜思想，往往分成幾個短句來表示。各短句之間的聯繫，有時靠"意合"，有時靠重複。這樣才能承上啟下，銜接自然。例如：

 他這樣教發音簡直是誤人子弟，誤人還誤得不淺。

5. 由於修辭上的需要。英語中的重複多數是為了修辭強調作用。漢語的重複，即使是為修辭，也不單一地為了強調，有時是為了排比整齊，有時為了推理層遞，有時為了對偶工整，有時為了蟬聯緊密，有時為了條理清楚。

 我們今天開這個大會，就是為了繼續團結，繼續進步。（排比）

 這種作風，拿了律己，則害了自己；拿了教人則害了別人。（推理層遞）

 在戰略上，我們要藐視困難；在戰術上，我們要重視困難。（對偶工整）

 招之即來，來之能戰，戰之能勝。（蟬聯緊密）

 我們軍政關係、軍民關係，官兵關係，都更親密了。（條理清楚）

下面談談英漢重複的譯法。

如上所述，英語和漢語一樣，寫文章總是盡量避免重複。但由於漢語的一些固有特點和表達習慣的緣故，英譯漢時重複卻是一種必不可少的翻譯技巧。只有兼顧漢語的習慣，尊重漢語的規範特點，才能使譯文通順、易懂。現分別舉例如下：

1. 用於表達強調語勢的重複

(1) 英語中重複最重要的詞，使讀者留下深刻印象。這類情況在漢譯時一般也同樣重複。

What we want, first and foremost, is ***to learn***, ***to learn*** and ***to learn***.

我們首先需要的是學習，學習再學習。

He wandered about in the chilly rain, ***thinking*** and ***thinking***, ***brooding*** and ***brooding***.

他在淒雨中蕩來蕩去，想了又想，盤算了又盤算。

(2) 英語對仗的前後兩部分中往往有詞的重複，譯成漢語時對仗句一般可以保持同樣的重複。

First come, ***first*** served.

先到者，先供應。

Out of sight, ***out of*** mind.

眼不見，心不念。

(3) 英語中強勢關係代詞或強勢關係副詞 whoever, whenever, wherever 等，漢譯時往往使用重複法。

Come to my office and have a talk with me ***whenever*** you are free.

你甚麼時候有空，就甚麼時候到我辦公室來談一談。

Whoever violates the discipline should be punished.

誰犯了紀律，誰就應該受批評。

Wherever there is plenty of sun and rain, the fields are green.

哪裏陽光雨水充足，哪裏的田野就綠油油。

You may solve the problem ***whichever*** way you like.

哪種方法你喜歡，就用哪種方法解決這問題。

（4）英語原文中有詞的重複，譯成漢語有時可以用同義詞重複之。

They would ***read*** and ***re-read*** the secret notes.

他們往往一遍又一遍地反覆琢磨這些密件。

"I know you ***hate*** me and I ***hate*** you, we had better part right now."

"我知道你恨我，我也嫌你，咱們最好即刻就分手吧。"

2. 用於表達明確具體的重複

當原文中出現幾個詞所共有的部分時，該共同部分往往需要重複譯出。重複共同部分的情況，常見的有下面幾種：

（1）重複共同的賓語

We have to analyse and solve ***problems***.

我們必須分析問題，解決問題。

People use natural science to understand and change ***nature***.

人們利用自然科學，去了解自然，改造自然。

（2）重複共同修飾的名詞

Roller and ball ***bearings*** are used whenever possible.

凡有可能就使用滾柱軸承和滾珠軸承。

The chief effects of electric currents are the magnetic, heating and chemical ***effects***.

電流的主要效應是磁效應，熱效應和化學效應。

（3）重複共同的動詞

He wanted to ***send*** them more aid, more weapons and a few more men.

他想給他們增加些援助。增添些武器，增派些人員。

Is he a friend or an enemy?

他是朋友呢，還是仇人？

The blow ***hurt*** not only his hands but his shoulders too.

這一下不僅震痛了他的手，也震痛了他肩膀。

（4）重複共同的定語

We want such materials as can bear ***high*** temperature and pressure.

我們需要能耐高溫高壓的材料。

Metals are the best conductors and gases the poorest conductors of ***heat***.

金屬是熱的最佳導體，而氣體則是熱的最差導體。

（5）重複省略部分

英語中重複介詞，漢譯時重複介詞前面的名詞或動詞。

Ignorance is the mother ***of*** fear as well as ***of*** admiration.

無知是恐懼的根源，也是驚奇的根源。

He no longer dreamed ***of*** storms, nor ***of*** great occurrences, nor contests ***of*** strength.

他不再夢見風濤，不再夢見驚人的遭遇，也不再夢見搏鬥和角力。

英語的並列句常常在後一分句省去與前一分句相同的部分，以免重複。漢譯時，這些省略部分有時必須重複譯出。

Some metals are ***easy to machine***; others are not.

有些金屬易於加工；另一些金屬卻不易加工。

Locomotives ***are built*** of steel, and airplanes of aluminium.

火車頭由鋼製成，而飛機由鋁製成。

Water ***has*** the property of dissolving sugar, sugar the property of being dissolved by water.

水具有溶解糖的特性，糖具有被水溶解的特性。

英語中常用助動詞或不定式符號"to"代替前面相同的動詞，漢譯時應重複省略去的動詞。

Light travels more quickly than sound ***does***.

光傳播比聲傳播得快。

We have fulfilled our work ahead of schedule, so ***have*** they.

我們提前完成了我們的工作，他們也提前完成了他們的工作。

You may go with them if you want ***to***.

你願意去的話，也可以和他們一起去。

（6）重複所代名詞

He needs assistants in his research work, but he hasn't yet got a competent ***one***.

他的研究工作需要助手，可是他至今還沒有找到一個勝任的助手。

Jesse opened his eyes. ***They*** were filled with tears.

傑西睜開眼睛，眼裏充滿了淚水。

A large family has ***its*** difficulties.

大家庭有大家庭的難處。

（7）重複同義部分

While small ***generators*** frequently have revolving armatures, large ***machines*** usually have stationary armatures and revolving fields.

通常小型發電機採用旋轉的電樞，而大型發電機則採用固定的電樞和旋轉的激磁綫組。

For many applications thin-film ***resistors and capacitors*** offer certain distinct advantages over their junction ***counterparts***.

在許多場合，薄膜電阻、薄膜電容與結電阻、結電容相比有一些明顯的優點。

（counterparts 重複為"電阻、電容"，而不譯為"相似之物"。）

有時英語的一個詞或詞組，漢語卻用同義詞重複。

Sam in the parlour, his boss was at lunch ***on*** chop and wine.

山姆走進客廳，他的老闆正在吃豬排，喝酒。

His folks ***ate up*** everything he had.

他一家人把他所有的東西都吃盡喝光。

3. 用於表達生動活潑的重複

為使表達生動活潑，漢語的重複類型是多種多樣的。有不少場合，英語中並無重複，但漢譯時，採用重複法卻能更確切、更生動地表達原意。

（1）運用詞的重疊

He had his experiment report all written out ***neatly***.

他的實驗報告寫得清清楚楚。

I had been completely ***honest*** in my replies, withholding nothing.

我的回答完全是坦坦蕩蕩，直言無隱。

There are exceptions to ***every*** rule.

條條規則都有例外。

Only a very ***slight*** and very ***scattered*** ripple of ***half-hearted*** hand-clapping greeted him.

歡迎他的只有幾下輕輕的、零零落落、冷冷淡淡的掌聲。

（2）運用四字詞組

But there had been too much ***publicity*** about my case.

但我的事現在已經搞得滿城風雨，人人皆知。

He was admittedly ***shy***.

我們都認為他靦覥膽怯。

He showed himself ***calm*** in an emergency situation.

他在情況危急時，態度從容，鎮定自若。

With what seemed my last hope frustrated, I slipped into a deep ***lethargy***.

隨着最後一綫希望的破滅，我不知不覺地掉進一種懶怠冷漠，意氣消沉的狀態。

（三）英語專業詞的翻譯

專業術語是指社會科學和自然科學方面的專業性名詞。專業詞語是科技文獻的一大特點。原文的內容愈專門，專業詞語也愈多。這類詞語比一般詞語具有更精確、更固定的意義。

關於專業詞語的翻譯，要注意幾個問題，現分別說明如下：

1. 詞義的選擇

有些詞在一般用語和專業用語中的詞義完全不同。同一個詞用在不同的專業中，詞義也不一樣。例如名詞 pupil 在一般用語中為“小學生”，在解剖學上為“瞳孔”；名詞 cell在一般用語中為“小室”，在生物學上為“細胞”，在電學上為“電池”，在建築上為“隔板”。

這類詞有的使用範圍很廣，專業詞義很多。如名詞 column 在一般用語中為“柱”，但它可以用在許多專業中：在建築上為“圓柱”，在軍事上為“縱隊”，在數學上為“行”，在計算機上為“縱列”，在印刷上為“段”，在新聞業中為“(專)欄”，在電信上為“位”、“列”、“柱”或“區”，在化工上為“柱”、“塔”或“列”，在動物學上為“柱”或“莖(海百合)”，在機器上為“柱”或“牀身”，在農業機械上為“筒”、“塔”、“管”、“座”或“架”，在航空機械上為“駕駛杆”。又如動詞 feed 在一般用語中為“餵食”，而用在科技方面可以解作“供電”、“加水”、“添煤”、“上油”、“進料”、“進刀”等等。試看下面的例句：

She feeds the cow with bran.
她用麩皮餵牛。

This motor can feed several machines.
這部電動機可以給幾部機器供電。

We use pumps to feed fresh water into the boiler.
我們用抽水機給鍋爐加水。

They use mechanical stokers to feed coal into the furnace.
他們用自動加煤機給爐子添煤。

We can feed the oil into the bearing in several ways.

我們可以用幾種方法給軸承上油。

Tool carriage supports and feeds the cutting tools over the work.

刀架托住刀具對工件進刀。

翻譯這類詞必須根據所講的專業內容確定詞義，然後選用漢語與之相當的詞語來譯，否則雖然是個別詞語，譯法不當也會使整個句子的意思變得不好理解，甚至造成誤譯。所以，遇到不懂的或者不大熟悉的專業詞語，一定要仔細查閱有關的辭典或專業書刊，選用恰當的譯法。

2. 譯名的統一

專業的名詞術語一般都有各專業的習慣譯法，翻譯時應採用統一的譯名，因為譯名不統一，會造成混亂，影響對專業內容的理解。例如，nylon 這個詞現在通譯為"尼龍"，如果根據基本辭典把它譯成"耐綸"，或者隨便譯成"乃隆"，就可能被當成另一種材料。又如 laser（激光）過去譯為"萊塞"，但也有人譯成"鐳射"，不知者就會以為是兩種東西。

有些詞過去由於譯法不一，有好幾個譯名，翻譯時應採用通用的一種。如 cement 的譯名有"士敏土"，"水門汀"、"水泥"等。又如 gram 的新舊譯名有"公分"、"克蘭姆"、"格蘭姆"、"克"等，現在通用"克"。所以，遇到有幾種譯名的詞時，不要隨便根據詞典選用某個舊的譯名，而應查閱有關的書刊，採用通行的譯法。

3. 新詞語的譯法

科學技術是不斷發展的，隨着新的科學成就的取得，科技文獻中會出現一些新的詞語。遇到沒有翻譯過的新詞語，就要根據原詞的涵義，採用適當的方法譯成相當的漢語。翻譯新詞語的方法一般有譯義、譯音、音義兼譯、譯形等等，現分別介紹如下：

（1）譯義：

譯義是根據原詞的涵義譯成相當的漢語。這樣的譯名詞義明顯，易於理解和接受，所以在可能的情況下，應該盡量採用這種譯法。例如：

gramophone	留聲機
magnetophone	磁帶錄音機
telescope	望遠鏡
transformer	變壓器
loudspeaker	揚聲器
radio	收音機
bicycle	自行車
thermometer	溫度計
helicopter	直升飛機
jet	噴射機
submarine	潛水艇
photoflash	閃光燈

（2）譯音：

人名、地名一般是譯音的，還有一些不便譯義或者一時找不到相當的漢語來譯的詞也常用音譯法進行翻譯。例如：

a. 人名:

Watt 瓦特

Ohm 歐姆

Newton 牛頓

Einstein 愛因斯坦

b. 地名:

London 倫敦

Canada 加拿大

Italy 意大利

Poland 波蘭

c. 計算單位:

volt 伏特(電壓單位)

ampere 安培(電流單位)

joule 焦爾(功的單位)

hertz 赫茲(頻率單位)

d. 其他:

morphine 嗎啡

coffee 咖啡

aspirin 阿斯匹林

vaseline 凡士林

radar 雷達

D.D.T. 滴滴涕

譯音的詞由於詞義不易理解，往往要經過廣泛使用，並為大家所接受，才會成為比較確定的譯名，如"咖啡"、"尼龍"、"雷達"、"滴滴涕"等等。過去有些詞由於譯法不一，有幾種譯名，後來經過使用，其中的一種變成了通用的正式譯名，其他譯名就不再使用了。例如 metre 共有“密達”、“邁當”、“米尺”、“米”、“公尺”等幾種譯法，現在通用的是“公尺”或者“米”。

還有一些詞原來是譯音的，在使用過程中逐漸轉為譯義，原來的譯名雖然有的還在使用，但多數已不再通行。如：

	舊譯名（譯音）	新譯名（譯義）
camera	開麥拉	照相機、攝影機
telephone	德律風	電話
microphone	麥克風	傳聲器、話筒
combine	康拜因	聯合收割機
engine	引擎	發動機
motor	馬達	電動機
vitamin	維他命	維生素
cartoon	卡通	動畫片
penicillin	盤尼西林	青黴素

所以，凡是能夠譯義的詞都應該避免譯音。如果只能譯音，也要考慮譯名是否容易為人接受，注意按照標準讀音，選用易讀易記的漢字來譯。有些譯名還可以盡量簡化，如“歐姆”（電阻單位）簡化為“歐”，“卡路里”（熱量單位簡化為“卡”等等）。

此外，英語中有些人名和地名是從別的語言音譯過去的，如果按照英語音譯成漢語，往往和原名不同，如 Columbus（哥倫布）按英語音譯就會變成“科倫伯斯”，

Yokohama（橫濱）就會變成"由克哈馬"。Tokyo（東京）Haloyama（鳩山）等專有名詞，是根據漢字日語拼音譯成英語的，所以這些詞譯成漢語時，必須還原。凡是遇到這類人名和地名時，要注意查對，以免譯錯。

（3）音義兼譯：

有些詞是採用譯音與譯義相結合的方法翻譯的，這種譯法是在音譯之後加用一個表示特點的詞，或者一部分譯音，一部分譯義，使詞義比單純譯音的較易理解。

a. 譯音後加用表示特點的詞：

Czar 沙皇

beer 啤酒

card 卡片

jeep 吉普車

cigar 雪茄烟

carbine 卡賓槍

rifle 來復槍

flannel 法蘭絨

b. 一部分譯音，一部分譯義的詞：

motorcycle 摩托車

neon sign 霓虹燈

Einstein equation 愛因斯坦方程

Kilowatt 千瓦

microfarad 微法

ultracalan 超卡蘭（絕緣材料）

(4) 象譯:

英語用字母或詞描述某種事物的外形，漢譯時也可以通過具體形象來表達原義。它既不是意譯，也不是音譯。但作為一種翻譯手段，可補意譯和音譯的不足，稱之為"象譯"。大致有下面三類:

a. 以丁、工、人、十、之等漢字表達形象:

T-plate	丁字板
T-socket	丁形套管
I-bar	工字鐵
I-steel	工字鋼
I-shaped	工字形
cross-wire	十字綫
cross-	十字形的
crossroads	十字路口
herring bone pattern	人字形
herring bone gear	人字齒輪
zigzag road	之字路
pyramid	金字塔

b. 直接以拉丁字母表達形象:

Y-connection	Y 形連接
X-tube	X 形管
U-pipe	U 形管
Z-beam	Z 字樑
A-frame	A 形架
C-washer	C 形墊圈

O-ring	O 形環
S-wrench	S 形板手

c. 借用各種事物的形象來表達：

T-track	錘形徑迹
U-bolt	馬蹄螺栓
V-belt	三角皮帶
set square	三角板
clamp	弓形夾具
U-steel	槽鋼
Y-pipe	叉形管
X-type	交叉形

d. 其他譯法：有些詞由於上述譯法不適用，就用保留原詞不譯的辦法來處理。

X ray	X 射綫
Y alloy	Y 合金
Z axis	Z 軸
"C" neutrons	"C"中子
Co^{60} experiment	Co^{60} 實驗
n-p-n transistor	n-p-n 晶體管
p-n-p transistor	p-n-p 晶體管
vitamin B_{12}	維生素 B_{12}

（5）創造新詞

這主要是指化學元素而言。其他術語應避免採用這種手段，不要生造誰也不懂的新詞。

化學元素:

uranium 鈾　　carbon 碳

化學名詞:

benzene 苯　　ether 醚

藥物名稱:

sulfadiazine 磺胺嘧啶(消炎藥)

phenolphthalein 酚酞(瀉藥)

度量單位:

foot 呎　　inch 吋

mile 哩　　yard 碼

語言反映生活，它與生活具有密切的聯繫。如:“麥當勞”、“漢堡包”、“卡拉 OK”等。特別是新術語的發展速度更是驚人。有人統計每年大約產生 10 萬個新術語。

傳統的漢字造法常重“音、形、義”結合，對術語重意譯，如 LASER 幾經周折，最後才譯為“激光”，真是“一名之立，旬月踟躇。”“一名之定，十年難期”。這種速度太慢了。一年全世界新出版的書，以數量計，相當於中國過去三千年著作的總和。據説日本每天平均出版新書一千種，如果用意譯的速度去譯，顯然趕不上時代的要求。所以，有人建議，中國應放棄“術語民族化”，採用“術語國際化”。“術語國際化”又分兩種，一種是“詞形國際化”，另一種是“讀音國際化”。所謂“詞形國際化”就是用拉丁字母作為正式文字來表達科技術語。所謂“讀音國際化”，即以發音為準。過去只要求字形分清，眼睛看明就行。而今是傳聲技術時代，傳達信息不能只靠視覺，還要靠聽覺。有時甚至專靠聽覺。如把語言傳到地球衛星上去，傳到海底潛艇裏去，要傳到飛馳的汽車和飛機上去，依靠"字形"是不行的。

我認為中國對術語的翻譯應該採取兼收並蓄的態度，能用"民族化譯"就盡量用意譯，如果實在難譯可以先採用"國際化術語"移植，然後由時間來檢驗，就如"德莫克拉西"後來譯成"民主"一樣。有的用音譯一直沿用下來，如logic（邏輯）。不要把本來明明可用漢字表達的詞，隨便用蟹形文字去表達它。如你"un 不 understand?"這句話一樣就不好了。

（6）縮寫詞和符號的譯法

英語裏經常出現縮寫詞，特別是英語專業詞經常用縮寫詞。這些縮寫詞大多由詞組內各詞的首個字母組成，代表公司、社團和政府機構的名稱，或為專業技術語。例如：

I.B.M = International Business Machine Corporation
國際商用機器公司（美）

ADP = automatic data processing
自動數據處理

DOD = Department of Defense
國防部（美）

FET = field effect transistor
場效晶體管

A.Ch.S. = American Chemical Society
美國化學學會

B.P. = birthplace 出生地

W.B.C. = white blood cell 白血球

縮寫詞原則上都要譯出。如果原文中未注明其全稱，則須查閱有關詞典有根據地翻譯。只有某縮寫詞在國內外已經通行時，才可採用形譯法，照抄原文，如 USA（美國）。凡是縮寫詞首次出現時應注明其中譯名。

有些由縮寫詞構成的新術語，意譯太長，音譯也不合適時，可採用"形譯 + 意譯"法，照抄原縮寫詞。例如：Impatt 是 impact avalanche transit time diode（碰撞雪崩越時間二極管）的縮寫，可譯為 Impatt 二極管

科技英語中常用的數學、物理和化學符號通常照抄不譯，但句中單獨使用的化學符號以譯出為好。

至於單位符號（多為縮寫詞）則應譯出。例如：

ft／$cu.yd^3$ 英尺／$碼^3$　　kg/mm^2 千克／$毫米^2$

r.p.m. 轉／分

第五章
英漢成語的比較與翻譯

一　關於英漢成語

本章所指的成語是廣義的。凡是社會上口傳耳聞，常為人們所用的諺語和習語等皆稱成語。每種語言都有豐富多彩的成語，這是各民族人民在長期使用語言的過程中，千錘百煉創造出來的，具有濃厚的民族、歷史和地方色彩。成語一般具有言簡意賅、形式簡練、形象生動、趣味雋永的特點。準確熟練地運用成語可以增強表達能力，也可以看出一個人掌握使用某種語言的水平。各種語言中的成語極鮮明地顯示出該語言的特點，也是該語言與別種語言差異最大，最難翻譯的部分之一。

成語好比是一面鏡子。它反映出一個民族或一個文化的特點。英漢成語的若干差異正説明了這一點。現從幾個方面略加比較。

（一）比喻上的不同

中國人常常用成語"雨後春筍"來形容一般事物的迅速發展和大量湧現。英語則用"just like mushrooms"（猶如蘑菇一樣眾多）來形容同樣的意思。竹子不是英國土生土長的植物，甚至連"bamboo"(竹)這個詞也是引進來的外來詞。因此，英國人不可能以竹筍作成語的形象來比喻。

試比較：

Kill the ***goose*** that lays golden eggs.

殺雞取蛋。

Look for a needle in a ***haystack***.

大海撈針。

Like a ***rat*** in a hole.

甕中之鱉。

No ***smoke*** without ***fire***.

無風不起浪。

A good conscience is a ***soft pillow***.

日間不做虧心事，夜半敲門心不驚。

Neither ***fish*** nor ***fowl***.

非驢非馬。

You cannot make a ***crab*** walk straight.

是狼改不了吃肉，是狗改不了吃屎。

（二）風俗上的不同

狗對於英國人來說，既可以用來看門或打獵，也可視作人的伴侶和愛物。所以英國人對狗一般有好感，常用來比喻人的生活。

例如：

dog tired 非常疲倦

to dog one's steps 跟某人走

top dog 重要的人

lucky dog 幸運兒

as faithful as a dog 像狗一樣忠誠

Love me, love my dog. 愛屋及烏。

Every dog has his day. 凡人皆有得意的日子。

但是，在英語中，"dog"有時受外來的影響也含有貶義。例如:

a surly dog 性情乖戾的人

that/this dirty dog 那個狗東西

He is in the doghouse. 他名聲掃地了。

He was a bit of a dog in his younger days.
他年輕時過着花天酒地的生活。

中國民間雖然有養狗的習慣，但一般在心理上卻厭惡鄙視這種動物，常用來形容和比喻壞人壞事。例如:

狗腿子 lackey

狗雜種 bastard

狗養的，狗崽子 son of a bitch

狗膽包天 monstrous audacity

狗急跳牆
A cornered beast will do something desperate.

狗嘴裏長不出象牙
A filthy mouth can't utter decent language.

(三) 文化背景上的不同

中國自古以來長期是一個以農業為主的大國，農業人口佔很大比例，因此，成語中有很大一部分是農諺。例如:

斬草除根；　　瓜熟蒂落；
解甲歸田；　　柴多火焰高；
揠苗助長；　　瑞雪兆豐年；
枯木逢春；　　桃李滿天下；
順藤摸瓜；　　樹大招風；
撿了芝蔴，丟了西瓜；
雨後春筍

英國是一個島國，英國人喜歡航海，因此，有很大部分成語源於航海事業。例如：

to know the ropes 懂得秘訣；內行
to tide over 順利度過
to sink or swim 好歹；不論成敗
to go with the stream 隨波逐流
to clear the decks 準備戰鬥
all at sea 無主意
plain sailing 一帆風順
to rest on one's oars 暫時歇一歇
to keep one's head above water 奮力圖存

有一部分成語出自歷史事件、寓言、故事等，這類成語可以稱為典故成語。英漢典故成語各有自己的民族淵源，可以說相似的很少。但也有少數近似的，例如："blow hot and cold"與"朝三暮四"。

"blow hot and cold"出自《伊索寓言》，講一個人冬夜在山林中迷路，碰到一個山林小神(satyr)領他回自己小屋。路上這人不斷向手上呵氣，山林小神問他幹甚麼，他說手冷麻木了，呵氣取暖。到家後，山林小神給他端來一碗熱騰騰的粥，那人端到嘴邊又吹氣。山林小神問他又幹甚麼，他回答說粥很燙，想把粥吹涼。山林小神對他說：“你嘴裏的氣既吹熱又吹冷(blow hot and cold with the same breath)，這樣的人我不接待，你走吧。”寓言原喻“避免與性情模稜兩可的人交往”，現意：“動搖不定，反覆無常”。

“朝三暮四”出自《列子·黃帝》，有個養猴子的人拿橡子餵猴子，告訴他們早上給三個橡子，晚上給四個，猴子都很生氣，他又說早上給四個晚上給三個，猴子就都高興了。原來比喻用作詐術欺騙，後來比喻反覆無常。

但是“Love is blind”與“情人眼裏出西施”卻有些細微區別。“Love is blind”出自莎士比亞《威尼斯商人》，它含有看不到情人缺點之意，而未能傳達“出西施”的意思。“情人眼裏出西施”中的“西施”是美女的代表，是美的化身。所以漢譯英時，不能生搬硬套。例如在《紅樓夢》七十九回有這麼一段：

> 寶玉忙道：“……只是這姑娘可好，你們大爺怎麼就中意了？”香菱笑道：“一則是天緣，二來是‘情人眼裏出西施’。”
>
> “...What's the girl like? How did he come to take a fancy to her?”
>
> “It's partly fate, and partly a case of ‘Beauty is in the eye of the beholder.’”

這裏譯者用不帶甚麼色彩的“Beauty is in the eye of the beholder.”。就譯得比較準確傳神。

二　英漢成語互譯的幾種方法

（一）直譯法：

直譯不是一字對一字的死譯，而是照字面翻譯，不作太多的引伸和注釋，喻義自明。

1. 英譯中：

golden age 黃金時代

to show one's cards 攤牌

to turn over a new leaf 揭開新的一頁

He laughs best who laughs last.
誰笑在最後，誰笑得最好。

Necessity is the mother of invention.
需要是發明之母。

We never know the worth of water till the well is dry.
井乾方知水可貴。

2. 中譯英：

到甚麼山上唱甚麼歌。
Sing different songs on different mountains.

做一天和尚撞一天鐘。
So long as I remain a bonze, I go on tolling the bell.

天下烏鴉一般黑，老狼都是吃肉的。
All crows are equally black, all wolves eat meat.

秀才不出門，全知天下事。
Without stepping outside his gate, the scholar knows all the wide world's affairs.

路遙知馬力，日久見人心。

A long road tests a horse's strength and a long task proves a man's heart.

採用直譯法一般可以保留原文的形象和色彩，引進的成語經過時間考驗，有些可以成為新的血液補充到漢語機體中去。在英譯中，採取直譯法，也可以把具有中國特色的成語的原來形象和色彩在譯文中保留下來。

（二）借用法：

英語和漢語都擁有豐富的成語。有的漢語習語和英語同義習語在內容和形式都符合，它們不但有相同的意義或隱義，並且有相同的及相類似的形象或比喻。在翻譯時，可以採取借用法。

burn one's boats 破釜沉舟
Walls have ears. 隔牆有耳
go through fire and water 赴湯蹈火
Man proposes, God disposes. 謀事在人，成事在天。
plain sailing 一帆風順
fish in troubled waters 混水摸魚
pour cold water over（或 on）潑冷水
Know something like the palm or back of one's hand 瞭如指掌
Constant dripping wears the stone. 滴水穿石
a thorn in the flesh 肉中刺
Facts speak louder than words. 事實勝過雄辯。

有些英語成語與漢語成語設喻不同，但喻義是一致的，也可借用。

a flash in the pan 曇花一現，虎頭蛇尾
have one foot in the grave 已是風燭殘年
at the end of one's rope 山窮水盡
The spirit is willing but the flesh is weak.
心有餘而力不足

有些英漢成語雙方都不借用比喻，它們的意義都在字面上，開門見山，可以望文生義。一般説來，此類習語翻譯比較簡單，不會產生保持民族或地方色彩的問題，可以大膽借用對方的同義語來表達。

一舉 at one stroke
時作時綴 by fits and starts
亂七八糟 at sixes and sevens
智窮才盡 at one's wit's end
垂頭喪氣 in low spirits
雜亂無章 out of order

有的漢語習語本身沒有借用比喻，但其英語同義習語卻有比喻，在這種情況下，如果後者的比喻比較樸實，不具有濃厚的民族或地方色彩，也可斟酌上下文的情況，加以借用，以便更有效地表達原作的思想內容。

少年老成 to have an old head on young shoulders
物以類聚 Birds of a feather flock together.
以其人之道還治其人之身 to pay back in his own coin

（三）意譯法：

在直譯和借用漢語成語都不妥當時，我們便只好犧牲原文引用習語的風格，配合上下文進行意譯，以便保持原作思想內容的完整性。

to have other fish to fry 有別的事幹

to rain cats and dogs 下傾盆大雨

have a bee in one's bonnet
胡思亂想；被某個念頭困擾

hit the nail on the head 說得中肯；一語道破

放下包袱 get rid of their burden

開動機器 start up the machine

格格不入 misfit

變本加厲 step up

生靈塗炭 plunge the people into misery and suffering

（四）直譯意譯兼用法：

有時為了更確切地表達原意，譯者可同時兼用直譯法和意譯法來翻譯習語。

搬起石頭打自己的腳
Lifting a rock only to have his own toes squashed.

不到黃河心不死
Until all is over ambition never dies.

"心不死"直譯為 ambition never dies；"不到黃河"如直譯為 until the Yellow River is reached，外國讀者會看不懂，只好意譯為 until all is over.

"垂着一尺長的涎水。"
The mouth waters copiously.

"(流)涎水"可直譯為 mouth waters 但"一尺"不直譯為 one foot，只能意譯為 copiously.

（五）註譯法：

嚴格說來，加註不能算是一種譯法，但對它們的處理是否得當會直接影響譯文質量。

寫文章或翻譯，加註總是不得已之事。一篇文章如果註解多了，讀起來往往不痛快，失去流暢之感。但有的習語只有在歷史背景和典籍出處說明以後才能充分表達它的意義，所以譯者有時必須酌情考慮利用註釋法使習語的含義充分表達出來。有的典故初次向國外介紹時，必須依靠註釋的幫助，等以後傳開了，大家都懂了，註釋也就不需要了。

在一本書中，譯者把"葉公好龍"直譯為 Lord Yeh's love of dragons，然後另加註釋：Lord Yeh was so fond of dragons that he adorned his whole palace with drawings and carvings of them. But when a real dragon heard of his infatuation and paid him a visit, he was frightened out of his wits.

"守株待兔"這個習語，有一位譯者把它翻成"watching the stump and waiting for a hare"然後另加註釋：From the story of a peasant who, seeing a hare run headlong against a tree-stump and break its neck, abandoned his plough and waited by the stump in the hope that another hare would do the same thing.

從上下文看，這種處理方法是很得體的。這個習語，有時也可譯成：Waiting for gains without pains.

三　英漢成語互譯時應注意的若干問題

（一）應注意對同一習語的譯法並不是一成不變的，必須根據上下文不同，靈活地加以處理。如："謀事在人，成事在天。"一般譯為英語："Man proposes, God disposes." 但在下面句子中，卻不能不作改變。

> "謀事在人，成事在天"，咱們謀到了，靠菩薩的保佑，有些機會，也未可知。（《紅樓夢》第六回）
>
> Man proposes; Heaven disposes. Work out a plan, trust the Buddha, and something may come of it for all you know.

話中提到菩薩（Buddha）是佛教詞語，God disposes 卻是基督教詞語，譯文如不改變會造成矛盾，所以只好把"God"改成"Heaven"。

又如：rack one's brain; cudgel one's brain(s)，在不同漢語句子中，根據不同上下文，可譯成：絞盡腦汁、挖空心思、苦思冥想、費盡心機、煞費苦心、搜索枯腸、殫思極慮等。又如：

> 方案一公佈，大家就七嘴八舌地議論開了。
>
> Publication of the draft plan touched off a lively discussion with everybody eager to put in a word.

在上面句子中，"七嘴八舌"已表達出來了。就不要硬加上"with seven mouths and eight tongues"，那是外國人看不懂的。

又如："艱苦奮鬥"在不同的上下文裏可以分別譯為：plain living and hard work 和 hard and bitter struggle，前者指艱苦奮鬥的作風，後者指為了國家復興而艱苦奮鬥。

（二）要注意在譯文中保全原文的風格。如果成語是古語，就要翻得古雅些，成語是通俗口語，就要翻得生動活潑和口語一點。

……老子說："民不畏死，奈何以死懼之。"

...Lao Tze said, "The people fear not death, why threaten them with it."

以其人之道，還治其人之身。

Do unto him as he does unto others.

己所不欲，勿施於人。

Do not do unto others what you would not want others to do unto you.

無可奈何花落去。

Flowers fall off, do what one may.

"寫情書，就要像一封情書，不能像篇乾乾巴巴的八股。"（周立波）

A love letter must be like a love letter, not like a ***dry*** textbook.

"這斷子絕孫的阿Q！"遠遠地聽得小尼姑的帶哭的聲音。（魯迅）

"Ah Q, may you die ***sonless***!"....

（三）凡是含有較明顯的民族和地方色彩，或者附有一定的人名、地名的成語，翻譯時，通常不能拿來互相替換。例如：

To carry coals to Newcastle（運煤炭到紐卡斯爾去——多此一舉），就不要譯成：帶着瓷器上浮梁。（浮梁是中國古時產瓷器的盛地）。

To teach one's grandmother to suck eggs，就要不譯成：夫子廟前賣文章；關公面前耍大刀。

Two heads are better than one.（一人不如兩人智），就不要譯成：三個臭皮匠，勝過一個諸葛亮。

對於多數字面上顯示民族色彩的成語，譯者最好採用直譯的辦法以保留這種色彩，漢譯英尤其如此。只能意譯時，也多選中性詞來譯，即把有民族色彩的詞語譯成不帶色彩的詞語。例如"一個和尚挑水吃，兩個和尚抬水吃，三個和尚沒水吃"可以譯成英語：Everybody's business is nobody's business. 或 One boy is boy, two boys half a boy, three boys no boy.

又如：説到曹操，曹操就到。英譯時也可以考慮借用英語成語：Talk（或 Speak）of the devil and he will（或 is sure to）appear. 有些譯本用 Tsao Tsao 代替 devil，既利用了英語的架子，又保留了漢語成語的特色。但曹操是歷史人物，與上下文無聯繫，對讀者來説，會造成突兀之感，所以還是不要這樣用，要用最好加以註釋。

又如譯"落水狗"和"喪家之犬"時，要緊密結合上下文，否則反而要在英語讀者心中引起與原意不相符的感受。

（四）對成語要有確切的理解，決不要望文生義，造成誤解。例如：

To go home，作為自由詞組，是"回家"的意思。但用作成語往往表示"擊中要害"和"發生影響"的意思。

有些英語成語看起來與漢語某些成語相似，但意義卻完全不同，或存在着細微的差別。所以，翻譯時要特別注意。例如：

To move heaven and earth，很容易使人聯想到"驚天動地"、"翻天覆地"。其實它只是表示"千方百計"、"不遺餘力"的意思。

To wash one's hand，很容易誤解為"洗手不幹"，其實，它卻含有"斷絕關係"，"推脱責任"的意思。

Bark at（或 bay）the moon 和"蜀犬吠日"，這兩個成語雖然設喻差不多，但情景和思路大不一樣。前者是狗想嚇唬月亮，而後者指狗見到太陽感到怪異而害怕。前者比喻"空嚷"、"做徒勞無益的事"；後者比喻"少見多怪"。

（五）翻譯成語時要分辨，哪些成語含有褒義，哪些成語只用於貶義，哪些成語褒貶兩可。例如：

It's an ill wind that blows nobody good.

天下無絕對的壞事。(有弊必有利。)

這句成語看起來好像是壞意，其實是好意。

Birds of a feather flock together.

物以類聚，一丘之貉。

這句成語看起來並無貶意，其實卻表示消極的意義。

To be hand and/in glove with，既可以用於褒義，又可以用於貶義。翻譯時，要根據上下文。不能不加區別，一概譯成"親密無間"。

試比較：

The two friends are hand in glove with each other.

這兩位朋友親如手足。

The traitors and the enemy were working hand in glove with each other.

賣國賊和敵人相互勾結。

Every official is hand in glove with him.

當官的跟他穿一條褲子。

又例如: to lock the stable door after the horse has been stolen，有人譯成"亡羊補牢"，並不妥當。"亡羊補牢"是"猶為未晚"，含義是積極的。英語成語是說"馬已被盜，再關廐門無益了"，含義是消極的。因此這成語應譯為"賊去關門"較為妥當。

（六）要盡量使譯文簡潔、流暢，使之讀起來順口，聽起來悅耳。例如:

"看菜吃飯，量體裁衣"這對成語搭配得十分完整，而且極其簡潔對稱。如譯成: to eat your rice according to the dishes served，measure the man before cutting the cloth，就顯得不夠簡潔和對稱，念起來也不那麼順口。如譯為: to regulate the appetite according to the dishes，cut the dress according to the figure，這個譯文和前一種譯法不同，省了幾個字，是簡潔些，但在對稱方面仍不理想，不如下面譯得好: to fit the appetite to the dishes and the dress to the figure，這個譯文用字最少，意思也很清楚，保持了原文的對稱、簡潔、流暢的特點。

又如: "吃一塹，長一智"，譯成"a fall in the pit，a gain in your wit"，這個譯文，不但節奏感強，而且又有押韻，唸起來十分順口。

漢語成語喜歡用四字句。英語成語卻常以縮略的形式出現。例如: Jack of all trades and master of none（雜而不精的人）可縮略為 a Jack of all trades，其含義不變。

又如：If you run after two hares, you will catch neither.（腳踏兩頭船，必定落空）可縮略為 To run after two hares，含義也不變。譯者必須了解英漢成語語言形式的特點，才能在英漢互譯時，有意識地加以運用。

（七）英漢互譯時，為了使讀者看得懂，可根據上下文添詞或減詞。

漢語成語多是四字組成。它的優點是結構整齊、言簡意賅。但譯成英語時，不能僅從字面意義去譯，而應該領會其精神實質，把其內在的思想譯出來。因此，必要時要加詞。例如：

驚弓之鳥

Like birds startled by ***the mere twang of*** a bow string

從字面上看加了一個 twang，但這字卻使譯文生色不少，起了畫龍點睛的作用。

又如：

班門弄斧

Show off one's proficiency with the axe before Lu Ban ***the master carpenter***.

如果不在譯文中加上 the master carpenter，只譯 Lu Ban，恐怕大多數英國人不知道 Lu Ban 是何許人。

和加字情況相反，有些成語在譯為英語時用不着把每個字的字面意思都譯出，有些意義在譯文中已體現出來就省去不譯。所以，翻譯時，要看準下筆。

例如："雪中送炭"譯成英語時應突出雪和炭的形象。"送"在這裏並不是重點。有人譯成：to offer fuel to a

person in snowy weather，還有人譯成：to offer fuel in snowy weather，都未能清楚地表達出原文的含義。後來有人把這句成語譯成：fuel in snowy weather，這一下子，把雪和炭的對比突了出來。"送"字卻省略了。又如：

山雨欲來風滿樓

The wind sweeping through the tower heralds a rising storm in the mountains.（直譯）

The sweeping wind heralds a rising storm.（省略後更簡潔）

譯者只保留了原文的主要比喻，省略了"山"、"樓"的字眼。這些字眼的介紹，不但無助於整個譯文的表達效果，反而會分散讀者的注意力。

有時兩個表示同一個意思的漢語成語連在一起，在修辭上起了美化音調、形式以及加強語氣的作用。英譯時，這種成語沒有兼收並蓄的必要。例如：

"取之不盡，用之不竭"，英譯時僅用"inexhaustible"一詞就把意思清楚地表達出來了。

又如：沉魚落雁之容，閉月羞花之貌。只要譯成"Her beauty would put the flowers to shame."

四字成語往往含義重複，在修辭上很優美勻稱。但翻譯時，只要譯出其中一組的意思就可以了。例如：

花言巧語 fine words

油嘴滑舌 glib tongue

長嗟短嘆 sighing deeply

精疲力盡 exhaustion, exhausted

吞吞吐吐 stumbling, hesitating

千絲萬縷的聯繫 innumerable links

發號施令 issue orders

土崩瓦解 fall apart

（八）有時候，英語原文雖然沒有用成語，但在一定上下文中，在忠實於原文和總的風格前提下，可以把英語原文中有些詞和詞組譯為漢語四字句。但要防止不加推敲，濫用漢語四字句，例如：

Over the past several weeks, she had grown increasingly ***restless***.

過去幾週，她越來越六神無主。

I was nervous before ***crowds***.

我在大庭廣眾之前感到緊張。

He greeted me with a ***bemused look***.

他歡迎我時，滿臉是呆若木雞的表情。

It was a privilege revocable at any time on the ***whims*** of the authorities.

這種恩賜只要當權者心血來潮隨時可以取消的。

（九）為了豐富本族語言，在翻譯時，盡量避免用含義相當的成語互譯，力求保持原作的形象與神韻，多採用本族人民所能接受的形式，進行直譯。鴉片戰爭以後，由於向西方學習而引入了不少新詞，有人統計，外來新詞幾乎佔漢語詞彙總數一半，但外來成語卻不超過漢語成語總數百分之一。

《漢語成語研究》分析其原因是："漢語中的成語一向

就很豐富，當我們進行翻譯，碰上一條外國成語的時候，很容易想起一條含義與之相當的自己的成語。為了駕輕就熟(翻譯的人省事，讀者也易於理解)，我們每每採用了自己語言中固有的成語，而不去費力翻譯那條外國成語，這就是我們在文章中常常拒用外來成語的原因。"該書並舉了下面的例子：Who keeps company with the wolf will learn to howl. 這個英語成語使我們很快想到"近朱者赤，近墨者黑"，或"染於蒼則蒼，染於黃則黃"。如直譯："跟狼作伴，就要學會狼叫"，不更形象些嗎?

比如："armed to the teeth"，譯成"武裝到牙齒"，就比譯成"全副武裝"形象突出得多。

又比如：Where there's smoke, there's fire. 譯成："有烟必有火；無火不起烟"，就比套用漢語成語："無風不起浪"，更能保持原作的形象和民族色彩。

第六章
文化、思維與翻譯

一　中外文化差異

比較是人們認識客觀事物的一種重要方法。在各個科學中廣泛使用。在某種意義上來說，語言學是在比較的基礎上開始萌芽，建立和發展起來的。這種方法也適用於英漢翻譯。英漢語言正因為有"同"才可以翻譯，正因為有異才產生"技巧"。但早期語言比較多着重於兩種語言語音和語法結構上的比較，即着重於語音、語系、詞法、句法和修辭上的比較並取得了成果。但這還不夠。近些年來語言學家除了對兩種語言結構進行對比研究外，同時對兩種文化進行了對比研究。從語言對比到文化對比，這表明對比的發展已進入了一個新的階段。"指明事物的異同所在不難，追究它們何以有此異同就不是那麼容易了，而這恰恰是對比研究的最終目的。"(呂叔湘)本章是想通過中西文化和思維的比較對中西語言進行研究，以求回答中外語言"何以有此異同"。

文化是人類社會實踐過程中所創造的物質財富和精神財富的總和。一個民族既有自己的語言，又有自己的文化。語言是文化的一部分，但語言像一面鏡子反映着民族的全部文化，又像一個窗口揭示着該文化的一切內容，而文化又是語言賴以生存的基礎，是語言新陳代謝的生命源泉。從語言學角度看，語言既是文化的反映，又是掌握一種文化的直接有效的工具。

每個民族都有自己的文化。這種文化是在特定自然環境、歷史條件、地理位置和社會現實中形成的，因此具有特殊性。要掌握一種語言就要熟悉其背後的文化特殊性，就要洞察本族文化與其他民族文化的差異。現從幾個方面略加比較：

（一）文化背景上的不同

中國自古以農立國，農業人口多，故用語不少是農諺。上文已有提及，茲再舉例如：

槁木死灰 withered wood or cold ashes
骨瘦如柴 be lean as a rake
對牛彈琴 cast pearls before swine
滾石不生苔 A rolling stone gathers no moss.
眾人拾柴火焰高 Many hands make light work.
竹籃打水一場空 drawing water in a bamboo basket means drawing nothing.

英國人喜歡航海，故用語不少源於航海事業。例如：

Hoist your sail when the wind is fair. 好風快揚帆

Still waters run deep. 靜水流深

In a calm sea, every man is a pilot.
海面平靜，人人都可當舵手

A small leak will sink a great ship. 小洞不堵要沉大船

（二）風俗上的不同

中國和英國人都說："用我的心愛你。""I love you with my heart"。

但奈達(Nida)說，非洲有的民族卻說：Love with my liver, love with my stomach，甚至說，Love with my throat。

有一個略懂一點英語的中國內地人向外國人介紹自己愛人(妻子)時用"lover"一詞，外國人聽了十分驚奇，因為 lover 在英語表示情夫或情婦的意思。而漢語中的"愛人"，相當於英語的"husband"或"wife"。

中國人把貓頭鷹當作不吉祥的象徵，但英語中卻說，as wise as an owl，把貓頭鷹當作智慧的象徵。

中國人把"龍"視為吉祥的神物，有不可思議的偉大力量，因而成為至尊無上的帝王的象徵，甚至把它看作是光明的未來，"望子成龍"。可是英美卻把"龍"視為噴煙吐火的凶殘怪物。

（三）聯想上的不同

語言是表達思想的，而思想是客觀的反映。人類有許多共同的生活經驗，共同感受，所以不同文化也有不少重合處(cultural overlaps)。比如：在英漢兩種語言中，都用雪比喻白，用金比喻黃，用狐狸比喻狡滑，用猴子比喻靈活，但由於受到客觀條件的制約，不同的民族往往用不同的比喻表達同一的思想。例如：漢語用一箭雙雕，英語用一石雙鳥，德國用一掌雙蠅，俄語用一石雙兔。漢語用山中無老虎，猴子稱霸王，英語用 In the land of the blind, the one-eyed man is king。漢語說"身壯如牛"，英語說"as strong as a horse"；漢語表示一個人大口大口地喝水，常說"像牛飲"，英美人卻說"drink like a fish"。類似的還有：

膽小如鼠 as timid as a rabbit
如魚得水 like a duck to water
多如牛毛 as plentiful as blackberries
一箭之遙 at a stone's throw
水中撈月 to fish in the air
石沉大海 remain a dead letter
半瓶子醋 half-baked
蠢得像豬 as stupid as a goose
守口如瓶 dumb as an oyster
害羣之馬 black sheep
揮金如土 to spend money like water
醉如爛泥 drunk as a sailor
掌上明珠 the apple of somebody's eye
畫蛇添足 gild the lily
海底撈針 to look for a needle in a haystack
熱鍋上的螞蟻 like a cat on a hot tin roof
濕得像落湯雞 as wet as a drowned rat
瘦得像猴子 as thin as a shadow
一丘之貉 birds of a feather
吹牛 to talk horse
如履薄冰 to tread upon eggs
棋逢敵手 diamond cut diamond
掛羊頭賣狗肉 cry up wine and sell vinegar

（四）制度、信仰和世界觀不同

在多元化的世界裏，因各民族制度、信仰、審美觀、道德觀和價值觀千差萬別，人們往往對同一事物與詞彙有着不同的看法與理解。比如：對社會主義（socialism）就有不同的看法，有中國式的社會主義，有蘇聯式的社會主義，有新加坡式的社會主義，印度式的社會主義，緬甸式的社會主義。對人權（human rights）也有不同看法，英美的人權主義，和發展中的國家所理解的人權主義也不同，民主（democracy）；自由（freedom）；正義（justice）；人道主義（humanism）等抽象概念，都因立場不同而有不一樣的理解。

又如，自然界是五顏六色的，綠色的田野，藍色的天空，紅色的玫瑰，白色的雲朵，人類的感覺是相同的，但顏色一用於人類社會在人們心目中就產生特定的意義，引起特殊的聯想，激發特別的感情，這樣的顏色已不再是客觀的物質色，而變成了抽象的象徵色，浸入了文化的染體。黑色變成壓抑的象徵，玫瑰色寄託了人的希望，白色表示無辜與純潔，綠色帶來了一片生機。然而，顏色也常因特定環境與文化不同，其象徵意義也不同。在英語世界黑色表示悲哀與莊嚴，而在中國和朝鮮以白色表示哀悼，有時也用黑色；綠色對英美人有時意味着妒嫉，而對法國人有時卻意味着不記前嫌。在歐洲，紫色一般是權力的象徵，而在東方黃色是不可侵犯的權貴顏色。

又如，對數字，各民族也有各自偏愛。三、五、八、九在中國詞彙中出現的頻率較高，常用來表示數量多。如：三山五嶽、三令五申、三教九流、三五成羣、三皇五帝、五湖四海、三番四次、三思而行、三打祝家村等。在廣東和香港，“八”成為最受歡迎的數字，因為它在廣東話中與“發財”的“發”諧音，逢“八”那一天，報紙上的廣告也特別多，廣告收費也最高。

“13”這個數字在西方是大忌，住宅的門牌號碼、運動員的號碼都迴避這個數字，但北京人卻偏愛這個數字。清末小説家文康在《兒女英雄傳》裏塑造了俠女“十三妹”。無獨有偶，明陵恰好是十三座，統稱“十三陵”。一個北京百年老店同仁堂藥舖，號稱“十三太保”。

（五）社交禮節上的不同

美國人打招呼時，經常説：“Hello”, “Hi”。而中國人踫面時卻經常説：“你吃飯沒有？”難怪有一個到中國留學的外國學生聽了很生氣，用結結巴巴的漢語説：“你們為甚麼老問我吃了飯沒有？我有錢！”

中國人喜歡問：“Where are you going? Where have you been?”

有些講英語的人聽了很不高興，心裏説：It is none of your business!（你管得着嗎？）

外國人告別時通常説：Good-bye, Bye-bye 或 Bye，或 See you later，或微微一笑並伴以再見的手勢就可以了。而中國人卻通常説：“慢走，慢走”，“好走，好走”或“請留步。”

“你辛苦了？”在中國使用範圍很廣，而英語卻沒有完全對應的説法，若把它直譯為：“You've had a hard time.”或“You've gone through a lot of hardships.”但都是不貼切的，有時還會引起誤解。

對一個經過長途旅行後剛到達中國的外國人，可以說："You must have had a tiring journey."或"You must be tired from a long trip?"表示"路上辛苦了""一路好嗎?"之類的客套話。而對剛剛完成一項艱難任務的人，可以說"Well done! That was a hard job."或"You've got a hard job."

一位日本漢學家寫了這麼一個例子：某小說中有"當心，門外有狗!"一語，日本學生就較難理解。"狗多麼可愛啊，為甚麼還要當心呢?"如果老師不引導學生去理解小說中與之有關的情節，他們怎麼也想不到有"特務、走狗"那層意思。

(六) 文化上的空白(cultural blanks)與意義上的衝突(cultural conflicts)

所謂文化上的空白，即有些說法或行為是一國所有，其他國家沒有。例如：中國有些說法外國沒有：喝紅臉、老油條、炒冷飯、瞎子吃湯圓、半路出家、跑龍套、拍馬屁、三頭六臂、對牛彈琴、班門弄斧、吃火鍋飯、孔夫子搬家——淨是書(輸)等，英語中也有一些獨特的說法。例如：a skeleton in the cupboard、a green eye、After death, the doctor、as poor as a church mouse、Trojan horse、take French leave、a black sheep、a white lie、a frog in the throat、a bee in one's bonnet 等等。

所謂意義上的衝突，即有些事物或行為中國有，英國或其他國也有，而且有相當的詞，但涵義卻不同。有這麼一句話："中國是塊肥肉，誰都想吃。"肥肉這個詞在英語裏也有，但外國學生很難理解，為甚麼要比作肥肉，比瘦肉不更好些。中國人見面時常說"你胖了！"這原是一句恭維話，可是英美人聽起來，以為是警告對方該節食了。他們更不理解為甚麼要"打腫臉充胖子。"

英語"flower"也常用來指女人，但漢語"花"這個詞，經過一定組合後卻有別的意思。例如：拈花弄草、花街柳巷裏的"花"卻是指不三不四的女人或娼妓。

類似的有：吃醋、破鞋、踢皮球、小廣播、好好先生、遞條子、裝小鞋、紅人、戴高帽等。

二　文化、思維與翻譯

文化與哲學是不可分的。民族文化和哲學卻給思維形式和語言表達法以極其深刻的影響。語言是思維的載體。人的語言表達是受思維方式支配的。所以研究語言不研究思維不行，而研究思維不研究各個民族的哲學觀就不能深刻說明問題。一種文化的特點更集中地反映在它的思維方式和對待一些人類面臨的基本問題和態度之中。下面我們試比較一下中西在哲學觀上的不同。

在哲學上中國主張"天人合一"、"物我交融"、"和諧"、"了悟"、"悟性"，所以中國文化求全、求圓滿、求和諧、求對稱平衡，重個人感受和"心領神會"，重心理時空和時間順序。反映在語言上，則重意合。無主句及主語省略句多；主動語態用得多；聯詞用得少；文章求全面，不怕重複，詞句求平衡與對稱。

而西方哲學則主張"人物分立"，重形式論證，崇尚個體思維，並認為整體只有在個體對立中才能存在。反映在語言上，則重形合。非人稱主語用得多；被動句用得多；主語一般不能省略；連詞、介詞用得多等。

早在 19 世紀德國唯物主義哲學家費爾巴哈就曾指出："東方人見到了統一，忽視了區別，西方人見到了區別，忘記了統一。"基辛格博士說：東方人的思維習慣是在"異"中求"同"，西方人是在"同"中求"異"。

吳森教授在論及中西文化精神基本差異時指出：西方文化有三大支柱：科學、法律和宗教。我們文化有兩大基石，一為道德，一為藝術。但中西文化最顯著的差異是：中國文化是藝術的，西方文化是科學的。科學的精神是藉着抽象的符號，利用分析和實證的方法，從而對事物作理智的了解，目的在於尋求真理。藝術的精神是藉着具體的意象，傳神活現，畫龍點睛地來表達一己的感受或價值判斷，目的是價值的欣賞和創造。

著名翻譯家傅雷先生說："……東方人與西方人的思想方式有基本分歧，我人重綜合、重歸納、重暗示、重含蓄；西方人則重分析、細微曲折、挖掘唯恐不盡，描寫唯恐不周。"又說："愚對譯事看法甚簡單，重神似不重形似；譯文必須為純粹之中文，無生硬拗口之病……。"

北京大學教授季羨林認為，東西方文化最根本不同卻表現在思維模式方面。這是其他一切不同點的基礎和來源。他說："一言而蔽之，東方文化體系的思維模式是綜合的(comprehensive)而西方則是分析的(analytical)。"

上述學者的話，對我們研究中西思維差異，是很有啟發的。

顯然，英漢語法的差異是存在的，但最大差異表現在哪裏？

中國語言學家王力教授在其《中國語法論》中談到英漢句法的差別時說："西洋語法是硬的，沒有彈性；中國的語法是軟的，富於彈性，……惟其軟的，所以中國語法以達意為主。"他還舉《紅樓夢》第三十回裏賈寶玉説的一句話加以説明："你死了。我做和尚。"句子未加"如果"兩字，但含義卻在其中了。

美國著名翻譯理論家奈達在其著作《譯意》(*Translating Meaning*)一書中，認為"就漢語和英語而言，也許在語言學中最重要的一個區別就是形合與意合的對比……。"(contrast between hypotaxis and parataxis)。也就是説，漢語中的從屬關係主要是通過句子之間的內部邏輯關係表達出來，而在英語卻往往通過連詞 if、because、when、although、so that 等詞表達出來。

試比較：

> 晴雯先接出來笑道：好啊，叫我研了墨，早起高興，只寫了三個字，扔下筆就走了，哄我等了這一天，快來給我寫完了這些墨才算呢。
>
> ——《紅樓夢》
>
> Qingwen greeted him with a smile, exclaiming, "A fine one you are! On the spur of the moment you bade me grind ink for you this morning. But you threw down your brush and went away after having written merely three characters. You've kept me waiting for you the whole day. You are to use up this ink now. Be quick!"

原文一連十多個動詞，在漢語句中幾佔了全段的一半：不但不混亂，而使人感到，有如水在石上輕快地流湍。但每個動作均先後有序，所以脈絡清楚，這也是説明漢語重心理時空和時間順序的一個例子。

> 阿Q沒有家，（他）住本莊的土谷祠裏；（他）沒有固定的職業，只給人家做短工，（人家叫他）割麥（他）便割麥，（人家叫他）椿米（他）便椿米，（人家叫他）撑船（他）便撑船。
>
> Ah Q had no family but lived in the Tutelary God's temple at Weichuang. He had no regular work either, simply doing odd jobs for others: if they asked him to cut wheat he would cut it; if they asked him to grind rice or punt a boat he would also for them.

上面中文句子中，很多主詞和連接詞都省略去，但其義自明。翻成英語時，卻要補上主詞和連接詞。這是説明意合和形合不同的又一例句。

又如："他來了，我走。"這句語可能作下面幾種了解：

> 如果他來，我就走。
>
> 既然他來了，我可以走了。
>
> 當他來時，我就走。
>
> 因為他來，所以我走。

> 雨是最尋常的，（它）一下就三兩天。（不過）（你）可別惱，（望外）看，（雨）像花針，（也）像細絲，（它）（那麼）密密地斜織着，（使）屋頂上全籠着一片薄煙。
>
> ——朱自清《春》

唐大嫂由鄉下來看她愛人，(她)把住址條子丢了，她只粗粗地記得唐大哥在南河沿肥料廠，(但是)找了半天也找不着，急得(她)直哭，(所以)交通警把她送給了我，(可是)我幫着又找了一陣子，也沒有用，(因此)我就把她領到這裏來了。

——老舍《全家福》

這段話一共包含九個分句，中間沒有一個關聯詞語。老舍在他一篇文章中寫道："我有個意見：就是要少用'然而'，'所以'，但是'，不要老是用這些字轉來轉去。"他還喜歡在文章中大量省略人稱代詞，物主代詞乃至動詞。

從以上例句可以看到，漢語重意合，語法上重隱含，置語法形式於"不言之中"。它與漢民族自古以來在哲學上重"了悟"，"悟性"，在藝術上重神似有密切相關，它不憑藉嚴謹的形式進行分析，而是根據主觀的直覺，從上下文中"悟"出關係來。因此必然導致語言的簡約化。並在語流中連連出現跳脱，但意義卻相連，脈絡也清楚。

了解英漢語言的根本區別與思維的差異，是至關重要的。它對於消除"翻譯腔"提高譯文質量，具有重大意義。

三　翻譯之難在於文化的不同

翻譯最難是甚麼呢？是難在兩種文化的不同。有些東西在一種文化裏是不言而喻的，而在另一種文化裏卻是很難理解的；同一個詞或成語在不同國家人民中含義卻往往不同。翻譯决不能只着眼於語言轉換，而是透過語言表層，了解其深層內涵和文化涵義。因此，譯者必須深諳所要交流的民族語言與文化。至於文化差異的可譯性多高，卻取決於譯者的文化素養和語言的功底，取決於譯者的智慧和主觀能動性。是移植，還是替代，是意譯還是注譯，這都取決於總的藝術效果，使人們通過上下文，猜詞悟意，把握住文章的真正涵義。

而翻譯文化差異的關鍵，在於透徹的理解。只有徹底了解，才能"全文神理，融會於心"，"下筆抒詞，自善其備"(嚴復)，才能譯出既保持異國情調，又為讀者所接受的，最自然的，最接近原文的譯文。

現試舉幾例較成功的翻譯加以說明：

> She felt that she must not yield, she must go on leading her straitened, humdrum life. This was her punishment for having made a mistake. She had made her bed, and she must lie on it.
>
> Theodore Dreiser
>
> 她覺得不能打退堂鼓，必須繼續過那貧困而單調的生活。這是她犯了錯誤得到的懲罰，她要自食其果。

這裏譯者以其他形象取代原來的形象，但卻忠實地表達了原文。

> Britain's economic policy is now being pulled by the magnet of the next election.
>
> *The Economist*
>
> 下一次大選磁鐵般地牽引着英國經濟政策。

這裏譯者把原文裏的隱喻變成譯文中的明喻。

By the winter of 1942, their resistance to the Nazi terror had become only a shadow.

Winston Churchill

到了 1942 年冬季，他們對納粹恐怖統治的抵抗已經名存實亡了。

這裏譯者捨棄了原來形象，但卻把原文隱喻所含的信息傳達出來。

Every family is said to have at least one skeleton in the cupboard.

據說家家戶戶多多少少都有自家醜事。

這裏如不譯成"家醜"，而直譯"衣櫃裏的骷髏"，那就令人費解了。

可見文化的差異並不是絕對的，不可逾越的。

美國外語教學專家 Winston Brembeck 說："採用只教語言不教文化的教學法，只能培養出語言流利的大傻瓜。"而外語的任務是培養在具有不同文化背景的人們之間進行交際的人才。因此不但要學語言，而且要學語言文化，包括交際模式、習俗、價值觀、思維方式及處世態度，才能真正掌握交際工具——語言，並使語言成為真正交際工具。翻譯也是如此。譯者不能刻意追求詞句的等值，拘泥於字面意義，而要力求把字裏行間的深層涵義與文化的真正涵義傳達出來。

教翻譯不能只是傳授一般的翻譯技巧，或只作些機械性的練習，而是要教會學生從文化內涵來分析作品，理解作品，並且懂得英漢文化的差異及其語言表達上的不同，這樣才可以從根本上提高學生的欣賞與鑒別能力，提高學生的翻譯能力。

呂叔湘先生五十年代初，曾在一篇題為《翻譯與雜家》的文章中指出，翻譯工作者需要淵博的知識。朱光潛先生主張研究甚麼就翻譯甚麼。茅盾先生說："要翻譯一部作品，先須明瞭作者的思想，更須真正領會到原藝術的美妙，還不夠，更須自己走入原作中，和書中人物一同哭，一同笑……尚須譯者自己有表達原作風格的一副筆墨。"這都是至理名言。

文化不是一成不變的。世界文化史是各民族思想感情互相交融、互相滲透、互相補充的歷史。國境是封鎖不住的。文化交融是潛移默化和漸進的。槍砲與刀劍是達不到各族文化心心交融的目的。只有互相尊重，彼此學習，才能達到文化的真正交融。人民將根據自己切身體驗和需求，對不同文化作出選擇，取之精華，棄之糟粕。

沒有交流，就沒有溝通；沒有溝通，就永遠不會理解。

在某種意義上來說，譯者是作者與讀者之間的橋樑，又是兩種文化之間的橋樑，還是通向完美藝術境界和美好世界的橋樑。譯者不但是中外文化的使者，而且是一個永恆的學生。譯到老，學到老。

總之，翻譯學是一項偉大的綜合工程。翻譯是複雜的腦力勞動。翻譯與文化有着血肉的聯繫。翻譯不但要跨越語言的障礙，而且要逾越文化的鴻溝。歸根結底，語言的翻譯就是文化的翻譯。

附錄1 現代漢語的特點

要從事翻譯，特別是從事英漢翻譯，不懂甚麼是現代漢語的特點，這是不行的。因為譯出來的漢語人家看不懂，有的外國漢學家迄今還用古漢語來譯現代外國小説；有的人用三十年代的漢語來譯英語，讀起來使人感到十分不自然。所以要從事翻譯，必須懂得甚麼是現代漢語的特點。

漢語是世界上最豐富、最發達、最優美的語言之一。漢語歷史悠久。漢字已有六千年的歷史，而漢語的歷史卻比這久遠得多。

語言隨着社會的產生而產生，又隨着社會的發展而發展，在歷史的長河中，漢語已成為一種詞彙豐富，結構簡明、聲音和諧優美的語言。語言學家普遍認為：措詞簡潔、語法對稱、句子靈活、聲調鏗鏘，這是漢語生命常態。

現代漢語是以北京語音為標準音，以北方話為基礎方言、以典範的現代白話文著作為語法規範的普通話，它是現漢民族用來進行交際的語言。

現將現代漢語的特點簡述如下：

1. 現代漢語的音節結構中元音佔優勢

一個音節最多包含兩個輔音，而且沒有兩個輔音連在一起的拼法，例如"蛋"(dan)，"d"、"n"兩個輔音不能同時在元音的前面，像"dna"那樣；也不能同時在元音的後面，像"and"那樣。在許多外國語中，一個音節裏幾個輔音可以連在一起。例如英語 strict 裏，是兩、三個輔音連在一起。漢語裏一個元音可以構成一個音節，如 u（烏）、i（衣）；輔音一般不能單獨構成音節。每個音節裏可以沒有輔音，但不能缺少元音。元音發音響亮，輔音發音閉塞。元音都是韻母，輔音大多是聲母。韻多聲少，整個音節聽起來響亮悅耳。

漢語的每一個音節，除了聲母、韻母，還有一個能夠區別字義、詞義的聲調，這是許多別的語言所沒有的。聲調是音節高低升降的變化。不同聲調的交相配合，就能使語言具有抑揚起伏、鏗鏘動聽的音樂美。如"光明磊落"、"憂愁滿臉"，聽起來具有音樂美。

聲母和韻母相同的字詞，它們的意義往往靠不同的聲調來區別。如果掌握不住聲調，就不能準確地運用漢語，很可能把"我愛媽"說成"我挨罵"，把"你的衣服"說成"你的姨夫"。許多外國語裏沒有聲調的區別，外國人學習漢語時，對聲調的掌握往往感到困難。

漢語語音特點形成了它所特有的顯著的音樂性——聲音悅耳，音調柔和，節奏明朗，韻律協調。由於音節中元音佔優勢，語言裏樂音特別多；輔音和元音互相間隔，形成了分明的音節，使語言富有節奏性；聲調的變化，也使語言具有抑揚高低的音樂色彩。詞彙裏雙音節化和四字格的詞語結構以及雙聲、疊韻、疊音的形式等，也都能顯現出漢語語音的音樂性。

2. 現代漢語詞彙中，雙音節詞佔優勢

隨着科學的發展，人類思維的發達，漢語中的單音節詞，大多為雙音節或多音節的詞所代替。例如:

耳——耳朵	肌——肌肉
髮——頭髮	首——腦袋
身——身體	面——臉龐
目——眼睛	膚——皮膚
口——嘴巴	指——手指

漢語詞彙的雙音化特點，一是大大減少了同音詞混淆的可能性，如同音詞"易、議、義、憶、藝"經雙音化為"容易、議論、意義、回憶、億萬、藝術"之後，就不再混淆了; 二是促使詞義和詞性的明確化，如"易"、"議"各有多個意義和多種詞性，分別雙音化為"交易"(名詞)、"容易"(形容詞)和"議論"(動詞)、"議程"(名詞)後，詞義和詞性都明確了。

有人對《人體解剖學名詞》一書進行統計，該書所收詞彙 5000 個，單音節詞只有 74 例，佔總數不到百分之一點五。

又如"電"在古代漢語科技詞中是一個最基本詞，現在由"電"構成的詞特別多。略舉如下:

電話、電錶、電影、電視、電梯、電線、電流、電場、電腦、電池、電門、電壓、電燈等等。

語言學家呂叔湘先生説: "2 + 2 的四音節是現代漢語裏的一種重要的節奏傾向。"如:

字迹工整、字迹秀麗、陽光燦爛、晴空萬里、彩旗飄揚。

現代漢語中的雙音節詞大多都是從古代漢語單音節詞發展來的，如"道"分化成"道路"、"道理"、"道義"、"大道"等，"言"分化成"言論"、"語言"、"寓言"、"導言"等。雙音節詞概念明確，音節勻稱，易於上口。又如"勢"分為"勢力"、"形勢"；"逝"分為"消逝"、"逝世"；"市"分為"城市"、"市場"；"益"分為"利益"、"效益；"飾"分為"裝飾"、"服飾"等等，就比原來單音詞具體多了。再看下面例子：

> 數目字，如果是多位數，可以單說，如"十二"、"三十"、"四十五"；如果是一位數，一般都要加量詞或詞綴、如"五個"、"六號"、"七歲"、"初八"、"第九"。
>
> 單音的姓名，一般不能單說，別人問你姓甚麼，多半回答"姓王"或"姓李"，不大說"王"、"李"；如果你叫"王海"，別人往往連姓帶名一起稱呼你，不大可能叫你"海"。而雙音節的姓名卻可以單說，別人問你姓甚麼，可以說"歐陽"或"司馬"，熟人打招呼，可以只叫"歐陽"或"司馬"，不大可能叫"老歐陽"或"小司馬"。如果你叫"張文庭"，別人也可以叫你"文庭"。

現代漢語裏許多音節詞往往還可以要求別的雙音節詞跟它相配。如：

偉大發現	先進人物	文化知識
互相支援	停止使用	共同管理

現代漢語裏詞彙的豐富性，是同它的構詞方式靈活多

樣分不開的，也同它能不斷地吸收古語詞、方言詞和外來詞來充實自己分不開的。

在構詞方面，現代漢語能運用詞根融合，附加和重疊、輕聲和兒化等方式構成無限多的新詞。漢語詞彙的雙音化還促使了構詞類型和構詞方式的不斷發展，如出現了構詞前綴"初、第、阿、老、非、沒、無、反、超、亞、次、支、可、多"和構詞後綴"子、兒、頭、術、家、生、員、者、手、性、化、學"等等，構詞類型的多樣化和構詞方式的靈活性又大大豐富了漢語詞彙，像一般常用的"人"，可以構成新詞三百多個。

漢語的詞彙是非常豐富的，一旦接受語法支配，構成句子時，就能表達複雜的思想和細緻的感情。

3. 在漢語結構中詞序的排列有重大的作用

世界上有些語言的語法有複雜的形態變化，例如俄語，名詞、形容詞有"性"、"數"、"格"的形態變化，動詞有"時"、"數"、"位"、"性"、"體"、"式"等形態變化，語法關係主要通過形態變化來表示，因此詞在句中的位置比較自由，不像漢語的詞序那樣固定。在漢語，主語、謂語、賓語的關係一般要通過固定的詞序來表示。

沒有詞的形態變化的語言，要用變換詞序的辦法來精確而嚴密地表示出各種不同的語法關係和構成各種不同的句式，必須借助於虛詞的力量，試比較：

我們打敗了敵人。
敵人被我們打敗了。
我們把敵人打敗了。

可以說漢語語法的主要特點是詞序固定，虛詞傳神。

漢語虛詞，雖在整個詞彙中所佔比例不大，但在語文中的使用頻率卻很高。北京大學中文系編的《漢語虛詞例釋》共收七百七十個詞。同古漢語虛詞一樣，現代漢語虛詞的使用頻率也相當之高。例如：台灣"編譯館"在 1964 和 1965 兩年內，依據學校課本、兒童作品、大眾讀物等六類書文，總共七十五萬多字中取得常用字 4,869 個，其中以虛詞的"的"字出現次數最多，多達 26,738 次。

虛詞在整個詞彙中所佔的比例雖然微不足道，但作用卻非同小可。運用得當，能傳乎其神；運用不當，必因詞害義。某生寫文章，用"而"不當，先生在其文章後批曰："當而不而，不當而而而，而今而後，已而已而。"先生之批語可算得傳乎其神了。

虛詞以其特有的語法意義而左右句子結構，影響表意。虛詞的這種作用，可以說是漢語又一大特點。試比較：

同一句式，虛詞不同，含義不同：

他來了嗎？（有疑求答）
他來了呢？（疑而帶究）
他來了吧？（半信半疑）

同一虛詞，用場不同，語義不同：

這杯酒你還喝不喝啊？（表示疑問）
這是這麼回事啊！（表示驚疑）
啊，原來是你。（音較長，表示明白過來）
多美啊，這幅畫！（表示讚嘆）
這話說得對啊。（表示肯定）
我沒去是因為有事情啊。（表示辯解）

走啊，快走啊！（表示催促）

這任務不輕啊！（表示提醒）

你可要注意啊！（表示囑咐）

你啊，真有兩下子！（表示停頓）

書啊，報啊，雜誌啊，擺滿了一書架。（表示列舉）

虛詞不同，結構不同：

學校的工廠（領屬偏正關係）

學校或工廠（選擇關係）

學校和工廠（並列關係）

同一虛詞的位置不同，則結構不同

買的報紙（偏正關係）

買報紙的（"的"字結構）

買了報紙（完成式）

買報紙了（不定時態）

又如：

開動機器（動賓關係）

開動的機器（偏正關係）

開動了機器（完成時態）

開動過機器（過去時態）

開動着機器（進行時態）

量詞豐富也是漢語語法特點之一。英語的數詞一般可以和名詞直接組合；現代漢語的數詞和名詞組合時中間一般都要有一個量詞，而且不同事物常用不同的量詞來指點。現代漢語中量詞用得很多。中央民族學院一九七五年編的《現化漢語量詞手册》共收五百餘條。有人拿六種期刊120頁，共61,912個字的不同類文章，進行了一次統計，發現其中物量詞和動量詞就用了 1,228 個。在文學作品中比例就更高了。現代漢語離開了量詞，我們說話寫文章都會有困難。

漢語的量詞帶有鮮明的形象性。比如"一綫希望"，表示希望之微："一孔之見"，表示見識之淺。甚麼事物跟甚麼量詞搭配使用常常是約定俗成的。如"馬"論"匹"，"牛"論"頭"，"羊"論"隻"，"魚"論"條"或"尾"。

附錄 2　現代英語的發展趨勢

近幾十年來，英語，尤其是美國英語，在詞彙、習慣用語和語法結構方面都有了明顯的變化。語言正沿着不斷簡化的方向發展，新語彙不斷地湧現。下面簡單介紹現代英語詞彙和語法結構等方面的主要發展趨勢。

1. 詞彙方面

隨着社會的不斷發展，人們的生活越來越變得多樣化，詞彙發展也自然是越來越豐富，《牛津英語詞典》共收四十五萬個詞，《韋氏英語大詞典》第三版共收四十八萬個詞，一九七六年版的《美國百科全書》認為英語詞彙超過五十萬詞；也有少數學者估計，英語詞彙總量在一百萬個以上。不但詞的數量增加，而且詞的意義越來越紛繁，詞的構成也越來越多樣化。現代英語詞彙的主要特點是：

（1）詞義的轉變

如 tube，由"筒、管"的基本意義轉為"電子管"，"真空管"；（電視）"顯像管"；"地下鐵道"，等。

如 bug，由"臭蟲"，轉為（機器等上面的）小缺陷，故障；防盜報警器；雷達位置測定器；雙座小型汽車等。

而且，"bug"由名詞轉為動詞，意為：捉臭蟲；打擾，惹……生氣；在……設防盜報警器，（在房間或電話等處）暗裝竊聽器等。

又如，yawner 原意是打呵欠的人，現在此詞已成為未成年孩子的常用語，意思：令人厭倦的、乏味的題目或事物。

(2) 詞綴含義的擴展

anti- 源出希臘語前綴，表示：反、抗、防的意思，如：anti-pollution 反污染，anti-tank 防坦克等。現在 anti-還表示：反對，違反(傳統)等的意思，如：antinovel 反傳統寫法的小説。

又如後綴 -wise，原來表示：……樣子；……方向，如：anywise 以任何方式；clockwise 順時針方向的，右轉的。而今還表示在……方面，如：weather-wise、education-wise、moneywise，等等。

除外，還出現新的構詞成分，以新產生的前綴 mini-(小；微)為例，構成新詞的，就有：minibus、小型公共汽車、minicar 迷你汽車、minicab 迷你出租汽車、mini-skirt 迷你裙等。

由新出現的後綴 -in，(表示有組織的抗議或集會)構成的新詞，就有：sit-in 靜坐示威、teach-in 宣講會(尤指大學師生為反對某一政策而舉辦的宣講會)、stall-in 阻塞交通遊行，等等。

(3) 名詞短語(the phrasal noun)越來越多，其構成成分是"動詞 + 副詞"或"副詞 + 動詞"，這類成語名詞原來是成語動詞，其組成詞素一經連綴或換位，就成了名詞。例如：

wind-down	逐步減少
walk-in	簡易門診所
frame-up	計謀，誣陷
freeze-out	保密
warm-over	重新拿出來的舊貨色
walk-off	退席，退場
set-up	組織，團體
lead-in	創舉，開篇
handout	(向報界等散發的)材料；講義
overcharge	超載；過高的索價
upkeep	維修

(4) 通過轉成法構成許多新詞，以"**down**"為例：

Two trees fell down in the gale.（副詞）
Faced with frustration, they feel down.（形容詞）
The boxer downed his opponent.（動詞）
We all have our ups and downs.（名詞）

在現代英語中通過轉成法從名詞轉為動詞，或從動詞轉為名詞的特別多，如：

holiday	假日	→ to holiday	出外度假
landscape	風景	→ to landscape	使自然美化
pressure	壓力	→ to pressure	對…施加壓力
rocket	火箭	→ to rocket	迅速上升

從動詞轉為名詞：

to update	使現代化	→ update	現代化
to affiliate	成為分支機構	→ affiliate	分支機構

to walk out 出去 → walk-out 罷工

to pay off 付款 → pay-off 報償

再看其他詞性轉換的例子:

Is John's baby a ***he*** or a ***she***?

Let us take a ***break*** for coffee.

You should know all the ***ins*** and ***outs*** by now.

This is the ***master*** key.

The ***then*** Prime Minister acted on good advice.

Our cook likes to ***brown*** the potatoes.

For you this is a ***must***.

(5) 縮寫詞的廣泛應用

美國語言學家 William Safire 指出"我們美國是一個縮略詞迷的國家"。近年來尤是:

politician → pol 政治家,政客

Member of Parliament → M. P. 國會議員

gross national product → GNP 國民經濟生產總值

satellite communications agency →
SATCOMA 衛星通訊機構

Afro-Asian Organization for Economic Cooperation →
AFRASEC 亞非經濟合作組織

此外在民間還流行着很多縮略語詞,如:

uni → university

cig → cigarette

VIP → very important person

(6)用詞一味追求新奇

例如：

dove　鴿派
hawk　鷹派
dawk　介乎"鴿派""鷹派"之間的中間派
hotline　熱線

(7) 字母互換位置法

近來科技英語中還出現新的構詞法。例如將 frequency(頻率)的頭一個字母與後三個字母互換位置便得 quefrency(例頻率)這個新詞，將 spectrum(光譜)的頭四個字母順序顛倒便得出 cepstrum，意思是"倒光譜"，依法炮製，也可以從 harmonic(諧波)得出 rahomnic(倒諧波)，諸如此類。

2. 語法方面

現在英語語法結構特點是：力求句型結構的簡化，這是符合語言"經濟原則"的。能用詞組者就用詞組而不用從句，能用單詞而不用詞組者就用單詞。此外，由於經常省略介詞、連接詞甚至其他更重要的句子成分，句中時而會出現一些無法為傳統語法所解釋的、或修飾關係不明確的成分。具體表現在：

(1) 用副詞代替某些句型和短語

例如：

Hopefully, he'll return soon.

相當於 It is hoped that…, I hope that…, I am hopeful that…等句型。

類似的還有：

He is ***reportedly*** a billionaire.

Obviously, you didn't read it.

Surprisingly, their books were received enthusiastically by the public and were widely read.

Interestingly, he never knew that he was the victim of his own joke.

Admittedly I had no right to be there, but I had lost my way.

又如：

Frankly, I don't think the plan will succeed.

相當於 If I can speak frankly。

frankly 還用於下列結構：

介詞短語：in all frankness；

不定式分句：to be quite frank with you；to speak frankly；to put it frankly；

-ing 分詞分句：frankly speaking；putting it frankly；

（2）動詞不定式 to 的省略

不帶 to 不定式作表語：

What he did was just help.
The only thing he can do now is divorce her.
All we say to this man is change your clothes.
The best he could do was remain silent.

不帶 to 不定式作賓語

I mean help yourself.
You mean have my hair cut?
I said wear it.

不帶 to 不定式作狀語

Go be a secretary in some office.
Come meet the guy anyway.
He helped me do the work.

Go see; come meet 這種用法並非始於今日，只是於今更趨普遍罷了。

有時還有這樣句子:

Can I come in watch Miss Morrison nurse her kid?
Come on get a bear.

還可見到在 look, run, stop 等不及物動詞後面不用 to

You get ready to run tell your brother.
It makes people stop look and listen.

還可以見到不帶 to 不定式作主語

Turn off the tap was all I did.

(3) 前置定語代替後置定語

現代英語力求表達簡便、經濟，其特點首先表現在名詞性前置定語的增多，也就是說許多在過去主要靠後置 of 等介詞詞組或副詞構成的定語，現在常用一個名詞或詞組代替，放在被修飾詞的前面，其目的是減少定語成分的字數，而且在於使意羣結構更趨緊湊。例如:

名詞所有格代替 of - 短語

一般說來，名詞所有格主要用於表示有生命的名詞；也可用於表示太陽、月亮、地球、世界、國家、城鎮、機構、距離、長度、時間、江河、海洋、船隻、運輸工具；以及用於某些習慣用語中。但現代英語為了簡化句子結構，廣泛地使用名詞所有格代替 of - 短語。例如：

London's theatres 代替 the theatres of London
At the program's end 代替 at the end of the program
feudalism's decline 代替 the decline of feudalism

名詞短語和句子的前置

delivery means 代替 means of delivery
the civil rights struggle 代替 the struggle for civil rights
the short work week demand 代替 the demand for a short work week

the end-of-year exam 代替 the exam at the end of the year
a YMCA-sponsored luncheon 代替 a luncheon sponsored by YMCA
an often-referred-to book 代替 a book that is often referred to
foreign-policy discussions 代替 discussions on foreign policy
mineral-rich land 代替 land rich in minerals
above-cited facts 代替 facts cited above
an ice-free harbour 代替 a harbour free from ice

下面是"句子型複合詞"的前置：

seeking-truth-from-facts spirit

（4）"超短式英語"的出現，例如：

"Economy！ Comfort！ Efficiency！ Everything！"
"經濟！ 舒適！ 高效率！ 樣樣好！"

類似的還有：

His talk，June 14，1973，Oval Office，was not taped.
他一九七三年六月十四日在橢圓形辦公室的談話未被錄音。

句中省略了處所介詞 in 及時間介詞 on。

Three cups later, he visibly warmed up.
三杯下肚，他明顯地激動起來。

句中 three cups later 應為 After drinking three cups...。

He had thought he could bomb them back to the negotiation table... No go，he switched tactics.
他原以為可以利用轟炸迫使他們回到談判桌上來，……。這着不行，他才改變了策略。

句中 no go 應為 when it was no go 。

弗賴奇(Flesch)曾做過一個統計：伊麗莎白時代的文句，長度平均四十五字，維多利亞時代平均是二十九字，到現在便只有十九、二十字了。

(5) 其他變化

在比較級中有用 more 和 most 代替 - er 和 - est 的趨勢。例如：

more common 代替 commoner
most pleasant 代替 pleasantest

有時省略去冠詞，例如：

in U. S. A. 代替 in the U. S. A.
working class 代替 the working class

從句連詞 that 的省略:

主語從句:

It turned out he belonged to their race.

表語從句:

Yet the fact is we know very little about her.

同位語從句:

I had a feeling it would have been better if Heathcliff had stayed away!

引導結果從句的"so...that"中 that 有時省略:

The smoke was so thick I couldn't see what was below.

標點符號的省略:

現代英語在標點符號使用方面，比較自由、鬆散，能不用的盡量不用。如:

從句在主句前，逗號的省略:

If we are without industry(，)then we are without the means to provide for ourselves.

並列句的兩個分句中，逗號的省略:

But now they were going slower(，) for both of them were tired out.

數詞或縮寫詞複數號(apostrophe)的省略:

in the 1890s　　three PhDs

縮寫詞後，句點的省略：

MP　　　USA

HKSAR (Hong Kong Special Administrative Region)

以上只是簡要概括了現代英語詞彙與語法的一些特點，其中有的改變僅僅是現象，不一定就被公認為規範的。僅供參考。

美國語言學家 Albert H. Marckwardt 曾經説過："語法不是一成不變的東西，而僅僅是受教育的人的説話習慣的實際總結。説話習慣發生變化，語法本身也隨之變化，語法教科書便應作相應的改變。"從這一點來説，語言新變化是值得我們注意的。特別是從事雙語研究的學者，有必要研究雙語中新的語言變化。

附錄 3 主要參考書目

英語語法參考書

Leech, G., & Svartvik, J., *A Communicative Grammar of English*, 1978
Quirk, R., *A Grammar of Contemporary English*, 1973
Scheurweghs, G., *Present-day English Syntax*, 1961
Strang, B., *Modern English Structure*, 1962
Christophersen, P., & Sandved, A. O., *An Advanced English Grammar*, 1969
Hornby, A. S., *A Guide to Pattern and Usage in English*, 1954
Curme, G. O., *Syntax*, 1931
Zandvoort, R. W., *A Handbook of English Grammar*, 1967
Jespersen, O., *Essentials of English Grammar*, 1938
Poutsma, H., *A Grammar of Late Modern English*, 1929
Wood, F. T., *Modern English Usage*
Horwill, H. W., *Modern American Usage*
Quirk, Randolph, *The Use of English*, 1972.

英語語言和修辭學參考書

Foster, B., *The Changing English Language*, 1971
Collins, *Collins Everyday English Usage* 1960
Alexander, L. G., *A First Book in Comprehension, Precis, and Composition*, 1965
Bander, Robert G., *American English Rhetoric*, 1978
Griggs, Irwin and David Wester, *Guide and Handbook for Writing*, 1964
McMahan, Elizabeth and Susan Day, *The Writer's Rhetoric and Handbook*, 1980
Waddell, Mariel, Robert M., Esch and Roberts R. Walker., *The Art of Styling Sentences*, 1964
Swan, M., *Practical English Usage*, 1936
Bander, Robert, *American Rhetoric*, 1978.

英語翻譯論著

Nida, E. A., *Towards a Science of Translation*, 1964
Newmark, P., *Approaches to Translation*, 1981
Jin Di, Eugene A. Nida, *On Translation*, 1984
Brislin, R. W., *Translation-Application and Research*, 1976
Bassnett-McGuire, S., *Translation Studies*, 1980
Pickens, C., *Translator's Handbook*, 1983
Catford, J. C., *A Linguistic Theory of Translation: An Essay in Applied Linguistics*, 1965
Loh, Dian-yang, *Translation, Its Principles and Technique*, 1958
Newmark, Peter, *Twenty-three Restricted Rules of Translation*, 1973
Nida, Engene A., *Language Structure and Translation*, 1975

漢語語法及修辭參考書

王力:《中國語法理論》
陳望道:《修辭學發凡》
呂叔湘、朱德熙:《漢語修辭講話》
張志公:《現代漢語》
劉月華等:《實用現代漢語語法》
胡裕樹主編:《現代漢語》(新編)
章振邦主編:《新編英語語法》
陸國強編著:《現代英語詞彙學》
張韻斐主編:《現代英語詞彙學概論》
劉宓慶:《文體與翻譯》
秦秀白:《英語文體學入門》
王希傑:《漢語修辭學》
郭德潤:《漢語常用句型的用法》
申小龍:《漢語句型研究》
陳胥華:《英語對譯指導》

吳浩敏:《漢語語法手冊》
陳壽祖:《英文科技文體的寫作方法》
余立三:《英漢修辭比較與翻譯》
文軍:《英漢修辭格詞典》

翻譯理論與論文集

宋淇:《翻譯十講》
羅新章:《翻譯論集》
劉靖之:《翻譯論集》
中國對外翻譯出版公司:《外國翻譯理論評介文集》
中國翻譯工作者協會通訊編輯部:《翻譯研究論文集》
周兆祥:《翻譯面面觀》
朱傳譽:《談翻譯》
金聖華、黃國彬:《因難見巧》
董樂山等:《英漢理論與實例》
錢歌川:《翻譯的技巧》
張培基等編:《英漢翻譯教程》
呂瑞昌等編:《英漢翻譯教程》
張達聰:《翻譯之理論與技巧》
陳定安:《英漢修辭與翻譯》
陳定安:《英漢句子結構比較》
陳定安:《翻譯精要》
吳潛誠:《中美翻譯:對比分析法》
吳獻書:《英文翻譯的理論與實際》
思果:《翻譯研究》
黃龍:《翻譯技巧指導》
張培基:《成語漢譯英研究》
鍾述孔:《英漢翻譯手冊》
劉宓慶:《漢英對比研究與翻譯》

中文期刊

《翻譯通訊》

《中國翻譯》

《外語教學與研究》

《現代外語》

《語文建設》(香港版)